新 潮 文 庫

波の音が消えるまで

第1部 風浪編

沢木耕太郎著

新 潮 社 版

10713

波の音が消えるまで　第1部　風浪編◎目次

序章　橋　7
第一章　暗い花火　37
第二章　ナチュラル　117
第三章　天使の涙　165
第四章　裏と表　253
第五章　しゃらくさい　333

第2部　雷鳴編＊目次

第六章　窓のない部屋
第七章　雷鳴
第八章　シンデレラ
第九章　島へ
第十章　デッドエンド
第十一章　雪が降る

第3部　銀河編＊目次

第十二章　罪と罰
第十三章　汚れた手
第十四章　仮面
第十五章　波の底
第十六章　銀河を渡る
終章　門

波の音が消えるまで

第1部　風浪編

序章

橋

1

場は煮えたぎっていた。

ビッグ・バカラと呼ばれているそのバカラの大きな台は、まわりに並べられた十四個の椅子《いす》に坐《すわ》っている客だけでなく、立ったまま背後を二重、三重に取り囲んだ三、四十人を超えようかという客たちからも発せられている異様な熱で沸騰《ふっとう》していた。

台には、カードを配るディーラーとは別に、賭《か》けられたチップの付け取りをするためのディーラーが二人いる。彼らの仕事は、負けた目に賭けた客のチップを没収したあと、勝った目に賭けた客のチップに配当を付けることだが、いま、それが果てしなく続けられていた。勝った目を当てた客の数がとてつもなく多かったからだ。

ディーラーは、すでに数十人の客のチップに配当を付けて戻していたが、台にはまだ勝った目である「バンカー」と書かれたエリアに十人分以上のチップが残っていた。

四百ドルのチップに配当を付け終えた若い男のディーラーが、これは誰のものかというように客の方を見ると、椅子席のうしろに立っている客の中から手が伸びてきて、他の誰にも渡すものかというような激しい勢いでチップを鷲掴《わしづか》みにする。次は千ドルのチップだ。

ディーラーによって配当が付けられると、席に坐っている客のひとりがそれを素早く自分の方に引き寄せる。これほど大量のチップが賭けられているのに、誰ひとり間違えないのは、勝負が決まるあいだも、何度となく自分のチップを眼で確かめているからである。

台を取り囲んだ大勢の客たちは、ひとことも言葉を発することなく、儀式のようなそのやり取りを熱い視線で見つめている。

バカラは一種の丁半博打《ちょうはんばくち》だ。

ディーラーがシューと呼ばれる黒く細長い箱から順番に引き出してきたトランプのカードを、裏にしたまま「バンカー」のサイドと「プレイヤー」のサイドにそれぞれ二枚ずつ配る。客はその二枚のカードの合計数の大小を当てる。「バンカー」に配られるカードの合計数の方が大きいか、それとも「プレイヤー」に配られるカードの合計数の方が大きいかを予測し、カードが配られる前にどちらかのサイドに思い思いの額のチップを賭けるのだ。ただし、数の大小が問われるのは下一桁《けた》だけである。合計数が八なら八のままだが、十七なら七になる。「バンカー」が八で、「プレイヤー」が十七なら、八と七で、八である「バンカー」の勝ちだ。

そうだとすれば、九が最も強い数であり、〇が最悪の数ということになる。最初に配られるカードは二枚ずつだが、それで勝負が決しないときはもう一枚配られることもある。そして、最終的に「バンカー」と「プレイヤー」の数がまったく同じ場合は、引き分けの「タイ」ということになる。

ここマカオのカジノでは、「バンカー」と「プレイヤー」をそれぞれ「庄〈ジョン〉」と「閒〈ハン〉」、「タイ」を「和〈ウォー〉」と呼ぶ。台の上に敷かれた色鮮やかな緑のフェルトの上には、一番から席の番号が記され、それぞれの番号の前に「バンカー／庄」、「プレイヤー／閒」、「タイ／和」と記されたエリアが用意されている。客は、次にどの目が出るかを予測し、自分の前に記されているそのエリアのいずれかにチップを置くのだ。

背後に立ったままゲームに参加している客は、席に坐っている客が賭けるエリアを間借りするようなかたちでチップを置かせてもらうことになる。だが、そうした客があまりにも多すぎると、彼らが賭けるチップによって、坐っている客のチップが弾《はじ》き出されそうになってしまうこともある。
勝負が決すると、カードを配る係のディーラーは、自分の横に置いてある盤に手を伸ばし、少し大きめのサイコロといった感じの白い牌《はい》を引っ繰り返し、その裏に記されている「庄」か「閒」か「和」かの表示をする。それによって、途中から来た客にも、この台ではどのような目が出てきたのかがわかる仕組みになっているのだ。
その表示盤によれば、この台のこれまでの目の流れはこうなっている。

閒庄閒閒庄閒和庄庄閒庄庄閒庄庄

あるところまで不規則だった目の出方が、途中から規則的なものに変化している。まず、「閒」と「庄」が一回ずつ出たあと、「閒」が二回続き、「庄」と「閒」がまた一回ずつ出たあとに、タイの「和」が出ている。

閒／庄／閒閒／庄／閒／和

ところが、その直後から、出目《でめ》がまったく同じパターンを描き出しているのだ。

和／庄庄閒／庄庄閒／庄庄

この場が煮えたぎるように沸騰しているのはそれが理由だった。

途中で出た「和」のあと、「庄」が二回続くと「閒」になり、すぐまた「庄」が二回続いて「閒」になるという展開が繰り返された。すると、次はそこにいた客の多くが「庄」に賭けることになった。それが当たると、次はひとり残らず「庄」に賭けた。そして、いま、それが当たって、全員に配当が配られていたのだ。

すべてのチップに配当が付けられると、客には次の勝負でどこに賭けるかを考える二分間という時間が与えられる。しかし、そこにいる客の全員が「閒」に賭けることはわかっていた。「庄庄閒」、「庄庄閒」ときて、「庄庄」と「庄」が二回続いている。次もまた「閒」になるだろう。そこにいる中国人の客たちは、集団催眠にかかったように必ずそう考えるはずだ。

席に坐っているひとりが「プレイヤー／閒」と書かれたところに五千ドルのチップを置くと、他の席に坐っている者だけでなく、背後に群がって見守っていた者も、次々と手を伸ばして「閒」のエリアに思い思いの額のチップを置いていく。

その賭け金は凄《すさ》まじい額になった。チップの付け取りを担当している若い男のディーラーが、場に置かれたチップの総額を暗算しているらしく、真剣な顔つきで見つめている。

台の上には、ひとりの客が一回に賭けることのできる上限と下限の金額である三十万ドルと三百ドルという数字の記された盤が置かれている。三十万ドル以上は賭けられないし、三百ドル以下でも賭けられない。だが、その盤には、それらの数字のさらに下に、一回の勝負でカジノ側が受け切れる上限の額である百万ドルという金額も記されている。一香港《ホンコン》ドルを大雑把《おおざっぱ》に約十五円とすれば、この台が受け切れる額は一千五百万円までということになる。もし、「閒」に賭けたチップの総額が百万ドルを超えているとすれば、大きな額を賭けている客からチップを減らしてもらうことになるだろう。

だが、暗算の結果、最高金額は超えていなかったらしく、若い男のディーラーが、カードを配るディーラーに軽くうなずいて、勝負を始めるようにうながした。

ところが、賭けが締め切られる直前、台の端の席に坐っている老人が、不意に「バンカー／庄」と記されたエリアに、賭け金の最低単位である三百ドルのチップを置いた。

台を囲んでいる客の全員が驚いたようにその老人を見た。どう考えても、ここは「閒」しか考えられない。そこをあえて「庄」に賭けようとするのは、まったくバカラを知らないか、よほどの天邪鬼《あまのじゃく》であるかのどちらかだ。そんな思いが客たちの表情にあらわれている。

卓上のベルがチンと鳴らされ、賭けが締め切られた。

それと同時に、チップの付け取りをするディーラーが、客の中で誰が最も大きな額を「庄」と「閒」に賭けているか眼で探す。マカオのバカラでは、最高額を賭けた客にカードをオープンする権利が与えられているからだ。「閒」は二万ドルを賭けた中年の男性客、そして「庄」は最後に賭けた台の端の老人である。賭けた額は最低の三百ドルにすぎなかったが、「庄」に賭けている客がひとりしかいない以上、その老人がめくることになる。

ディーラーは、それを見極めると、長い柄のついたヘラのようなものに、まず「閒」と記された小さなプラスチックのプレートをのせて中年の男性客の前に置く。このプレートを置かれた客が「閒」のカードをめくるということが宣言されたのだ。次に、ディーラーは「庄」のプレートを台の端の老人の前に置く。

そこまでが終わると、椅子に坐ったディーラーがおもむろにカードを配りはじめる。

ディーラーの前にも、やはり「庄」と「閒」と記された二枚の小さなプラスチックのプレートがあり、そのうちの「閒」と記されたプレートの手前にまず一枚、「庄」と記されたプレートの手前に一枚、さらに「閒」に一枚、「庄」に一枚配り、手を休める。

するとチップの付け取りをするディーラーのひとりが、配られた「閒」の二枚のカードを長い柄のついたヘラで掬《すく》い上げ、それを中年男性の前に置く。先にオープンするのは「閒」の方からと決められているのだ。

二万ドルを賭けた中年男性が裏のまま配られた「閒」のカードを開くと、一枚目は六、二枚目は七で合計十三になり、「閒」の下一桁の数は三となる。

次に、台の端の老人に「庄」のカードが渡される。老人が一枚目を開けると、九である。バカラでは、十以上はすべて〇と見なされる。もし、次の二枚目に十か絵札が出てくれば、九と〇とで合計が最高の数字である九となり、その瞬間に「庄」の勝ちが決まってしまう。どちらかが九か八になると、それを「ナチュラル」と呼び、カードが二枚配られただけで勝負が決することになる。老人を除けばすべての人が「閒」に賭けているのだ。老人がめくる二枚目に何が出てくるか、全員、固唾《かたず》を呑《の》んで見守っている。

老人が二枚目をゆっくりめくり上げると、それは三だった。九と三で合計十二。下一桁が二になり、その場に安堵《あんど》の空気が流れる。

しかし、まだ勝負は終わったわけではない。どちらにもナチュラルの九か八が出なかった場合は三枚目のカードが配られることになる。まず、「閒」に三枚目のカードが配られる。中年男性が裏になっているカードを少しずつ粘っこく開けると、それは五だ。その場にいる客からいっせいに喜びの声が上がる。先に配られた六と七に最後の五を加えると合計十八となり、「閒」の下一桁の数は八と決まる。これで「閒」は、「庄」が九にならないかぎり負けないことになったのだ。

台の端の老人に「庄」の三枚目のカードが配られる。すでに配られている二枚のカードの合計数の下一桁は二である。とすれば、その三枚目に七が出ないかぎり、「庄」が「閒」の八に勝つことはできない。

老人は三枚目のカードをさっとめくると、意外な力強さで台の上に叩《たた》きつけた。その瞬間、客たちのあいだから悲鳴のような声が上がった。叩きつけられたカードが、それ以外なら負けることはないというたった一枚のカード、七だったからだ。

閒八・庄九で、「庄」の勝ち。

チップの付け取りをする二人のディーラーは、「閒」に賭けられた数十万ドルになろうかというチップをすべて手元に引き寄せると、「庄」のエリアにポツンと取り残されたように置かれている三百ドルのチップに配当を付けた。

するとそれまで沸騰していた場の空気がいっぺんに冷めてしまった。まるで、膨らみ切った風船が破裂してしまったかのような気の抜け方だった。老人の賭けた最低金額の三百ドルが、細いが鋭い針となって風船に突き刺さってしまったのだ。台を取り囲んでいた客が散り、椅子に坐っていた客のひとりも立ち上がった。

僕は、一瞬その席に坐ろうかなと思ったが、腕時計を見ると午後八時を過ぎている。そろそろ現れる頃だ。僕もその台から離れることにした。

2

ここリスボアのカジノは、宿泊施設の整ったホテルの部分と細い通路によってつながっている。僕はセキュリティー用のゲートを通ってホテルの側に出ると、ケーキを売っている小さな店の前に立った。

もう女たちが盛んに「回遊」を始めている。

去年、ここで初めて濃い化粧をした若い娼婦《しょうふ》たちがヒールの高い靴で歩いている姿を見かけたとき、まず僕の頭に浮かんだのが回遊という言葉だった。揃《そろ》って膝上《ひざうえ》の短いスカートをはいた娼婦たちは、客を見つけるまで、二、三人ずつ連れ立って、ホテルの通路から通路へと歩き廻る。それがまるで熱帯魚の回遊行動のように見えたからだ。

眼の前を何十人もの女たちが通り過ぎるが、李蘭《リラン》の姿はない。まだ来ていないだけなのか。もう客を見つけて部屋にいるのか。それとも、やはり、李蘭はこの仕事からすっかり足を洗ってしまったのだろうか。

だが、そうだとすると、どうやって食べているのだろう。蓄えはもうほとんどなかったはずだ。しかも、自分だけでなく、もうひとりを養わなくてはならなくなっていた。

そこに金髪の女がやって来た。薄い紫色のノースリーブのワンピースからは白い腕とかたちのいい脚が見えている。

イリーナだ。もっとも、それが本名とは思えない。ロシア風の名前なら、アンナでもよかったろうし、タマラでもよかったかもしれない。そう、李蘭が小紅や美麗でもよかったように。

僕を見ると、イリーナは一瞬強い視線を当ててから、ふっと笑った。客の気を引くためのものとは違う懐《なつ》かしさを含んだ笑みだった。

「やあ、どうだい」

僕が英語で挨拶《あいさつ》すると、イリーナも英語で応《こた》えた。

「まあまあよ」

僕はこちらに歩み寄ってきたイリーナに訊《たず》ねた。

「李蘭を知らないか？」

「ここにはいないわ」

「どこにいる？」

「さあ、よく知らないの」

「やっぱり仕事をやめたのかな」

「そうみたいね」

イリーナはかつて李蘭とリスボアのホテルの部屋をシェアーしていた時期があると聞いていた。李蘭には他の中国人娼婦の中で親しい女性はいなかったが、イリーナとは別々に部屋を借りるようになってもよく一緒に食事をしていた。そのイリーナが知らないというからには、少なくともここでの仕事はやめたのだろう。

「ありがとう」

僕が礼を述べると、イリーナはハイヒールの靴音も高く歩きはじめてから、何か思い出したように振り返って言った。

「もしかしたら、マノスのバーにいるかもしれない」

「マノスって、美麗街の？」

僕は美麗街をルア・フォルモサと発音した。ポルトガルの租借地であるマカオは、ひとつの通りにポルトガル語と中国語の二つの名前がついているのだ。

「そう。ルア・フォルモサのイタリア料理屋。ずいぶん前だけど、あそこにピザを食べに行ったら、バーで飲んでいたわ。このあいだ行ったときも飲んでいた。二度とも同じことを言ってた。ここで人を待ってるんだって」

「わかった。ありがとう」

僕はうなずいて笑顔を返した。

そうか、あそこにいるのか。李蘭がそこで待っているという相手は……たぶん、僕だ。もしかしたら、毎晩ずっと待っていてくれたのかもしれない。しかし、僕がマカオを離れてから四カ月以上になる。いったいいつからあの店で僕を待つようになったのだろう。

僕は李蘭と最後に言葉をかわしたときのことを思い出そうとした。

「日本で金を作ったら、すぐ戻ってくるから」

間違いなく、僕はそう言った。そのときの僕は、その「すぐ」を二、三週間ていどのことと思っていたのだ。

「待ってるわ……」

李蘭は感情を押し殺したような声でそう言ったが、やはり本当に待っていてくれたのだ……。


ホテルを出ると、僕は「マカオ陸軍クラブ」の脇《わき》を通り、南湾街《ナムワンガイ》から水坑尾街《ソイハンメイガイ》を抜けて、さらに美麗街《メイライガイ》に入った。

角を曲がって少し歩くと、「マノス」の黒い看板が見えてきた。名前の下にはピッツェリアというイタリア語が小さく記されている。この店では、李蘭とよくピザを食べたものだった。特別おいしいというわけではなかったが、居心地がよかったのだ。どれだけ長くいても文句を言われなかったし、待ち合わせに使っても相手が来るまで放っておいてくれた。

ドアを開けて中に入ると、手前の席には二組ほどの客がいて食事中だった。一段高くなった店の奥に、少し暗いカウンターの席がある。そこに、女性がひとり坐っていた。逆光になっていてはっきりとはわからないが、カウンターの上には細長いカクテルグラスが置かれている。その女性が李蘭であれば、それはカンパリのソーダ割りのはずだ。少しも減った様子がないのは、飲むためではなく、ただそこにいるために注文したにすぎないからだろう。

横顔はシルエットだけだったが、数歩近づいただけで李蘭だということがわかった。

「ごめん、待たせた」

僕が背後から声を掛けると、振り向いた李蘭が驚きもせずに言った。

「待ったわ」

李蘭の顔はいくらかふっくらしたようだった。最初に会ったとき深い疵《きず》のように見えた頰の影が消えている。珍しく、スカートではなくジーンズをはき、プルオーバーのざっくりした麻のブラウスを着ている。もしかしたら、このジーンズは僕が天神《ティンサン》巷《ホン》の店で買い、プレゼントしたものかもしれないと思った。

僕は李蘭の横に坐りながらいちばん気になっていることを訊ねた。

「劉《りゅう》さんの具合は、どう？」

すると、李蘭は顔を正面の壁の方に向けて黙り込んでしまった。

「元気？」

さらに言うと、視線をカウンターの上のカクテルグラスに落としながら、ことさら軽い調子で言った。

「死んだわ」

僕は息を呑んだ。李蘭を見たが、別に冗談を言っている顔ではなかった。

〈劉さん……。死んだ……〉

頭の中でその二つの言葉を並べてみても、ひとつの意味を持ったフレーズとしてつながらない。しかし、口に出さないまま繰り返しつぶやいているうちに、ようやくひとつのフレーズになった。

〈劉さんが、死んだ……〉

そのとき、僕は劉さんが死ぬなどということをまったく考えていなかったことにあらためて気づかされた。

劉さんの体の調子が悪かったことは確かだった。李蘭によれば肺ガンに罹《かか》っているという。しかし、僕がマカオから東京に向かうときはかなり持ち直していたはずだった。

客を取らなくなっていた李蘭にも、ベッドに臥《ふ》せりがちだった劉さんにも、負けが込みはじめた僕にも金がなくなり、どう都合し合っても立ち行かなくなったために、僕が日本で金を集めてくることにした。成算があったわけではなかったが、東京までの航空券が残っていたので、とにかくいったん帰ってみることにしたのだ。

最初は二、三週間のつもりだった。しかし、やはり誰からも金を借りることはできず、金を作るためには捨てたはずの仕事に戻るしかなかった。そして、気がつくと、一カ月、また一カ月と日本にいることになってしまっていたのだ。李蘭と劉さんのことが気にならないわけではなかったが、もう少し金を作ってからと思っているうちに四カ月が過ぎてしまった。だが、そのあいだに劉さんが死んでしまっていた……。

「いつ？」

「二月末、春節の少しあと」

僕が金を持ってくるのが遅れたために劉さんを死なせてしまったのだ。

「ごめん、悪かった……」

僕が謝ると、李蘭が不思議そうに顔を向けた。

「何が？」

「僕が早く金を持ってくれれば……」

「違うわ、お金はあったの。でも、劉さんは医者にかかろうとしなかった。もういいんだって」

「そう、もういいんだって言ってね」

何がもうよかったのだろう。訊ねようとすると、その前に李蘭が僕の方に顔を向けて言った。

「もういい？」

「マカオにはいつ？」

「夕方着いた」

午前中に成田を発《た》ったが、香港からフェリーに乗ってマカオに着いたときには午後五時を過ぎていた。

「それですぐここに来てくれたの？」

「さっき、リスボアでイリーナに会った」

「イリーナがなんて？」

「李蘭はマノスで人を待っているって」

「そうなの、ここで航平《こうへい》を待ってたの」

「ずっと？」

「ずっと」

「でも、僕が持ってくる金は必要じゃなくなっていた」

「うん、そう」

「だったら、なぜ？」

「渡すものがあったの」

李蘭はそう言うと、隣の椅子に置いてあったハンドバッグから一冊のノートを取り出した。それは小学生が使うような、表紙に子熊《こぐま》の絵が描いてある小さなノートだった。

「死ぬ前にわたしに言ったの。これを航平に渡してくれって」

「劉さんが？」

李蘭は黙ってうなずいた。

ノートであるからにはその中に何か書いてあるのだろう。劉さんが最後に何か書き、それを僕に渡してくれと頼んだ。だとすれば、それはバカラに関することに違いなかった。しかし、それがどんなものであるにせよ、このカウンターで広げて読む気にはなれなかった。

僕はノートを受け取ると、軽く丸めて片手に持った。

それを見て、李蘭が言った。

「嬉《うれ》しい。これでやっとマカオから出ていけるわ」

しかし、その声は言葉と裏腹に沈んだものに聞こえた。

「出ていく？」

「うん、福建《ふっけん》に帰るわ」

李蘭が生まれ育ったのは福建省の武夷山《ぶいさん》の近くにある村だと聞いたことがあった。

「故郷に？」

「そうじゃなくて。たぶんフォッチャウあたりに」

「フォッチャウ？」

僕が訊《き》き返すと、李蘭が日本語に直してくれた。

「福州」

「そうか……」

李蘭はスツールから立ち上がると、グラスの方に視線を向けて言った。

「払っておいてくれる？」

「もちろん」

僕が言うと、李蘭は少し喉《のど》に引っ掛かるようなかすれ声で言った。

「さようなら」

僕はそれが李蘭との別れになるということに初めて気がつき、慌《あわ》てて言った。

「明日もういちど会えないかな」

李蘭の顔に微妙な表情が浮かんだ。

「最後に食事でも」

僕が言うと、視線をフロアーに落として考えていた李蘭がつぶやくように言った。

「そうね……」

そこには僕の提案を受け入れてくれたような気配が感じられた。

「どこにしようか」

それが最後のものになるのなら李蘭の好きなところに行きたい。僕が相談するように言うと、李蘭が逆に訊ねてきた。

「泊まっているのはリスボア？」

「うん」

「それなら、迎えに行くわ」

「ルームナンバーは……一〇八六」

僕が言うと、李蘭がふっと表情を緩めた。

「同じね」

「えっ？」

「前の時と」

「よく覚えていたね」

「……忘れられないわ」

その意味を考えていると、李蘭が訊ねてきた。

「偶然？」

「いや、たまたま空いていたんだ」

「そう、あの部屋はいいわ。眺めがいいから」

そう言えば、李蘭はあの部屋に来るたびに一度は窓辺に立って外を眺めていたものだった。しかし、それほど気に入っているとは知らなかった。

「でも、よく戻ってきてくれたわ」

李蘭が出口に向かって歩き出しながらつぶやくように言った。

僕がマカオを離れる前の日、劉さんは厳しい口調でこう告げた。

「ここには戻ってくるな」

しかし、李蘭は違っていた。

「戻ってきて！」

それがあまりにも悲しげに聞こえたから、僕は自分に向かって言い聞かせるように約束したのだ。

「きっと戻ってくる」

すると、李蘭は、その直前に感情を露《あらわ》にしてしまった自分を恥じるかのように、低く小さな声で言ったのだ。

「待ってるわ……」

確かに李蘭は待っていてくれた。しかし、それは、こんな風に簡単に別れるためだったのだろうか。

僕は椅子に坐ったまま、カウンターから遠ざかっていく李蘭に向かって声を掛けた。

「もし僕がマカオに戻ってこなかったら……」

どうしていたかと訊く前に、振り向いた李蘭が微《かす》かに笑いながら言った。

「ここでおばあさんになってたわ」

3

僕はホテルに戻ると東翼大堂と呼ばれる海沿いのエントランスの側にあるエレベーターで部屋に上がった。

一〇八六号室の窓からは、マカオの半島部分とマカオ最大の島であるタイパ島をつなぐタイパ大橋が見える。照明灯のオレンジ色の連なりが、橋梁《きょうりょう》のなだらかな弧を描き出している。その光を浴びながら、ときおりタクシーが寂しげに走り抜けていく。去年このホテルに長く泊まったときも、毎日のように窓の外のタイパ大橋を眺めていた。バカラで勝っては眺め、負けては眺め、いや、朝起きてカーテンを開けては眺め、眠る前もカーテンを閉める前に眺めてからベッドにもぐり込んだものだった。

僕はさまざまな記憶が甦《よみがえ》るのに任せてタイパ大橋をぼんやり眺めていたが、しばらくすると窓から離れた。そして、ベッドの端に腰を下ろすと、李蘭に渡された小さなノートを膝の上に置いた。

死の間際《まぎわ》に劉さんが僕に伝えたいことがあったとしたら、それはひとつのことしかないはずだった。

バカラだ。バカラの戦い方についての何かだ。劉さんが求めていたのはバカラの必勝法だった。いや、必勝法という言葉で表せる以上の何かだった。劉さんが手に入れたかったのは、金を稼ぐということではなく、バカラという博打そのものだったからだ。すべてを失っていた劉さんにとって、バカラを自分の手で掴み取るということは、人生のほとんど唯一《ゆいいつ》の目的になっていた。バカラを手に入れたい。しかし、そのためには、まず勝たなくてはならなかった。勝つ方法を手に入れなくてはならなかった。丁半博打に必勝法などありはしない。そう言いながら、劉さんはバカラの必勝法を求めていた。

バカラに必勝法などありはしない。僕もそう思う。しかし、もしかしたら、僕がいなかったあいだに、劉さんは何かを摑んだのかもしれない。少なくとも、摑めたと信じたのかもしれない。

そのとき、さっき別れたばかりの李蘭の言葉が甦ってきた。僕が金を持ってくるのが遅れてしまったことを詫《わ》びたとき、李蘭はこう言わなかったか。

「違うわ、お金はあったの」

金はあった？　そのときも妙なことを言うと思ったが、直後に聞いた「もういいんだ」という劉さんの言葉に気を取られて訊き返せなかった。

李蘭の蓄えはほぼ底をつきかけていた。金はあったというのが本当だとしたら、劉さんはバカラで大勝したことになる。しかも、その金をカジノから持ち帰ったことになる。

僕の知っている劉さんはカジノでいくら勝っても途中でやめようとしなかった。目的が金を得るためではなかったからだ。勝っても勝ってもバカラの台の前から動かない。やがて、潮の境目が来て、一万ドル、五千ドルという大きな額のチップを次々と失っていく。そして、ついには、賭けられる最低金額のチップすらもなくなると、端《は》数《すう》となった少額のチップをポケットに入れてカジノを立ち去ることになるのだ。

その劉さんが金を持ち帰った。だとすると、それは何かを摑んだからかもしれない。これがバカラだという何かが摑めたからかもしれない。

僕はノートを手に持つと、子熊が描かれている表紙をめくった。

だが、一ページ目には何も書かれていなかった。次のページも白紙だった。そして、さらにもう一ページめくると、ようやく文字が現れた。しかし、そこに達筆な文字で書かれていたのはたった一行の日本語だった。

波の音が消えるまで

それだけだった。

次のページもめくったが白紙のままだった。次も、次も、次のページも、その一行以外まったく何も書かれていなかった。

僕は当惑した。

劉さんは、わずか一行の言葉を僕に伝えるために、このノートを李蘭に託した。託された李蘭は、何日も、何十日も「マノス」のカウンターで僕を待ちつづけた。しかし、僕にはその言葉の意味がまるでわからなかった。

「波の音が消えるまで……」

口に出してつぶやいてみた。

バカラに関係しているということは間違いない。波の音が消えたらどうなるというのか。あるいは、波の音が消えたらどうしろというのだろうか。いや、そもそも波の音が消えるとはどういうことなのか。

僕はカバーが掛かったままのベッドの上に引っ繰り返り、シャンデリア風の照明器具の陰で薄暗くなっている天井を見上げた。

以前、ここに泊まっていたときも、こうしてよく横になっては考えていた。どうしてあそこで賭けてしまったのか。どうしてあそこで賭けられなかったのかと。

僕はもういちど口に出してみた。

「波の音が消えるまで……」

わからない。しかし、わからないながらに、それが劉さんの生涯の果てに見たバカラの世界の、ひとつの風景であるような気がしてきた。辿《たど》り着いた境地のようなもの、と言ってもいいのかもしれない。

バカラの台には、席の番号や賭ける目の枠を記した緑色のフェルトの布が敷き詰められている。そこはまさに緑の海だ。「バンカー」か、「プレイヤー」か。「庄」か、「閒」か。岸辺には絶え間なく勝負の波が打ち寄せてくる。

去年の六月、劉さんと初めて出会ったのも、その緑の海の岸辺だった。

第一章　暗い花火

1

その日の夕方、香港は雨が降っていた。霧のような雨だったが、空には簡単に上がりそうもない厚い雲が垂れ込めていた。

僕は香港の啓徳《カイタック》空港の到着ロビーにいて、これからどうしようか迷っていた。空港内の公衆電話から、横に置かれている電話帳を頼りに電話を掛けつづけたが、ホテルにはどこも空室がなかった。

「フル・ブッキング」

ぶっきらぼうに言うか、申し訳なさそうに言うかの違いはあったが、満室という答えはどこも同じだった。

それも無理はなかった。この日は、租借地としての香港が、イギリスから中国に返還される前日だった。つまり、イギリス領香港の最後の日ということになる。その記念すべき日の目撃者になろうと、世界中から多くの観光客が詰めかけていたのだ。

最初にホテルの案内所に行くと、こちらで扱っているホテルに空室はありません、と冷たくあしらわれてしまった。しかし、彼らを恨む筋合いはなかった。そんなことを気にも留めないまま香港にやって来た僕の方が悪かったのだ。

インドネシアのバリ島から日本に帰るついでに、一日か二日くらい香港に立ち寄ってみようなどと思ったのが間違いのもとだった。僕がそんなよけいなことを考えてしまったのも、キャセイ航空の格安航空券が香港経由になっていたからである。

バリ島のデンパサールから東京に行くには香港で飛行機を乗り換えなくてはならない。数時間のトランジットで東京に向かう便に乗り継ぐこともできたのだが、フライトを予約するとき、ふと香港で降りておいしい中華料理でも食べてみようかなどと思ってしまったのだ。バリ島にいた一年間はほとんど自炊だったため、料理らしい料理を食べていなかった。もちろん、部屋を借りていたレギャン周辺にも日本料理をはじめとする各国料理の店がないことはなかったが、どこの店の味もほんの少し間が抜けていた。香港に着いたら、香港島のどこかのホテルに泊まり、以前連れていってもらったことのあるワンチャイの老舗《しにせ》レストランに行ってみるつもりでいた。少し値は張るだろうが、金なら充分すぎるほど残っていた。

ところが、飛行機が香港に近づいたとき、自分がとんでもないあやまちを犯そうとしていることがわかった。機長は挨拶《あいさつ》の最後にこう言ったのだ。

「今日はブリティッシュ・ホンコン最後の一日です。この午前零時をもって香港はイギリスから中国に返還されます。今夜はいくつかの行事のために行動が制約されるかもしれません。気をつけて。でも、楽しんで」

僕はそこで初めて、この日が香港にとって特別な一日であることを知ったのだ。もしかしたら香港のホテルは混んでいるかもしれない。とてつもなく高い部屋しか空いていないというようなことになっていたら大変だ。中華料理は諦《あきら》め、日本にまっすぐ帰ることにしよう。そう思い直した僕は、飛行機が香港の啓徳空港に着くと、すぐにキャセイ航空のトランジット・カウンターで乗り継ぎ便の変更を申し出た。いちおう二日後の便を予約してあるが、今夜の便にしてくれないかと頼んだのだ。ところが、そこにいた中国人の若い女性スタッフに、今夜の便はどれも満席で対応できない、と疲れたような表情で断られてしまった。ついでに訊《たず》ねてみると、明日も一日中満席だという答えが返ってきた。どうしても明日の便に乗りたければ、空港に来てキャンセル待ちをしてほしいという。どうやら、日本に帰るには、最初の予定どおり、二日後に予約してある便に乗るより仕方がないらしい。

僕はイミグレーションで入国のスタンプを押してもらうと、いくらかの期待を持って到着ロビーにあるホテルの宿泊案内所に行ってみた。だが、まったく相手にもされなかった。この日に泊まるため何カ月も前から、人によっては一年以上も前から予約しているのだという。

それではと電話帳に載っているホテルに直接電話をしてみたが、何軒掛けても結果は同じだった。残された方法は、電話帳にも載っていないような安宿を見つけることしかなさそうだった。しかし、この雨の中、安宿を探して歩くのは気がすすまなかった。僕の唯一《ゆいいつ》の荷物である布製のスポーツバッグはさほど大きくなかったが、雨に濡《ぬ》れながら、あるかどうかもわからない空室を求めて歩くのはあまりにも惨《みじ》めに思えた。テレホンカードを買うため、現金で持っていたアメリカの十ドル紙幣を香港ドルに替えていた。しかし、それだけで足りるはずもない。とりあえず、日本円で五万円ほど両替しておくことにした。

銀行の出張所らしい両替所で、円建てのトラベラーズ・チェックと交換に三千三百ドルほどの香港ドルを受け取り、念のために紙幣を数えながら、窓口の向こうに坐《すわ》っている若い男性に英語で訊ねてみた。

「どこに行ったら、安いホテルがあるかな」

「今夜？」

「今夜」

「予約してないのかい？」

「うん」

「それは厳しいね。九龍《カオルン》の奥の方に行けば何軒も安いホテルはあるけど、今夜ばかりは空いていないんじゃないかな」

「困ったなあ……こんな状況だとは知らなかったものだから……」

「知らないで来たの？」

若い男性が少し呆《あき》れたように言った。

「うっかりしてた」

「別に明日の返還セレモニーを見にきたわけじゃない？」

「そう、セレモニーにはあまり関心がないんだ」

すると、若い男性は名案を思いついたとでもいうように笑いながらこう言った。

「それなら、香港を素通りしてマカオに行けばいいんじゃないかな。水中翼船に乗れば一時間しかかからない。マカオならどこでも泊まれると思うよ。クレージーな料金になっている香港のホテルに比べたら、きっと半分以下で泊まれる。その差額でカジノで遊んだらいいじゃないか」

「マカオね……」

僕は博打《ばくち》にまったく興味がなかった。いくらなんでもそれはないな、と思いながら、礼を言ってその場を離れた。しかし、空港ビルの外に出て、街のネオンを反射して不気味な色に輝きはじめた厚い雨雲を見上げているうちに、もしかしたら、と思うようになった。もしかしたら、今夜の宿を確実に得るには、彼の言った方法しかないのかもしれないな、と。

しばらく考えた末、マカオまで足を延ばすことにした。明後日《あさって》の午後には日本に帰る便の予約が取れている。明日の一日を「返還」というお祭り騒ぎとは無縁のマカオでゆっくりするのも悪くないかなと思えてきたのだ。

僕は一度だけ香港からマカオに行ったことがあった。そのときも水中翼船に乗ったはずだが、どこから乗ったかはっきり覚えていなかった。旅行案内所に戻ると香港の簡略な市街地図をもらい、水中翼船が発着している埠頭《ふとう》に印をつけてもらってからタクシー乗り場に向かった。

待っている客の列は長かったが、次々と空車が来るおかげで予想外に早く順番がまわってきた。僕は小型のタクシーに乗り込むと、運転手にマカオ行きの水中翼船が発着しているという「港澳碼頭《ゴンオウマータウ》」まで行ってくれるよう頼んだ。

夕方ということもあったのかもしれない。雨ということもあったのかもしれない。あるいは、機長の言っていた「いくつかの行事」のためだったのかもしれない。道路はすさまじく渋滞しており、港澳碼頭に着いたときは七時を過ぎていた。

しかし、水中翼船のチケット売り場の周囲は閑散としている。何年か前に来たときには長い列ができていたから、明らかにいつもとは状況が違っているようだ。

「マカオまで一枚」

売り場でガラスの向こうにいる女性に言うと、英語で返事が戻ってきた。

「急いで！」

「どうして？」

僕がのんびり訊ねると、その言葉におおいかぶせるような早口で売り場の女性が言った。

「十分後に最後の船が出るの」

「最後の？」

「そう。七時半からこのビクトリア湾は封鎖されるの」

「どういうこと？」

すると、売り場の女性は呆れるというよりむしろびっくりしたような声を上げた。

「知らないの？ 大きな花火大会が開かれるのよ。ビクトリア湾の四カ所から五万発も打ち上げられるんだって。みんなそれを見るため香港へ来てるっていうのに、あんたは見ないつもり？」

「別に、花火はいい」

「そう。でも、急いで」

僕は渡されたチケットを持って、フェリー乗り場に急いだ。

途中にイミグレーションがあり、そこでまたパスポート・コントロールを受けなくてはならない。水中翼船で一時間ほどの距離でしかないが、イギリス領の香港からポルトガル領のマカオに行くことになるからだ。

手にしたパスポートを、入国する際受け取ったイミグレーション・カードの片割れと一緒に出すと、係官がポンと香港出国のスタンプを押してくれた。

30. JUN. 1997 香港

一九九七年六月三十日のこの日が、イギリス領香港の最後の日だったのだ。

2

僕が乗り込んだマカオ行きの水中翼船には「錫星号《せきせい》」という名がつけられていた。他の桟橋に繋留《けいりゅう》されている船には「金星号」や「木星号」というのがあったから、あるいは「錫星」というのも、中国語で太陽系の惑星のどれかを意味する言葉なのかもしれなかった。しかし、これからマカオに行こうという者にとって、乗った船の名が金や銀でなくスズだというのは、あまり縁起がよいこととは思えなかった。たぶん、こんなときにマカオに行こうとするのは、マカオ在住の人を除けば、ほとんどがカジノに行こうという博打好きに違いないからだ。

七時半になると、出港の予定時間ぴったりにタラップが引き上げられ、水中翼船はゆっくりと動きはじめた。チケットに記された「二十九A」という席に坐った僕は、ビクトリア湾が封鎖される前にギリギリで香港を出ることができた幸運を喜んだ。

離れていく桟橋に眼をやりながら、僕は深い意味もなく胸のうちでつぶやいていた。

〈最後の船、か〉

この日の朝、バリ島のデンパサール空港で僕を見送ってくれたのはケンという若者ひとりだった。

ケンは、本当の名前をワヤンという。しかし、バリ島にはあまりにも多くのワヤンがいるため、紛らわしすぎるという理由で日本人によってケンという愛称をつけられた。当人も気に入っていて、ワヤンよりケンと呼ばれることを好んだ。

僕は、そのケンと、混雑しているキャセイ航空のチェックイン・カウンターが空《す》くまで出発ロビーの片隅で立ち話をしていた。僕はケースに入ったサーフボードを持ち、ケンは僕の布製のスポーツバッグを肩から下げてくれていた。

「航平さん、いつ、戻ってきますか」

ケンがたどたどしい日本語で言った。

「さあ……」

もう二度とバリ島に来ることはないだろうと思ったが、口を濁した。

「航平さん、すぐ、戻ってきます。いいですね」

「そうだなあ……」

「日本で、誰、待ってます？」

そう言われて、あらためて自分には誰も待っている人などいないということを思い起こさせられた。

「誰も」

僕が苦笑しながら言うと、ケンは顔を輝かせるようにして言った。

「レギャン、みんな待ってます」

確かに、レギャンの浜辺で観光客相手のサーフィン・スクールを開いている後藤さんの部下たちは、一緒に働いていた僕にみんな親しみを持ってくれていた。部下だけでなく、後藤さんも、経理を担当しているバリ島生まれの後藤さんの奥さんも、びっくりするほど僕に親切にしてくれていた。だから、僕が仕事をやめて日本に帰ると言うと、夫婦揃《そろ》って本気で怒ってしまったのだ。ケンひとりしか見送りに行かせようとしなかったのも、それが理由に違いなかった。

レギャンでの生活は楽しかったが、もうこれ以上居つづける理由が見つからなくなっていた。バリ島には、どの海岸にも乗りたい波がなくなっていたのだ。いや、波の問題ではなかったかもしれない。もしかしたら、僕は波に乗るという行為そのものに興味を失ってしまったのかもしれなかった。

キャセイ航空のチェックイン・カウンターに眼をやると、並んでいる客の列がだいぶ短くなっている。

「ようやく空いてきたようだ。ケンも元気で。それと、後藤さんによろしく言っておいてくれないかな。わがままを言って、すいません、って。俺の代わりなんかすぐ見つかるからって」

「航平さんの代わり、見つかりません」

僕はケンからバッグを受け取り、チェックイン・カウンターの列に並んだ。ケンはセキュリティー・チェックのところまで送るつもりらしく、まだその場にたたずんでいる。

ようやく僕の番になり、サーフボードを預けようとすると、二百五十ドルのエキストラチャージがかかるという。他に預ける荷物はないのだからと無料にさせるべく頑張ったが、職員の男性は規則だからと譲らない。それなら預けない、と啖呵《たんか》を切り、搭乗券だけを発行してもらった。

そして、ケンのところに戻ると言った。

「ケン、これ貰《もら》ってくれないか」

「だめです。これ、航平さんの大切なロングボードです」

「いいんだ、もう……。あんなばか高いエキストラチャージを払うくらいなら、ここに置いていった方がいい」

「それじゃあ、ぼく、預かっておきます。航平さんがまたレギャンに戻ってくるまで」

「ありがとう……でも、たぶん……」

戻ることはないだろう、と言いかけて、そのあとの言葉を呑《の》み込んだ。この一年、なにくれとなく親身に世話をしてくれたケンを悲しませるのがしのびなかったのだ。

僕は、軽く片手を挙げ、搭乗口に向かった。自分よりはるかに背の高いサーフボードのケースを抱いたケンは、その場に立ったまま手を振ってくれた。

そのとき、ふと、僕はもう二度とサーフボードに乗ることはないかもしれないと思った。もう二度と波に乗ることはないのかもしれないなと……。

急に船内がざわつきだして、我に返った。よほど深く自分の思いの中に入っていたのだろう。

マカオが近づいてきたらしく、まだ船が停まってもいないのに、気の早い客はもう立ち上がっている。やがて、船は停まり、桟橋に横づけされた。

僕は水中翼船から降りると、乗客のあとに従って桟橋から埠頭の建物に入った。乗客たちは急ぎ足で通路を歩いていく。僕もほとんど何も考えないままついていったが、しばらく歩くと、不意に蛍光灯の光の明るさが逆にもの寂しげな印象を与えるイミグレーションに出てきた。

そこにあるパスポート・コントロールの窓口は、澳門居民、香港居民、訪澳旅客の三つに分れている。澳門とはマカオのことだから、マカオの住人と香港の住人とその他の来訪者ということなのだろう。僕は訪澳旅客という窓口にできている短い列のあとについた。

建物の外に出てタクシー乗り場に向かうと、客が少ないせいかどこまで続いているのかわからないくらいの台数が並んでいる。タクシーに使われているのは、ほとんどがくたびれたような黒い車だ。僕はその一台に乗り込むと行く先を告げた。

「リスボア」

僕がマカオで知っているホテルの名は二つしかなかった。ひとつはタイパ島にあるリゾートホテル。しかし、そこはいかにも高そうだったので、もうひとつのホテルの名前を告げたのだ。

年配の運転手は小さくうなずくと、メーターを入れてからアクセルをゆっくりと踏み込んだ。

3

しばらく走ると、前方に円筒形の黄色い建物が見えてきた。すると、運転手がバックミラー越しに僕の眼を見て訊ねてきた。

「ホテル？　カジノ？」

車をホテルとカジノのどちらの側に着ければいいのか訊ねているらしい。そう言えば、いちど行ったことのあるリスボアのカジノは、ホテルとは入り口が違っていた。

「ホテル」

僕が言うと、運転手は黙ったまま、制服を着たドアマンの立つホテルの玄関に横づけした。

ドアマンが開けてくれた扉からロビーに入り、中央階段の上にあるらしいレセプションに向かった。

カウンターの中にいた若い女性のスタッフに訊ねると、香港の両替所の若い男性が言っていたとおり、部屋は空いているという。料金はツインの部屋で七百香港ドル。マカオの通貨はパタカだが、香港のドルがまったく同じレートで通用しているらしい。

一香港ドルを約十五円とすると、一万五百円ということになる。バリ島の安い物価に慣れた身にはかなり高く感じられるが、まあこれくらいは仕方がないのかもしれない。僕は宿泊カードに必要な事項を記入し、パスポートを渡そうとして、まだ訊《き》き忘れていることがあったのを思い出した。

「明日も泊まれるんだよね」

すると、レセプションの女性は即座に答えた。

「いいえ、明日は満室なんです」

「どうして？　香港でもないのに？」

「たぶん、香港でセレモニーを見終わったお客さんが、どっとマカオに来るんだと思います」

「どこも満室かな」

「いいえ、空いているホテルはあると思いますよ」

一日ごとにホテルを変わらなければならないのは面倒だ。思い切って今夜のリスボアを諦め、これから他のホテルを探そうか。考えていると、カウンターの奥を通り過ぎようとした別の女性スタッフが、僕の手元にあるパスポートに眼を留め、立ち止まった。そして、僕の顔を見ながら言った。

「何かお困りですか？」

きれいな日本語だった。僕が手にしているパスポートの色とかたちから日本人だということがわかったのだろう。

「明日も泊まりたいと思っているんだけど、満室だと言われてしまって……」

僕が答えると、日本語の上手なその女性スタッフは、ちょっとお待ちくださいと断ってから卓上のコンピューターのキーを叩《たた》きはじめた。そして、しばらくして、笑顔を向けながら言った。

「たぶん、同じ部屋が取れると思います。申し訳ありませんけど、明日の正午頃、ここにいらしていただけませんか」

「わかりました、ありがとう」

そう言いながら、彼女の胸の名札を見ると、「村田明美」という日本名が記されていた。

「日本人？」

僕が驚いて訊ねると、彼女はにっこり笑ってうなずいた。

「ええ」

そして、最初の女性に代わってチェックインの手続きをすると、一〇八六号室という部屋のカードキーを渡してくれた。

カードキーをスライドさせ、ドアを開けて入ったその部屋は、海と街を半々に見渡すことのできる、ほどよい高さのところにあった。

斜め前に建っている巨大なビルは中国銀行らしい。その正面の壁には、香港の中国への復帰を祝う巨大な垂れ幕が下がっていた。

《慶祝 香港回帰》

その垂れ幕から眼を移し、タイパ島とのあいだに架《か》かっている長い橋を眺めていると、日本に帰る前に香港に立ち寄り、さらにマカオまで来ることになってしまったことが現実感のない夢の中の出来事のように思えてくる。もし、バリ島からの帰りに香港に立ち寄ろうなどと思わなければ、いま頃は日本に着いていたかもしれないのだ。

マカオに来るのは何年ぶりのことだろう、と僕は思った。一度だけ、カメラマンの助手時代に女性誌の撮影で来たことがあった。一行は、若手女優とそのマネージャー、スタイリストと編集者、巨匠とその助手である僕に、香港から同行した通訳兼コーディネーターの計七人だった。

巨匠というのは当時の僕が助手としてついていたカメラマンだった。まだ四十代に入ったばかりだった巨匠は、「先生」と呼ばれるのを嫌い、助手たちにも名前で呼べと命じていた。先輩の助手もそう呼んでいたので、僕も何の疑問もなく「さん」づけの名前で呼んでいた。ところが、先輩が独立し、僕が助手のチーフになったとき、ある編集者から、どう考えても助手が先生のことを名前で呼んでいるのはまずいのではないかと忠告された。そこで、ふと思いついて、冗談のように「巨匠！」と呼んでみた。すると、そのふざけたニュアンスが気に入ったらしく、当人みずから巨匠を名乗りはじめた。以来、僕たちは巨匠と呼ぶことになったのだ。

そのときのマカオでの撮影は、雑誌がタイアップしたタイパ島のリゾートホテル内でのカットが多かったが、有名な観光名所も何カ所かは押さえておかなければならなかった。そのため、一枚の壁だけとなってしまった聖パウロ学院教会や、こぢんまりとしたたたずまいのペンニャ教会や、ポルトガル風の家が立ち並ぶ石畳の坂道や、最大の繁華街であるセナド広場などでも撮ることになった。

香港での撮影を含めて三泊四日のスケジュールでは、マカオに費やせる時間はほとんど一日しかなかった。そのためコーディネーターが用意した大型のバンに乗り、短時間であちこちを動きまわらなければならなかったが、それでも、リゾートホテル内のレストランで遅い夕食をとったあとは、リスボアのカジノに行って遊べることになった。タイパ島からマカオの中心部へはタイパ大橋を渡れば簡単に行くことができたのだ。

リスボアはマカオ最大のカジノを併設しているホテルとして世界的にも有名ということだった。カジノに入場すると、博打の好きな巨匠と編集者と女優のマネージャーは張り切ってブラックジャックをやりはじめたが、女優と女性のスタイリストはしばらくスロットマシーンで遊ぶとホテルに帰りたいと言い出し、僕が一緒に帰ることになった。編集者は盛んに申し訳ないと言いつづけたが、僕には博打に対する興味がまったくなかったので別にかまわなかった。カジノに残るという中国人のコーディネーターに出口まで送ってもらい、そこに並んでいるタクシーでタイパ島のリゾートホテルに戻った。女優とスタイリストがバーで酒を一、二杯飲むというのに付き合ってから、それぞれの部屋に戻った。

しばらくして、スタイリストから自分の部屋でもう少し飲まないかという電話がかかってきたが、彼女と巨匠との長い複雑な関係を知っていた僕は、面倒なことになるのを避けるために断った。疲れていて眠いからと。実際、ベッドに横になると、すぐに気を失うように眠り込んでしまったのだ……。

少年時代の僕はカメラや写真というものとまったく無縁に過ごしてきた。十代の半ばからはただひたすらサーフィンに明け暮れていたからだ。夏だけでなく、冬も厳寒期を除いて波に乗りつづけた。高校を卒業すると、大学には行かず、一年半ほどのアルバイトで金を貯《た》め、サーフィンの聖地であるハワイのオアフ島に向かった。

僕がオアフ島のノースショアーに移り住み、そろそろ一年が過ぎようとしている秋の初め頃だった。有名なカメラマンが女性のアイドル歌手の写真集を作るため、ノースショアーにやって来た。かなり大人数の一行で、僕はハワイに来てから親しくなった日系三世のコーディネーターに頼まれて三日ほどその撮影隊のためにアルバイトをした。ローカルのサーファーの何人かにモデルになってもらう交渉をしたり、夕陽と波がもっとも美しく見えるポイントに案内したり、冷たい飲み物を切らさずに用意したり、観光客の行かないレストランに連れていったりした。

その最後の夜、カメラマンがビールを飲みながら、冗談めかして言った。

「このまま、一緒に日本に帰らない？」

僕が言葉の意味がわからずカメラマンの顔を見ていると、真面目《まじめ》な顔になってさらにこう続けた。

「うちで助手やらない？」

「助手って、撮影のですか？」

「そう、撮影の助手」

だが、そこにも助手は二人来ていた。いくら流行《はや》りのカメラマンでも三人も助手が必要とは思えない。それに、僕は写真というものにあまり関心がなかった。日本からコンパクトカメラを一台持ってきていたが、それもほとんど使わないままバッグの中に入れっぱなしになっていた。

「僕はぜんぜん写真のことを知りませんし」

僕が戸惑《とまど》いを口にすると、カメラマンは軽く言い放った。

「ああ、助手に写真の知識は必要ないの。大事なのは気働きでね。君みたいな人が来てくれたら大助かりなんだけどね」

「でも、助手なら……」

「来月、ひとりやめるんでね、できればいまのうちに補充しておきたいんだよ」

僕はその三日間の付き合いでカメラマンに好意を抱くようになっていた。口から先に生まれたというのはこういう人のことを言うのかと思えるくらい、次から次へと調子のよい台詞《せりふ》を吐くが、実は見るべきことはきちんと見ていて的確な判断を下す。写真に興味はないが、この人と一緒に仕事をするのは面白いかもしれないなと思った。

しかし、僕にはまだノースショアーに未練があった。冬のノースショアーのビッグウェーブを、まだ一度も乗りこなすことができていなかったのだ。ハワイで迎えた最初の冬に、数階建てのビルほどもあろうかという高さの波に取りつき、ボードに立つか立たないかのうちに振り落とされ、巻き込まれ、海底に引きずり込まれ、死の間際《まぎわ》まで連れて行かれることになって以来、どうしても波への恐怖心を克服できなくなっていた。そのときの記憶が身をすくませてしまうのだ。だが、次の冬には、自分を叩き伏せた波よりさらに大きな波を絶対に乗りこなさなくてはならなかった。

残念ですけど、と僕が断ると、カメラマンは、もし日本に帰ってきて気が向いたら訪ねてきてほしいと言い、名刺をくれた。

二年目の冬が終わる頃、ついに望みを叶《かな》えることなく、逃げるようにノースショアーから日本に帰った僕は、名刺に書いてあったカメラマンのオフィスに電話を掛けた。世間知らずの僕にも、旅先での言葉が、日常とは別の次元から発せられているものだということはわかっていた。半年前の言葉が、まだ生きていると思ったわけではない。素《そ》っ気《け》なくあしらわれるのは覚悟の上だったが、なんとなくあのカメラマンの声をまた聞きたいと思ってしまったのだ。

一度目は不在だったが、二度目につながるとすぐに会おうと言ってくれ、会うとその次の週にはもう助手としてすべての撮影につくことになっていた。
それから三年、僕が独立しようとすると、必ずしも諸手《もろて》を挙げて賛成はしてくれなかったが、邪魔立てをするようなことはいっさいしなかった。むしろ、何人かの親しい編集者に仕事をまわすよう頼んでくれていたということを、あとになって知ったのだ。

自分が写真に向いていたかどうかわからない。それも女性のヌードを撮るカメラマンに向いていたかどうかはわからない。巨匠は間違いなくヌードを撮るのに向いていた。裸になった女の子たちに機関銃のように言葉を浴びせかけ、笑わせたりうっとりさせたりしているうちに、気がつくともう撮影は終わっているのだ。僕にはそんな芸当はできなかった。まさに、それは巨匠にしかできない芸のようなものだったのだ。ただ、僕には、裸になった女の子を緊張から解き放ってあげられる何かがあるようだった。無口というほどではないが、巨匠ほどには喋《しゃべ》らない。しかし、あるとき、初めてヌードになってくれた女優に、こう言われたことがあった。あなたといると、裸でいることがなにか特別なことだとは感じられなくなるのが不思議だわ、と。考えてみれば、僕は物心がついてからずっと裸で過ごしてきたと言えなくもない。小学生のときは一年中プールで泳いでいたし、中学生になってからは冬でもサーフボードを持って海に入っていた。裸でいることが普通であり、服を着ない姿でいることの方が快適だった。

カメラマンになったあとの僕にも、どこかにその感覚が残っており、モデルとなってくれる女性たちにもなんとなく伝わるのかもしれなかった。

サーフボードで大きな波に乗り、乗り切れずに海中に叩き落とされるとき、そして、そこから浮かび上がろうとするとき、サーファーは実に不思議なポーズを取ることになる。取らざるをえなくなる。僕の脳裡《のうり》には、そのポーズの記憶が無数に残っており、ついヌードのモデルにもさせてみたくなってしまう。それが斬新《ざんしん》な構図ということで評価されるようになって、むしろ僕の方が戸惑うほどだった。

仕事にも困らなくなり、収入もあるていど増えてきた。

だが、あるとき、このまま続けていくことはできないと思うようになってしまったのだ。もう一度だけ、波を相手の、波だけを相手の生活をしてみたい。いや、もっとはっきり言えば、どうしても乗りこなせなかったビッグウェーブにもう一度だけ挑戦したかったのだ。悔いを残したまま、日々の小さな興奮に搦《から》め捕《と》られて齢《とし》をとっていきたくなかった。考えた末、今度はオアフ島ではなくバリ島に行ってみようと思った。

バリ島にもいくつかの名高いサーフポイントがあったからだ。

そして、数カ月で百万の金を貯めた。それだけあれば、バリ島で半年は暮らせるように思えた。

僕は写真を撮るという仕事をやめ、日本を出た。ところが、バリ島に着いてしばらくすると、意外にも日本人観光客を相手にするサーフィンのインストラクターの口が見つかり、そこで貰う小遣《こづか》いていどの給料で生活ができてしまい、日本で用意した金はほとんど手をつける必要がなかった。ビザの書き換えをするため何度かシンガポールに行ったときの費用を除くと、持っていった金がそっくり残ることになった。

しかし、一年近くが過ぎ、そのバリ島で望みを叶えることもなく、用意した金だけを持って帰るということが、ひどく滑稽《こっけい》であるような気がしてならなかった。残った九十万ほどの金は、東京でまた部屋を借り直し、生活道具を買い揃えるだけで、その大半は消えてなくなるはずだ。それがとてつもなく虚《むな》しいことのように思える……。

あらためて、「村田明美」という名札をつけたリスボアの女性スタッフが見つけてくれた一〇八六号室を眺め渡してみると、少し広めのツインで、なかなか快適そうな空間だった。

デスクの上にはミネラルウォーターのボトルが置いてあり、無料なので自由に飲んでくれというカードが添えられている。そればかりか、冷蔵庫に入っているソフトドリンクとビールもチャージされないと記されている。

僕はなんとなく嬉《うれ》しくなってから、いや、いまの自分はそんなわずかな支払いの有無で一喜一憂しなくてもいいほどの金を持っているではないか、と思い直した。

ふと、あの金をここで、このリスボアのカジノで、すべて使い果たしてしまったらどうだろうという考えが浮かんできた。ゼロになり、東京に戻ってゼロからやり直す……。

だが、すぐに、ばかばかしい、と思い返した。ここでどんな博打をすればいいというのだろう。巨匠の好きなブラックジャックか。賭《か》け方が簡単そうなルーレットか。それとも、数年前に来たとき少しだけ見ていたことのある大小という博打か。そんなものに金を賭ける気にはならなかった。

僕には博打の面白さがよくわからなかった。助手時代の先輩は巨匠と同じく博打好きで、競馬新聞を読んではよく馬券を買っていた。だが、僕には競馬の醍醐味《だいごみ》がまったくわからなかった。走るのは馬であり、それに乗るのは自分とは別の誰かなのだ。その勝者を当てることがどうして面白いのだろう。

博打に関心を示さない僕に向かって、巨匠はよくこんなことを言っていたものだった。

「航平は本気で博打をやれば強いはずなんだけどな」

「そんなことはありません」

僕がつまらなそうに言うと、巨匠は真顔になって言ったものだった。

「航平はよく人を見ている。だから、気配りができる。博打の基本も見ることにあるんだよ」

巨匠は本業のヌード撮影とは別に、日本の職人の手技をライフワークのように撮りつづけていた。日本のさまざまな土地に行き、織りや染色、陶芸や漆芸、彫金や寄せ木細工などといった職人の仕事ぶりを二、三日かけて撮影するのだ。

あるとき、山梨で水晶の研磨師を撮ったことがある。あまりきれいとは言えない原石から、まず十二面体を作る。その十二面体のひとつの面を五つにし、六十面体にする。そして、最後は、そのひとつひとつの面にさらに三つの面を作って、百八十面体に削り上げる。面が多くなるにつれて、光が多様に屈折し、複雑な輝きを帯びるようになる。

僕はその研磨師の精妙な手つきに惹《ひ》かれ、撮影の合間も傍《かたわら》を離れず眺めつづけた。

どうすればあのように小さな面を平らに削ることができるのだろう……。

すると、二日目にすべての撮影を終えて引き上げるとき、それまでほとんど無言だった研磨師が僕を顎《あご》で指しながら巨匠に向かって言った。

「その若者をここに置いていかないか」

何を言われたのかわからなかった巨匠は、一瞬戸惑っていたが、その意味がわかると大きな笑い声を上げた。

「いいですね、置いていきましょうか」

それを聞いて、研磨師が真顔のまま言った。

「ほんとに、いいのか？」

すると、巨匠は慌《あわ》てて言い直した。

「いや、冗談です。うちにも必要な若者なので」

そのやりとりを聞きながら、僕は、ここで水晶の研磨をしつづけるという人生も悪くないなと考えていた。

巨匠が人をよく見ているというときの僕とは、もしかしたらそのようなときの僕だったかもしれない。

ロケ先やスタジオで待ち時間があるようなとき、巨匠は好んでチンチロリンをやった。

チンチロリンとは、参加者のそれぞれが順番に三つの小さなサイコロを器の中に投げ入れ、その出た目の大小を競う博打だ。三つのサイコロのうち、二つが同じ目になるまで繰り返し投げ入れるのだが、その人の持ち数となるのは同じになった二つの目の数ではなく、残りひとつのサイコロの目となる。五・五・二なら二、逆に二・二・五なら五になる。投げ入れる器は、サイコロをよく弾《はじ》くところから、陶製の丼《どんぶり》のようなものが好まれる。

そのため、助手は、カメラ機材の中に、巨匠が中国の景徳鎮に行ったときに買い求めたという青い模様のついたドンブリと、三つの小さなサイコロと、現金がわりに使うチップを忘れずに入れておくことが重要な仕事のひとつになっていた。

巨匠は、助手だけでなく、出版社の編集者や広告会社のクリエーターを引き込んでドンブリを囲む。勝ち負けはノートにつけておき月末に清算する。巨匠は、外部の人に負けると機会を見つけて必ず支払い、勝つと相手が自分から言い出さないかぎり請求しなかった。それもまた、巨匠がクライアントに人気のある理由のひとつだったかもしれない。しかし、僕たち助手からは情け容赦なく取り立てた。

僕たちは、ほとんど無給でこき使われている他のカメラマンの助手より優遇されていた。当時はまだ、有名カメラマンのもとで助手をやっていたということが意味を持っていた時期の名残《なご》りがあり、技術を会得《えとく》することや業界の人間関係を作れるからということで、わずかな小遣いていどの金を渡されるだけのところが多かった。それに比べると、巨匠はもう少し近代的で、住居などの面倒は見ないかわりに、大学新卒者の初任給と同じくらいの金をきちんと払ってくれた。

しかし、博打の支払いに対しては容赦なかった。月末の給料の支払い日に博打の清算もするのだが、どんなに金がないということを知っていても、むしり取った。「これはこれ」というのが巨匠の口癖だった。そして、ほとんどいつも巨匠のひとり勝ちだった。

他にまったく師匠風を吹かせることのなかった巨匠が、みんなとやるチンチロリンだけは勝手に抜けることを許してくれなかった。奥さんと死別してから長く独身を続けていた巨匠が、本質的に寂しがり屋だったからかもしれない。

巨匠は常々こんなことを言っていた。

「写真はスポーツだなんて言うカメラマンがいるが、写真はスポーツなんかじゃない。写真は博打なんだよ。何をどう撮るかというのは賭けるということと同じなんだ。何に、いつ、いくら賭けるのか。博打が弱かったらいい写真なんて撮れない」

それは博打好きの巨匠の勝手な言い分と思っていたが、巨匠のもとを離れてフリーランスになってみて、ときどきその言葉を思い出すことがあった。

僕には巨匠たちとのチンチロリンくらいしか博打の経験はなかったから、本当に博打が強くなければいい写真が撮れないのかどうかはわからなかった。しかし、写真は博打だというのは、案外当たっているのかもしれないと思うようになったのだ。写真には、現像されたものを見てみなければどんな作品が撮れたのか本当の意味ではわからないという博打性もある。だが、それ以上に、撮る対象との間合いを詰めたりはずしたり、瞬間的に判断しながらシャッターを押していくところなどに、どのくらいの金をどのタイミングで賭けるかという博打の根本に通ずるところがあったのだ。

モデルの最も美しい瞬間を定着するためにカメラマンはさまざまな手を尽くす。衣装、ヘアー、メイク、小道具、セット、そして光。さらには自身の言葉まで駆使して、いい写真を撮ろう、つまり博打に勝とうとする。

もしかしたら、僕が写真を撮ることに倦《う》むようになった理由のひとつもそこにあったのかもしれない。

疲れたわけではなかった。編集者やデザイナー、スタイリストや芸能プロダクションのスタッフとの付き合いは決して嫌いではなかった。中には、いかにも業界風の軽薄な人物もいないことはなかったが、多くは職人肌のプロだった。彼らとの仕事には、ひとつひとつが、まったくかたちの違う波に乗るときのような期待と興奮があった。だが、それを続けているうちに、他者とは無関係に、ただひたすら、沖からやって来る波とだけ向かい合っていたときの、あのノースショアーでのシンプルな日々に戻りたいという強い欲求が生まれてしまったのだ。

とはいえ、そのノースショアーの巨大な波に打ちのめされ、逃げるように日本に戻ってきてしまっていた僕には、二度とハワイには戻れないという思いがあった。だから新しい場所を求めてバリ島に向かったのだ。しかし、そこには、ただ失望するだけの日々しかなかった。比べてはいけないと思うのだが、ノースショアーの波とはあらゆる意味でスケールが違いすぎたのだ。

ベッドサイドに置かれている時計を見ると、午後九時になろうとしていた。僕はシャワーを浴び、汗にまみれたシャツを替えるとホテルの外に出て食事をとることにした。

4

エレベーターで一階に降り、以前はホテルのレセプションとして使われていたらしい海側のエントランスから外に出ようとして、カジノへ続くゲートが眼に入った。偶然マカオに来ることになってしまった僕は、これといって時間をつぶす方法が思いつかなかった。そこで、食事を済ませたらカジノをほんの少し覗《のぞ》いてみようと思っていた。

巨匠たちと一度だけ入ったことのあるこのカジノの印象はかなり強烈なものだった。体育館のような広い空間にさまざまな種類の博打《ばくち》の台が並び、客たちが群がるようにして賭けている。その混み具合は、まるで年末の買い出し客で賑《にぎ》わう市場か、初詣《はつもうで》客が殺到する元旦《がんたん》の神社のようだった。博打に関心はなかったが、そこに群がっている客たちは興味深かった。

カジノへ続くゲートには金属を探知する枠のようなものが設置され、入場者はそこを通るようになっている。僕はその横に立っている警備員の若者がいかにも退屈そうにあくびをかみ殺しているのを見て、ふと、食事より先にカジノに入ってみようかなと思った。もしかしたら、この時間帯はいくらか空いているのかもしれない。

ゲートから細い通路を抜けてカジノの中に入った瞬間、僕は眼を疑った。あまりにも狭く感じられたからだ。記憶にあるリスボアのカジノは体育館のようにだだっ広いはずだった。ところが、実際に眼の前にあるカジノは、体育館といったイメージからはほど遠いものだった。

フロアーは円形になっており、それより一段高くなった外側に、土星のリングのようにに両替所やバーやスロットマシーンの設置されたフロアーが広がっている。だが、そのリングの部分を除けば、ごく普通のディスコクラブていどの広さしかないと思われた。僕は自分の記憶の中でかなりの変形をしてしまっていたらしい。

しかし、その狭さにもかかわらず、いや、その狭さの故《ゆえ》にだろうか、混み具合は記憶どおりだった。閑散としているかに見えたマカオでも、このカジノの中だけは例外的に客で溢《あふ》れ返っていた。歩いていても誰かと肩を触れ合うことなしには通れないほどだ。

円形のフロアーには相変わらずさまざまな種類の博打の台が並んでいた。ルーレットがある。ブラックジャックがある。バカラがある。前に来たとき、中国人のコーディネーターに名前を教えてもらったマカオに独特の博打もあった。三つのサイコロを使ってその合計数を当てる大小、バックギャモンで使うような牌《はい》を用いて客同士が戦っているパイガウ、無数の小さな白い碁石のようなものに杯をかぶせて数を当てさせるファンタン……。

どこの台にも客が大勢いるように思えるが、よく見てみると、その周囲に隙間《すきま》もないくらい人が群がっているのは二種類の博打に限られていた。大小とバカラだ。しかし、どちらかと言えばバカラの人垣の方が厚く、熱っぽさも上のようだった。

バカラはフロアーの中央に二つの大きな台が背中合わせになって設置されていた。僕はそのうちのひとつの台を、人垣の外から頭越しに眺めた。どうしてこの博打がこれほどの熱気を生むのか単純に知りたいと思ったからだ。

その細長い台には、中央にトランプのカードを配るディーラーが坐《すわ》っており、その向かい側に賭けられたチップの付け取りをするディーラーが二人立っている。客はカードを配るディーラーを中心に左右に坐るようになっているが、台の両端が半円状になっており、そこにも客が坐れるようになっている。台の上に番号が振ってある。右半分が一から七まで、左半分が十三を除いた八から十五まで、つまり台には十四人しか坐れないのだ。それ以外の客は、坐っている客の背後を何重にも取り囲んで立つことになる。

僕はバカラのルールを知らなかった。助手時代に撮影旅行で連れていってもらったラスベガスで、いちど巨匠に訊《たず》ねたことがある。すると、ごくあっさり、オイチョカブのようなものだよと教えてくれたが、僕はそのオイチョカブを知らなかった。特に関心があったわけでもなかったので、それ以上はあえて訊ねることもしなかった。だが、台の外に立ち、少し注意して勝負を見ているうちに、バカラがどういう博打なのか徐々に理解できてきた。

賭け方はごく簡単だった。客は、バンカーとプレイヤーと書かれている台の上のどちらかのエリアにチップを置いて賭ける。勝ち負けは、二枚ないし三枚配られたカードの合計数で決まる。合計した数のうち、十の位を除いた一の位の数が多いほうが勝ちなのだ。

台に書かれているバンカーという英語の横には、漢字で「庄」とあり、プレイヤーの横には「閒」とある。日本風に言えば、バンカーは「親」でプレイヤーは「子」だが、中国語圏では「庄」と「閒」となるらしい。どういう意味かはわからないが、「閒」は間に似ている。もしかしたら間の古い字なのかもしれない。「庄」には農村の家屋敷を連想させるものがあるので、「庄」は家で、「閒」は部屋、ということなのではないだろうか。とすれば、やはりそれも親と子に近い関係の言葉ということになる。

客はただ「庄」か「閒」のどちらかにチップを置けばいい。はずれればチップは没収されるが、当たれば同額の配当が付けられる。ゲームのルールそのものに難しいところはない。だが、そのゲームに勝つのはひどく難しそうだった。なぜ「庄」が勝ち、「閒」が負けるのか。あるいは、どうしてその逆になるのか。それが単なる偶然なら、他の丁半《ちょうはん》博打と同じように、勝てる確率は五割しかないことになる。しかも、「庄」で勝った場合はカジノ側に五パーセントのテラ銭、コミッションを取られることになっているようだ。勝ったり負けたりを偶然に委《ゆだ》ねていたら、「庄」で勝ったときに取られるコミッション分だけが確実に減っていくことになる。それは、いずれ客は負けるということを意味している。

台の上には、もうひとつ「和」と書かれたエリアがある。これは引き分けのタイを表す中国語らしい。ここにも賭けることができ、当たれば八倍の配当がつくが、あまり出てこない目らしく、チップが置かれることは稀《まれ》である。

やがて、何回目かの勝負の途中で、不意にカードのあいだにはさまれた白い紙が出てきた。

そして、その回の勝負に決着がつくと、台には急に弛緩《しかん》した空気が漂うようになった。客が手持ちのチップを数えたり、歓声の上がっている隣の台に移動したりしはじめた。ディーラーたちも台の上を片付けたり、手元にあるチップ入れのボックスの整理をしたりと、次の勝負がなかなか始まらない。

どうやら、それでひとつづきの勝負に区切りがついたということのようだった。僕もカジノ見物を切り上げ、食事をするため、とりあえず外に出ることにした。十時を過ぎると、いくら夜が遅そうなマカオといえども、開いているレストランがなくなってしまうかもしれない。

すると、そこに、カジノの制服を着た男性が未使用のカードの束と、そのカードを入れる黒く細長い箱を持ってきた。

カードをどのようにこの箱に収めるのだろう。興味を覚えた僕は足を止めた。

まずディーラーのひとりがカードのパッケージについている封を切っていく。全部で八組のカードを取り出すと大雑把《おおざっぱ》に混ぜ合わせ、次に自動的にシャッフルできるマシーンでよくカットし、斜めに寝かせるような状態で黒く細長い箱に入れる。その際、最後尾から少し戻ったところに白いカードを挟み込む。なるほど、さっき出てきたのはこれだったのだ。ゲームの途中で白いカードが出てきたら、それを最後にそのシリーズを終える。そうしないで最後までゲームを続けてしまうと、勝負の途中でカードが足りなくなってしまう可能性があるからなのだろう。

それで新たに開始されるゲームの準備は整ったらしい。

ゲームを開始するに当たって、ディーラーはまず最初に黒い箱から八枚のカードを引き出し、台の上に並べる。さらに、その八枚のカードを、裏返しにしたまま、不用になったカードを入れる穴の中に捨てる。それは一種の儀式のようなものなのだろうが、同時に、箱に入れるときに客たちの眼に触れた可能性のあるカードを排除するためもあるのだろうと思えた。

そのすべてが終わる頃には、また客たちが戻ってきて、すぐに空いている席が埋まってしまった。

僕は、こうしてふたたび始まったバカラのゲームを、最初から眺めることになった。

まず驚かされるのは、賭ける金の桁《けた》が違うことだ。大小などは賭け金の最低単位が五香港ドルから十ドルなのに対して、このバカラの台では最低三百ドルを張らないかぎりゲームに参加できないと断り書きがされている。

見ていると、台の前に坐った客は賭ける金額が三百からいつの間にか五百、千という単位になっていってしまう。千香港ドルといえば約一万五千円に相当するが、二、三十万円を失うのに、ものの一時間もかからない。実際に、僕が見ていた台でも、内ポケットの中の千ドル札を、十枚ずつの束にしてディーラーに放り投げてはチップに換えていた五十代の男が、それを三回繰り返して三万ドル、四十五万円を失うのに三十分とかからなかった。

僕はゲームを眺めながら、無意識のうちに今度は「庄」の勝ちかな「閒」の勝ちかなと予想することを始めていた。もちろん、当たることもあればはずれることもあるという具合で、連続して当たりつづけるといった夢のようなことは起きそうにない。しかし、自分でも意外なほど根気よく眺めつづけた。いろいろな人がいろいろな賭け方をする。そして、儲《もう》けたり損をしたりする。その様子を見ているだけで充分に面白かったのだ。

……ふと気がつくと、いつの間にか、僕は真剣にバカラの勝負を見るようになっていた。

きっかけは、カードの開け方だった。勝負を見つづけているうちに、客がカードを開けるときの奇妙な手つきの意味がわかる瞬間がやってきたのだ。

配られたカードは、「庄」も「閒」も、最高額のチップを賭けた客がオープンすることになっている。だが、そのとき、客の多くが奇妙な開け方をするのだ。裏になったカードを、まず縦にして、両端をつまむように持ち、そろそろとめくり上げていく。しかし、一センチほど開けると、今度は横にして、同じことを繰り返す。そして、その客がカードの奥を覗き込むようにして何か言うと、同じ目に賭けている他の客が歓声を上げたり、励ますような声を掛けたりするのだ。

はじめのうちは何をしているのかまったくわからなかった。縦にして少し開け、横にして少し開け、時にはまた縦にしてさらに何センチか開ける。いったい、それにどんな意味があるのだろう。だが、しばらく注意して見ているうちに、なるほどそういうことなのかとわかってきた。

トランプのカードにはそれぞれの数だけクラブ、スペード、ダイヤ、ハートのマークがついており、肩に数字が記されている。その数字のところを最初に両手の親指と人差し指でつまんで隠し、縦にしたカードを一センチだけめくり上げるとどうなるか。その数がいくつかわからないまま、カードに記されたマークが上端か下端の一列分だけ見えることになる。もしそこにマークが何も見えなかったら、そのカードは一である。一列目に一個見えたら、そのカードは二か三である。二個見えたら、四か五か六か七か八か九か十である。すべて○ということになるらしいジャックとクイーンとキングの絵札の場合は、少し開けただけで枠の線が現れるのですぐにわかってしまう。

もし、一列目にマークが二個あったものを横にして、同じようにめくり上げていくとどうなるか。もし、そこに二個のマークが現れたら、それは四か五である。三個なら、六か七か八だ。そして、四個出てきたら、九か十だということになる。

たとえば、二枚配られたうちの一枚目にめくったカードが三だったとする。もしそうだとすれば、次のカードが六であれば合計九となって最もよい数となる。最高額を賭けた人はもちろん、その人と同じ目に賭けた人も、二枚目のカードが六であってほしいと願う。その願いを一身に受けて、最高額を賭けた人はゆっくりと二枚目のカードをめくり上げていくのだ。

縦にしたカードの第一列のマークが二個だった。すると、その報告を受けた客はまず安堵《あんど》の声を洩《も》らす。一でも二でも三でもないからだ。

さらに横にしたカードを少しめくり上げると一列目に三個のマークが現れる。その報告は客を熱狂させる。縦にして二個、横にして三個のマークがあるカードは、六か七か八しか存在しないからだ。

そこでめくり手は、さらにカードを縦にして、前より多めの二列目までめくり上げる。そこに何もマークがないことを知って、客はさらにヒートアップする。なぜなら、それは六か七であることを物語っているからだ。七の場合は、カードの向きによって、

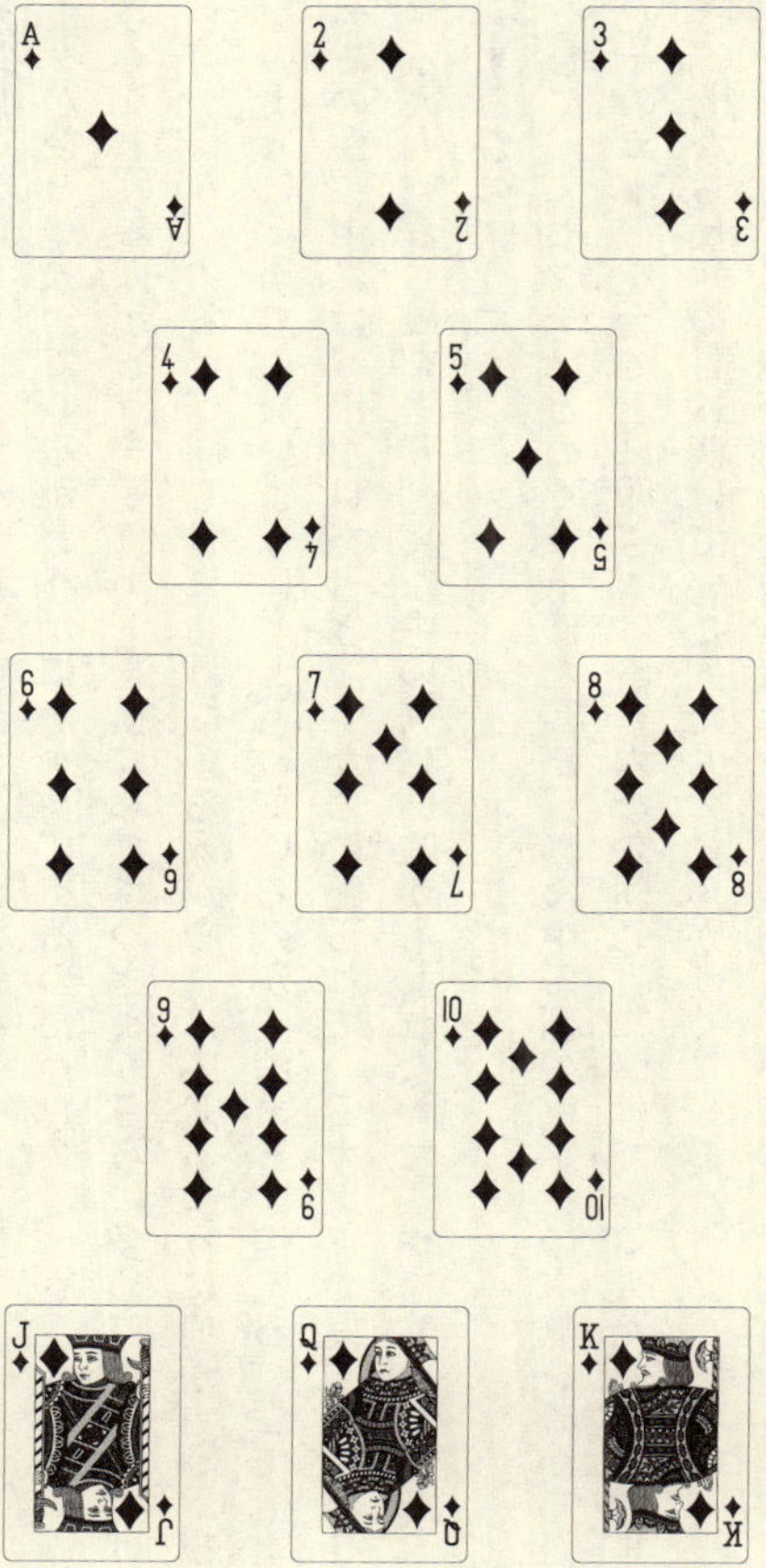

二列目にマークが入っていたり入っていなかったりする。

六か七か。六なら合計が最高の数字である九になるが、七だと合計十になり、下一桁が最悪の〇になってしまう。最高の数になるか最悪の数になるかは、真ん中の列にマークがひとつ入っているかどうかにかかってくるのだ。

めくり上げる人がもう一度カードを横にしてさっきよりさらに多めにめくり上げながら何か言う。すると、同じ目に賭けている人がそれに応じるように何か言う。出てこないように、出てこないように、と言っているのか、消えろ、消えろ、とでも言っているのか。中には、出た目を書き記すために配られているカードで扇《あお》ぐような仕草をする人もいる。風を送り、真ん中の列にあるかもしれないマークを吹き飛ばそうとでもするかのように。

そして、二センチほどめくり上げた客が、真ん中の列のマークの有無を確かめた瞬間、そのカードを台の上に叩《たた》きつける。六なら同じ目に賭けている人たちから歓声が湧《わ》き、七なら反対の目に賭けていた人たちの歓声が湧く。

そのようにして、バカラの台の熱気は少しずつ増していくのだ。

冷静に考えてみれば、どのような開け方をしようが、配られてしまったカードのマークの数が変わるはずはない。しかし、強い思いをこめてめくり上げると、彼らが望む数に変わっていくような気がしてくるのが不思議だった。

変化しようもないカードのマークの数を何とかして自分たちの願う数にしようと努力する。その非合理さが、なんとなく人間の愚かさと切なさを表しているようにも思える。

僕はその奇妙なめくり方の意味がわかって、さらに強くバカラの勝負に惹きつけられることになったのだ。

5

大勝ちする客もいなければ、大負けする客もいない。少額のチップの張りが続き、中盤で場が少しダレてきた。

すると、カードを配るディーラーの向かいに立ってチップの付け取りをしている若い女性のディーラーのひとりが、すぐ横の席で、勝っても負けても陽気に大きな声を上げながら賭けている中年女性の客に話しかけた。中国語なので僕には何を言っているのかよくわからなかったが、手首に太い金のブレスレットをしているその中年女性が笑顔でうなずくと、ディーラーは彼女のチップの山から五百ドルのチップを一枚受け取り、しばらく考えてから「閒」に張った。それを見て、「庄」に賭けていた客の多くが「閒」に賭け直しはじめた。ディーラーが次の目は「閒」だと教えてくれているのだ。半信半疑ながらとりあえず従ってみようと思ったに違いない。

僕はこれと似た光景を数年前に来たこのカジノで見たことがあるのを思い出した。巨匠たちがブラックジャックに熱中しはじめ、女優とスタイリストの女性がスロットマシーンの前の椅子《いす》に坐ってしまい、手持ち無沙汰《ぶさた》になった僕はひとりでカジノをぶらぶらした。そのとき、大勢の客が群がり、熱く煮えたぎったようになっている「大小」の台があった。ディーラーが次に出る目の予想をしていたのだ。それが次々と当たる。しかし、予想を的中させ、場を賑やかにしたあげく、客がどっと賭けたところでゾロ目を出した。大小は三つのサイコロの合計数の大小を当てるのが基本の博打だが、三つとも同じ目、つまりゾロ目が出た場合には大小どちらに賭けていてもカジノ側に取られてしまうことになっている。大小は大に賭けても小に賭けても当たれば二倍になって戻ってくる。バカラのようにカジノ側が明らかなコミッションを取ることがない。しかし、このゾロ目の際の「親の総取り」がカジノ側にとってのコミッションの役割を果たしているらしいのだ。出る目を教え、場を賑わせ、頃合いを見計らってゾロ目を出す。そんなカジノ側の戦略に、客たちがいとも簡単に乗ってしまうのを見て、どうしてこんな単純な手に引っ掛かってしまうのだろうと不思議だった。

だが、いま、このバカラの台でもそれと同じようなことが始まろうとしているのかもしれなかった。

賭けが締め切られ、それを告げる卓上のベルがチンと鳴らされると、中央に坐っているディーラーが黒い箱からカードを抜き出し、「閒」と「庄」と書かれたプラスチックの小さな盤の前に二枚ずつ並べる。すると、左右に立っているディーラーが、「庄」と「閒」のそれぞれに最高額を賭けた客の前に、長いヘラですくったカードを裏返しにしたまま置く。

若い女性のディーラーが教えた目である「閒」に賭けている客の方が圧倒的に多いが、中には「庄」に賭けている客も何人かいる。

カードが開けられると、「閒」は四と四の八、「庄」は八と五の三で、三枚目が配られることなく「閒」の勝ちになる。八と九は特別の数であるらしく、どちらかにその数が出てしまうと、そこで勝負は決してしまうのだ。

中年女性の五百ドルは千ドルになった。ディーラーはその千ドルをそっくり自分に預けないかというようなことを言ったらしい。中年女性がうなずくと、ディーラーはその千ドルをまた「閒」に置いた。それを見て、多くの客がどっと「閒」に賭けた。

カードが開けられると、閒八・庄七で、これも「閒」の勝ち。ディーラーは二千ドルになった女性のチップを、こんどは了解も取らずにそのまま「庄」に賭けた。これまで二度の「閒」を勝たせてもらった他の多くの客もディーラーの「庄」に追随し、逆に少数の疑り深い客は「閒」に張りつづけた。いずれにしてもほんの少し前までのダレた空気は一変し、場が熱く煮えたぎってきた。かつて見たことのある大小の台と同じような熱気がこもってきた。しかし、バカラには大小と違ってカジノ側に「親の総取り」というゾロ目のような伝家の宝刀があるわけではない。大小におけるゾロ目と似たものといえば「閒」と「庄」が同じ数になるタイの「和」だが、これは親の総取りではなく、賭けられたチップをそのままにして勝負のやり直しになる。このディーラーはどのような決着をつけるつもりなのだろう……。

カードが配られ、最高額を賭けた客がそれをめくりはじめる。

結果は、閒〇・庄五で、やはりディーラーが賭けた目である「庄」の勝ち。

「庄」で勝つと、賭けた金額の五パーセントのコミッションを取られることになっている。中年女性の二千ドルは三千九百ドルになって戻されることになるのだ。若い女性のディーラーは、その三千九百ドルのチップのうち、端数《はすう》の四百ドルを勝手に抜き取り、手元のチップ・ボックスに押し込むと、断りもなく残りの三千五百ドルを

「庄」に賭けつづけようとした。ところが、中年女性がもうこれでやめておきたいと言い出した。いや、たぶんそんなことを言っているのだろうということが僕にもわかった。若い女性のディーラーはさかんに賭けつづけるよう説得していたが、しばらくすると、その台でカードを配っていた年配の男性ディーラーが若い女性のディーラーをたしなめるように軽く首を振った。若い女性のディーラーは苦笑して、ふたたび自分の仕事であるチップの付け取りにだけ専念するようになった。

それを見て、バカラは大小のようにはディーラーが関与できる部分が少ないのではないかと思えてきた。若い女性のディーラーが客のチップを「代理」で張っていたのは、それによって客のチップを取り上げようとしたわけではなく、単に場を沸かせようとしただけなのかもしれない。そう言えば、他の博打に比べるとはるかに賭け金が高額であるバカラは、場が盛《さか》ってさえいればテラ銭、つまり五パーセントのコミッションだけでカジノ側は充分な利益を上げられる、と巨匠に聞いたことがあった。だからバカラを「カジノの王」と呼ぶのだと。もしそうでないとすれば、単に若い女性のディーラーが退屈していたのか、大きく当てた人から貰《もら》える文字どおりのチップがほしかったのかのどちらかだろう。

いずれにしても、ディーラーの恣意《しい》によって出る目が動かされるということはなさそうだった。それは同時に、大小とは違ってディーラーの考えの裏をかいて勝つということができないことを意味してもいた。

だが、この若い女性のディーラーには次に出る目が読めていたように思えてならない。彼女が超能力者だとは思えないから、何かによって次に出る目を読んでいたのだ。もし、彼女に目が読めるとすれば客にだって読めないはずはないし、僕にだって読めないことはないはずだ。

僕は真剣に次に出る目を読みはじめた。読んでは、頭の中で「庄」に賭けたり「閒」に賭けたりするようになった。

だが、当たったりはずれたりで、どうしても連続的に当たるということがない。一度は連続して三回まで当てることができたが、すぐに三回続けてはずしてしまった。

その六回の勝負だけに限ってみれば勝敗は三勝三敗の五分だが、実際に賭けていれば「庄」で当たったときに支払うコミッションの分だけ減っていたはずだ。そのことは、勘に任せて賭けていれば、ゆっくりと、しかし確実にコミッションの分だけ失っていくということを意味していた。

やがて、白いカードが出て、その黒い箱に入っていたカードを使っての一連の勝負は終わった。

僕はカジノの台を離れると、中央のフロアーより一段高くなっている外側の回廊部分に上がった。そこで一息入れようと思ったのだ。ちょうど、壁際《かべぎわ》に設置されているスロットマシーンの前に手頃な椅子が並んでいる。僕はそのひとつに腰を下ろした。

〈あの若い女性のディーラーはどのような目の読み方をしていたのだろう。目の出方には、ある種の法則性があるのだろうか……〉

考えながら眼の前のスロットマシーンの絵柄をぼんやり眺めているうちに、これをやってみようかな、という気持が湧いてきた。さすがに、バカラの台の近くに立って、ただ見ているだけの状態にフラストレーションのようなものを覚えていたのかもしれない。スロットマシーンだけは、巨匠に連れていかれたラスベガスのカジノで、時間を潰《つぶ》すためほんの少しだけやったことがあった。

何種類もあるマシーンの中から僕が選んだのは、横一列に同じ米ドル札が三枚並ぶとその札の種類によってさまざまな金額の香港ドルが出てくるというものだった。当たりの金額には、五ドル、十ドル、二十ドル、五十ドル、百ドル、二百ドル、五百ドルの七つのパターンがある。盤面には横に三本のラインが記されてあり、一枚が一ドルのコインの投入数によって、当たりの対象になったりならなかったりする。投入したコインが一枚だけなら真ん中のラインだけが対象になり、二枚なら真ん中と上、三枚なら真ん中と上と下の三つのラインが賭けの対象となる。

僕は近くの交換所で三十香港ドルをコインに換えると、一枚ずつ投入してはハンドルを引きはじめた。五ドルのところに二度ほど当たったが、その程度では減るコインの数に追いつくはずもなく、瞬《また》く間に三十ドルはなくなってしまった。しかし、当ったのは五ドルが二度だが、他のラインには、十ドルが二度と二十ドルが一度できていた。僕は次に同じく三十ドルを換え、今度は三枚ずつ投入した。しかし、一度だけ五ドルと十ドルが同時に出たことがあったが、やはりすぐになくなってしまった。僕はさらに五十ドルを換え、そこで少し考えた。一ドルずつでも三ドルずつでも勝ち目はない。もしこの台でなお戦おうとするなら、一ドルと三ドルの賭け方を巧妙に混ぜながら賭けていくしかないのではないか。これまでの感触では、ひとつのラインで揃《そろ》うと、少し間隔を置いて他のラインでも揃うことが多い。原則的には一枚で賭けておいて、ここぞと思われるときに三枚を投入する。そのタイミングさえ捉《とら》えられれば、なんとか増やしていくことができるのではないだろうか。

今度は、五十ドル分のコインを一、一、一、一、三、三……という具合に枚数に変化をつけて投入しはじめた。そして、リズムよくハンドルを引いているうちに、一から三にチェンジするタイミングがかなりうまく見極められるようになってきた。真ん中のラインに五ドルが出たあとで、投入するコインの枚数を三枚に切り替えると、上と下のラインにすぐ十ドルと二十ドルが出る、といった具合だった。そのようにして一ドルと三ドルを交互に賭けているうちに、五十ドルが七十ドル近くにまで増えた。そして、何周期目かの三ドル投入を続けていると、不意に上のラインで二百ドルが揃い、金貨が流れ落ちるような景気のよい音がした。

巨匠から聞いたところによれば、スロットマシーンには、一度大きな当たりが出たらすぐそこを離れるべし、という考え方があるらしい。連続してそう何度も当たりが出るわけがないからというのが理由だ。しかし、僕はまだその台から離れる気がしなかった。なんとなくまだ出るような気がしたのだ。ふたたび一ドルと三ドルを適当にチェンジしてはハンドルを引いていた。すると、それから五分もたたないうちに、今度は下のラインにまた二百ドルが揃った。僕はさらにしばらくやっていたが、溜《た》まったコインの金額を表示するカウンターが四百ドルを少し超えたところでやめることにした。もうこの台から大きな当たりが出ることはないだろうと思ったからではない。ふと、こんなことに運を使うことはないのではないか、と思ったからだ。巨匠は、チンチロリンで珍しく負けると、悔しまぎれによくこんなことを言っていたものだった。

「こんなところで運を使わなくてよかった」

僕もそのスロットマシンの前で思ったのだ。こんなところで運を小出しに使っていると、いざバカラを始めたときには運を使い果していたという悲惨なことにならないともかぎらない、と。

だが、そんなことを思っている自分に気がついて、心の底から驚いた。僕は頭の中だけでなく、実際に金を賭けてバカラをやるつもりになっているらしい。馬鹿《ばか》な、と思いつつ、しかし僕はコインを現金に換えると、ふたたびバカラの台のあるフロアーに戻っていった。

6

今度は二つある台のうち、客の少ない方を選んだ。

僕はカードを配るディーラーの斜めうしろにつくと、自分でも信じられないほどの忍耐力でバカラのゲームを見つづけた。

当然、見ながら、僕も次の目を予測することを続けていたが、相変わらず当たるときもあれば当たらないときもあるといった調子で一向に読み切れない。

やはり、次に出る目を読むなどということは不可能なのだろうか。あの女性ディーラーも、ただ当てずっぽうに賭《か》けを誘導していただけなのかもしれない。

たとえば、「閒」が六、「庄」が九で、「庄」が勝つ。次も「閒」が三、「庄」が七で、「庄」が勝つ。今度も「庄」が勝つのではないかと思っていると、「閒」が七、「庄」が〇で、「閒」が勝ってしまう。そうなると、次がどうなるかまったく予測がつかなくなってくる。判断留保をしたまま眺めていると、次も「閒」の七に対して「庄」は六で、「閒」の勝ちになってしまう。「庄」の勝利が二回続いたあとに「閒」が二回続いた。「閒」の目はなお続くのだろうか。それとも、また「庄」に反転するのだろうか。見ていると、「閒」が八という強い数を出しているのに、「庄」にそれより強い九が出て、「庄」が勝ってしまう。この「庄」は強いはずだ。次も「庄」が勝つのではないか。そう思いはじめると、絶対に「庄」しかありえないという気になってくる。

〈賭けてみようか……〉

そう思いながら見ていると、その次の目は無情にも「閒」の六に対して、「庄」は四になってしまう。もし、実際に「庄」に張っていれば負けていたことになる。僕は落胆し、賭けないでよかったと思い、バカラという博打がそう簡単なものでないことをあらためて確認しながらさらにゲームを眺めつづけることになるのだ。

それでも、今度こそ賭けようと思ってジーンズの尻《しり》のポケットに入っている金を引き出した瞬間がないわけではなかった。

〈とにかくスロットマシーンで勝った三百ドル近い浮きがあるのだ。これをなかったものと思って賭けてみようか……〉

そのたびに、まだ、まだ、と自分を思い止《とど》まらせた。

「迷っていらっしゃる」

右隣から低い声が聞こえてきた。驚いて横を見ると、僕の肩くらいまでしかない背の低い中年男性が前を向いて立っている。空耳だったのかもしれないと思い、視線を元の台の上に戻すと、前よりはっきりと声が聞こえた。

「悩んでいらっしゃる」

明らかに、隣の男性が話している。それも、日本語を。

「そんなに驚くほどのことでもありません」

男性は前を向いたまま言った。

「私はここに入ってきた客が日本人かどうか簡単にわかるんです。二人以上の客なら喋《しゃべ》る言葉ですぐわかる。ひとりで入ってきた客でもちょっと見ていればわかる。だいたいが台を囲んでいる人の輪から一歩引いて、外から覗き込むようにして眺めているからです。まさにいまのあなたのようにね。興味はあるが、深みにはまるのは怖い。しかし、自分で賭けるまではいかなくとも、ルールくらいは理解してみたい」

僕の肩口に見えている頭髪は薄く、脂《あぶら》っぽい皮膚が透けている。話し方にも、絡《から》みついてくるような粘っこさがある。

「あなたは若い。でも、普通のバックパッカーじゃないようだ。日に焼けているがまだらじゃない。滑らかに、均等に焼けている。それは長い期間、海の近くで裸になって焼いていたからだ。それに金を持っている」

僕は思わずその男性から少し体を離してしまった。

「警戒しなくてもいいですよ。さっき、あなたがジーンズのポケットから金を出そうとしたとき、一緒にこのホテルのカードキーも出てきた。ここに泊まろうというバックパッカーはあまりいません。倹約するつもりなら、ここの十分の一で泊まれる安宿がいくらもありますからね」

知らないうちに、ずっと観察されていたらしい。

「何か私でお役に立てることはありませんかね。私はマカオで日本人のために働いている何でも屋のような者なんです。合法非合法どんなことでも引き受けます。観光の案内をしてほしいなら聖パウロ学院教会からセナド広場の路地の奥の奥まで、クスリが必要ならクスリを、オンナが必要ならオンナを調達してきます。ギャンブルがお好きなら、グレイハウンド犬によるドッグレースからカジノのパイガウまで何でもご教示します」

マカオにやって来た日本人観光客を相手に、非正規の案内業をしているということだろうか。

「でも、あなたはバカラにことのほか興味がおありのようだ。しかし、なんとなく用心していらっしゃる。その用心の仕方は、興味の持ち方に比べて、異常に強い。何か特別な事情がおありと推察いたしましたが、用心するに越したことはない。バカラは深いんです。深くてズブズブの沼のようなものなんです。だから、足を取られると、なかなか抜け出ることができない。深みにはまるのがおいやでしたら、こんなところに長くとどまるべきじゃないんです。私がいいところへご案内しますよ。どうです、御一緒しませんか？」

僕は不気味になり、黙ってその薄毛の中年男性の傍から離れた。

客のあいだを歩いているうちに、このカジノには瓜二つ《うりふた》の構造を持った二つのフロアーがあることを思い出した。以前、巨匠たちと一緒に来たとき、この下にあるもうひとつのフロアーに行った記憶が残っている。カジノ専用のエントランスの側にあるエスカレーターで降りていくと、記憶通りまったく同じ造りのフロアーがあった。客は、むしろ、こちらの方が多い。

その理由はすぐにわかった。「二楼」と名づけられた上層のフロアーとは違い、「一楼」という名のこの下層のフロアーは、全面禁煙になっていたのだ。そう言えば、上層のフロアーでは、空気が煙草《たばこ》のけむりで白く霞《かす》んで息苦しいほどだったが、このフロアーでは空気が澄んでいるように感じられる。煙草を吸わない僕は、大量のけむりから解放され、思わずふうっと大きく息をついてしまった。そして、中央のバカラの台の近くに寄ると、またバカラの勝負を眺めはじめた。

じっと見ているうちに、次の目は「庄」ではなく「閒」に変わると見るべきではないか、と閃《ひらめ》いた瞬間が現れた。

それは「庄」が五、「閒」が四で、「庄」の勝ちとなった次の勝負でのことだった。

閃きは単なる直感にすぎなかったが、強いて理由をあげるとすれば、「庄」の勝ち方がたった一の僅差《きんさ》だったからでもあった。そのくらいの差は、次の勝負では簡単に乗り越えられてしまうような気がしたのだ。

僕はポケットに手を入れて香港ドルの紙幣を握りしめると、それをディーラーに向かって放り投げた。

大小などの博打は現金をそのまま賭けることができるが、バカラはチップに替えなければ賭けることができない。客はディーラーに現金をチップに替えてもらってから張ることになる。

ディーラーは、僕が投げ入れた現金が百ドル札十枚の束だということを確認すると、五百ドルのピンクのチップ一枚と百ドルの黄色いチップ五枚をヘラの上にのせて送ってよこした。僕は前に坐っている客のあいだから手を伸ばし、それを摑《つか》むと三百ドルをそのまま「閒」のエリアに置いた。三百ドルはその台で賭けることのできる最低の額だった。

タイマーが二分たったことを告げると、中央に坐ったディーラーがチンと卓上ベルを鳴らし、黒く細長い箱からゆっくりとカードを引き出す。そして、前に立っている二人のディーラーが「閒」と「庄」のそれぞれ最も大きな額を賭けている客の眼の前にそのカードを置く。

二人の客が開けたカードは、まず「閒」が七と六で合計十三になり、下一桁は三となる。あまり強い数ではない。僕が少しがっかりしていると、「庄」は二枚とも絵札で〇となってしまう。三と〇で決着はつかず、次に「閒」にもう一枚配られる。僕も、縦にしたカードをゆっくりめくり上げていく「閒」の客の手元を覗き込みたくなったが、その客はカードの端の気配から少なくとも絵札でないことはわかるらしく、希望の持てそうな表情でカードの向きを横に変えている。そして、そのままめくり切ると、一声発してカードを台の上に叩きつけた。それは四で、合計が七。これで「庄」に八か九が出ないかぎり負けはなくなった。そして、次に「庄」の客がめくった三枚目のカードはまたもや絵札だった。閒七・庄〇で「閒」の勝ちだ。ディーラーはまず負けた「庄」と「和」に賭けられたチップを搔《か》き集め、それから「閒」に賭けられた客にチップを倍にして返しはじめた。僕は自分のチップに配当が付けられるまでの時間がひどく長いような気がした。

我に返ると、僕は初めてバカラで金を張っていて、しかもその三百ドルが六百ドルになって戻ってきていた。不思議な気分になりかけたが、感慨に耽《ふけ》っている間もなく、次の勝負が始まった。今度はどちらだろう。また、目は反転しそうな気もするが、「閒」もまだまだ強そうな気もする。もし、ここで読み違えてしまえば、せっかく手に入れた三百ドルを失ってしまう。どちらに賭けるべきなのだろう……。

迷っているあいだに卓上ベルがチンと鳴って賭けが締め切られ、カードが配られてしまった。

閒五・庄八で、「庄」の勝ち。

やはり目は反転した。次はどっちの目が出るのだろう。ここまでは「庄閒庄」と推移してきている。八で勝った「庄」に勢いがあるようにも思えるが、もういちど反転しそうな気がする。

僕は思い切って「閒」に三百ドル賭けた。しかし、客の多くは「庄」に張った。あるいは、僕が間違ったのかなと不安になりかけたが、カードが開けられると、「庄」の一に対して「閒」の二で「閒」が辛《かろ》うじて勝った。

二連勝だ。これで六百ドルも勝ってしまった。僕はあまりのあっけなさに拍子抜けしてしまうほどだった。

ところが、次に賭けた「庄」で負け、その次に賭けた「閒」でも負けて、あっさり勝った金を失ってしまった。それだけではなかった。次の勝負で「閒」に三百ドルを賭けて負けると、ついにスロットマシーンで勝った金まで吐き出すことになった。

しかし、これで原点に戻ったのだ。金をまったく使うことなく、充分に遊ばせてもらった。そろそろ食事をすることにしよう。いかに不夜城のような博打の街といっても、あまり遅くなると本当に開いている食堂がなくなってしまうかもしれない。そう思ったが、どういうわけか空腹感が消えている。そして、もっとバカラをやってみたいという思いが強くなっている。

結局、僕はその場を動かず、今度は賭けるのをやめて、ふたたびゲームを見ることに専念した。

〈どうにかして、次に出る目が読めないものだろうか……〉

注意深く眺めつづけたが、まったくわからない。「閒」の出方にも「庄」の出方にも、規則性や法則性があるとは思えない。かりに、あるところまでは規則的に出ているように見えても、次の瞬間にはまったく不規則な出方になってしまう。なんとなく次の目がわかるように思える瞬間もないわけではないが、それが当たることがあればはずれることもある。要するに、次に出る目をあらかじめ当てることは不可能だということらしい。

ところが、何回目かのシリーズを見ているとき、あることに気がついた。

バカラの勝負が決すると、その結果には三つのパターンしかない。「庄」が勝つか、「閒」が勝つか、「和」になって引き分けるか。見ていると、タイの「和」になったとき、客たちの中に不思議な行動を取る人がいることに気がついたのだ。

「和」になると、自分の賭けていた目と反対の目に同じ額だけ賭け増す人が現れる。最初のうちはその意味がわからなかったが、しばらく見ているうちに、その行動が賭け金の取り下げと同じ意味を持つことが理解できてきた。「和」の目が出ると、それぞれ「庄」や「閒」に賭けた金はそのままにして、次の勝負の結果を待たなくてはならなくなる。もし、「和」が出たことで次の目が変わるかもしれないと思うようになったら、「庄」や「閒」に賭けている金を取り下げたいと思うはずだ。しかし、賭けた金をそのままにしておかなくてはならないとするなら、逆の目に同じだけの額を賭け増せば勝ち負けが同じ金額となり、プラスマイナスでゼロになる。つまり、取り下げたのと同じことになるのだ。ただし、「庄」が勝った場合は五パーセントのコミッションを取られてしまうのでまったく同じというわけではないが、それくらいのマイナスはほとんど問題にならないと考えるのだろう。

確かに、「和」が出たとたん、ほとんど反射的に逆の目に同額だけ賭け増す人がいる。ということは、「和」が出た次の勝負は目が反転すると信じているということになる。たとえば、「庄」に五百ドル賭けていた人が、タイの「和」が出た直後、次の勝負の前に「閒」へ五百ドル賭け増すとすれば、今度は「庄」ではなく「閒」の目が出ると考えていることになる。少なくとも、「庄」の目は出ないと判断したことになる。彼らは「和」になると次は自分がイメージしていた目とは反対の目が出ると考えるらしい。

「和」の次は本当に目が反転するのだろうか。見ていると、「庄」が四回続いて「和」になったあとで、実際に次の目が「閒」になることがあった。賭けている人は「庄」が圧倒的に多かったが、「和」になったあとでもそのままだった人は賭けた金をディーラーに没収され、「閒」に同額を賭け増した数人は、トータルするとプラスマイナスがゼロになっていた。

それ以後、僕は「和」の直後に出る目を注意深く見守るようになった。当然のことながら常に目が反転するというわけではなかった。反転することもあれば反転しないこともある。だが、心なしか、反転することの方が多いように感じられる。とりわけ、ひとつの目が長く続いたあと、たとえば「閒閒閒閒」と続いたあとに「和」が出たりすると、次の目はなぜか「庄」になることが多いように思える。そして、実際、反対の目に賭け増す人が多くなるのもそうしたときなのだ。

目が連続したあとに「和」が出ると、次の目は反転する。

もしそれが単なる気のせいでないとしたら、勝つことができるのではないか。僕は、目が連続したあとに「和」が出ると、本当に次は目が反転するかどうかを見極めることに集中しはじめた。

そう意識しながら見ているとなかなか出てこなかったが、ようやく待望の「和」の目が出た。

閒閒閒／和

こういう流れの中での「和」である。ほとんどの人が「閒」に賭けていたが、その中でも五千ドルという大きな額を賭けていた初老の男が、「和」が出るとすぐ同じ額を「庄」に賭け増した。

僕は次にどちらの目が出るかを注視した。

「閒」は七と四で合計十一になり下一桁の数は一、「庄」は絵札と二で合計が二。「閒」にもう一枚のカードが配られ、それが開かれると四だった。つまり一と四で五が「閒」の数になった。次に「庄」に三枚目のカードが配られる。「庄」に最も多くのチップを賭けた客が両手で絞り上げるように開けると、それは五であり、合計七。「閒」の五に対して「庄」は七で、「庄」の勝ちとなる。

目はやはり反転した。僕はさらに目の推移を見守りつづけた。

すると、しばらくして、また「和」が出た。だが、目の流れは前回のときとは違っていた。前回の「和」は「閒閒閒」と「閒」が三回続いたあとだったが、今回は「閒閒庄」と異なる目の並びのあとだった。

閒閒閒／和／庄庄閒庄閒閒庄／和

その瞬間、やはり「庄」に賭けていた二人がほとんど条件反射的に「閒」のところに賭け増した。だが、次に出た目は、反転した目である「閒」ではなく「庄」が続くことになった。

僕はさらに「和」が出るのを待った。すると、意外とすぐにまた「和」が出た。それは「庄」のあとの「和」で反転せず、「庄和庄」となったあとで「閒」が四回続いたあとの「和」だった。

閒閒閒／和／庄庄閒庄閒閒庄／和／庄閒閒閒閒／和

これはきっと目が反転するに違いない。次は「庄」が出ると直感的に思った。

これまで「閒」に賭けていた何人かも「庄」に賭け増している。僕はポケットに手を突っ込み、チップを握りしめた。百ドルが二枚とそれよりひとまわり大きい五百ドルが一枚残っている。

〈どうしようか……〉

賭けられる時間を示す二分計が時を刻んでいくにつれ、五百ドルのチップを握った手のひらが汗ばんでくるのがわかる。

「閒」の目が四回続いたことで台の雰囲気はかなりの盛り上がりを見せていた。そこに「和」が出て、また異なる興奮が生まれていた。このまま「閒」が続くのか。反転するのか。その興奮の気配を感じ取って、それまでその台を取り囲んでいなかったような人が近づき、それぞれ思い思いのところに賭けはじめた。

「庄」に賭ける人がいて、「閒」に賭ける人がいる。さらには、続けて「和」が出ると判断するのか「和」に賭ける人もいる。台の上は、何十人分ものチップであふれそうになった。

二分が過ぎ、ディーラーが卓上ベルの突起に人差し指を掛ける寸前、僕は椅子に坐っている客の背後から手を伸ばし、五百ドルのチップを「庄」のところに置いた。

やがて、賭けが締め切られ、「庄」と「閒」のそれぞれ最高の金額を賭けた客に、二枚ずつのカードが配られる。

　僕はほとんど身じろぎもせず見守った。

　まず、「閒」の客がカードを開ける。三と四で合計七。次に「庄」の客がカードを開ける。九と四で十三になり、下一桁の数は三。「閒」に六か七が出た場合、ルール上、「閒」には三枚目のカードは配られないことになっているらしい。六や七がそれだけ強い数だということもあるが、とにかく三枚目のカードは「庄」にだけ配られることになるのだ。

　三枚目のカードが「庄」に配られ、最高額を賭けた客によってオープンされる。

　その客の背中ごしに僕からもめくり上げられるカードの数が少しずつ見えてくる。いきなり横から開けはじめたカードの一列目にハートのマークが三つ並んでいる。ということは、六か七か八ということになる。六なら合計九で勝ち、七や八なら合計数の下一桁《けた》が〇か一になって負けることになる。まさに、三つのマークが並んでいる二列のあいだに同じマークがあるかどうかで雲泥《うんでい》の差になる。

「庄」の客は、その三枚目のカードを途中までめくると、縦にして数を探る手間をかけることなく、台の上に叩《たた》きつけた。そのカードには真ん中の列にマークはなかった。六だったのだ。

閒七・庄九で、「庄」の勝ち。僕は初めて大きく賭けたチップが倍になって戻ってくる
やはり目は反転したのだ。僕は初めて大きく賭けたチップが倍になって戻ってくるということに興奮した。

まず、ディーラーが「閒」と「和」に賭けられたチップを手元に引き寄せて没収し、「庄」に賭けられたチップに同額の配当を付けていく。しかし、「庄」で当たった場合は五パーセントのコミッションが差し引かれることになっているため、客の多くはあらかじめ五パーセント分の少額のチップを用意しておき、配当のチップを大きい額のまま受け取ろうとする。つまり、三百ドル賭けている客は、あらかじめコミッション用に十五ドル分のチップを自分の賭けたチップの横に置いておくと、五百八十五ドルのところが六百ドルになって返ってくることになるのだ。僕の場合だと、二十五ドル分のチップを横に置いておくと、千ドルになって戻ってくる。しかし、残念ながらその少額のチップがないため、九百七十五ドルに崩されて戻ってくることになる。

そのようにして、ひとりひとりのチップについて、前に立っているディーラーが瞬時に計算して配当を付けていく。

ようやく僕のチップの番になり、五百ドルのチップに四百七十五ドル分のチップが付けられる。

僕が椅子に坐っている客の背後から手を伸ばし、それを摑もうとすると、別の方向から伸びてきた手によって、一瞬先に持っていかれてしまった。持っていったのは、薄汚れたシャツを着た、髪に白いものが混じった男だった。驚いた僕は、その手の持ち主に向かって英語で言った。

「イッツ・マイン！」

それは僕のだ。すると、男が中国語でまくし立てた。

「＊＊＊＊＊＊＊＊＊＊！」

何を言っているかわからず、僕は怯《ひる》みかかったが、気を取り直すとそのチップの計算をしたディーラーに英語で言った。

「あれは僕のものだ。彼のものではない」

しかし、ディーラーはわかっているのかいないのか、薄ら笑いを浮かべて他のディーラーと顔を見合わせているだけだ。

どういうことだろう。もしかしたら、僕が勘違いをしたのかもしれない。自分のチップは別のところに置いたのかもしれない。台の上に視線を移し、眺めてみたが、それ以外に自分が置いたと思われる五百ドルのチップはなかった。

やっぱりそれは僕のものだ。そう言おうとして、チップをかすめ取った男の方に眼を向けると、そこにはもう彼はいなかった。

慌《あわ》てて周囲を探したが、人込みに紛れてしまったらしく姿を捉えることはできない。

茫然《ぼうぜん》と立ち尽くしていると、客のひとりが僕に向かって中国語で何か言った。

「＊＊＊＊＊＊＊＊＊＊！」

僕のチップをかすめ取った男が発した言葉に似ていたが、まったく意味がわからなかった。わからない、と首を振ると、その台を取り囲んでいる中国人たちが嘲《あざけ》るようにどっと笑った。

僕は頭にカッと血が昇ってくるのを覚えた。何か怒りの言葉を発したいと思ったが、英語でも日本語でもほとんど意味をなしそうになかった。

そのとき、背後から低い声が聞こえてきた。

「マカオの洗礼を受けましたね」

振り向くまでもなく、その声はあの薄毛の中年男のものだということがわかった。いつの間にかこのフロアーに降りてきて、近くでまた僕を観察していたらしい。僕は無視して反応しなかった。

「結構、結構。あの老人は、このリスボアのトリックスターのような存在でしてね」

「トリックスター？」

僕は思わず振り向いて訊き返してしまった。

「トリックスターという言葉を御存じない？　さてさて、どう説明したもんでしょうかね。詐欺師《さぎし》？　ペテン師？　いや、それだけではなく、カジノという祝祭空間を活性化させてくれる存在、なんて学者さんだったら説明するところでしょうな。まあ、いずれにしても、一、二万円でカジノの特別ショーを見たと思えばいいんです。それが我慢できないなら、奪われた瞬間に言葉ではなく腕っ節で奪い返すか、こんなところにいるのをさっさと切り上げるか、どちらかにすべきだったんです」

そこにはどこか嘲るような調子が含まれていた。僕は二重の屈辱感に襲われ、何も言わずにその場を離れた。

7

カジノからホテル側に抜けることのできるゲートをくぐって通路に出てきた。そこは「地下商場」と名づけられた商業施設の並ぶエリアだった。このリスボアは、ホテルの一階がカジノの二楼部分に接続し、カジノの一楼部分につながっているのはホテルの地階という構造になっているらしい。

時計を見ると、午前零時に近くなっている。さすがに、この時間に外に出ても、まともなレストランが営業しているとは思えない。飛行機の中で遅い昼食をとっただけだったが、不思議と空腹感がない。ただ、少し喉《のど》が渇いていた。部屋に、無料のミネラルウォーターが備えられていたのを思い出し、いったん戻ることにした。

エレベーターホールに向かおうとして、その通路沿いに深夜も営業しているらしい果物屋とケーキ屋とレストランが並んでいるのに気がついた。いざとなれば、このレストランで食べればいいのかもしれない。

その前を歩いていると、何人もの若い女性とすれ違う。彼女たちは、すれ違うとき、チラッと流し目をして、小さな声でひとことささやく。中国語なのでわからないが、女からの誘いの言葉らしい。どうやら彼女たちは娼婦《しょうふ》のようだった。

彼女たちは、ワンピースを着ている女性も、ブラウスにタイトなスカート姿の女性も、みな丈の短いものをはいており、すらりと伸びた美しい脚を惜し気もなく見せている。彼女たちは例外なくスタイルがよく、顔立ちも整っている。

僕も巨匠との撮影旅行では、ラスベガスだけでなくニューヨークやパリなどにも行き、娼婦が立っていたり流していたりするストリートで撮影もしたが、これほど多くの若く美しい娼婦がいるところはなかった。マンハッタンなどの街路に立っているようないかにも娼婦然とした雰囲気の女性はほとんど見当たらない。それは、彼女たちの着ている服の色が白だったり薄いパステルカラーだったりして、清楚《せいそ》な印象を与えるせいかもしれなかった。化粧は濃かったが、毒々しいという印象は受けない。彼女たちは、まるで水槽の中の熱帯魚のように、客を求めてその通路を回遊しているらしい。誘いの声を掛けられるたびに、僕が笑って首を振ると、それ以上はしつこく迫ってこない。エレベーターホールに辿《たど》り着くまで、いったい何十人の娼婦とすれ違ったことだろう。

僕はカジノでの腹立ちがすっかり消え、なんとなく浮き立つような気持になって部屋に戻った。いい眼の保養をさせてもらったと思い、それがいかにも年寄り風の感想であることに我ながらおかしくなり、ひとりで笑ってしまった。

窓辺に立ち、外の景色を眺めながらミネラルウォーターを飲んでいると、眼の端に何か光るものが見えたような気がする。

そちらの方向に眼をやり、しばらく待っていると、花火が打ち上げられるのが見えた。おそろしく間延びした打ち上げ方だったが、もしかしたら、このマカオでも、香港の中国復帰を祝ってささやかな花火大会が催されているのかもしれない。時計を見ると、まさに午前零時を過ぎたところだった。

しかし、部屋の窓ガラスに防音が施されているせいか、まったく打ち上げの音が聞こえない。無音の花火はひどく景気が悪い。やはり、花火には音が必要なものらしい。そこで、僕はホテルの前にある海沿いの広場まで降りて見ることにした。

ホテルの一階にある海側のエントランスには東翼大堂という名がついている。そこから外に出てみて、ホテルの一階がカジノの二楼に、ホテルの地階がカジノの一楼につながっている理由がよくわかった。本来、東翼大堂はホテルの建物の二階部分にあるのだが、その前に小高い盛り土をし、小さな坂道によって外部の道とつなぐという細工をしている。たぶん、その方が見栄《みば》えがいいと考えたのだろう。しかし、そこを一階としてしまったため、カジノの一楼とつながっているその下のフロアーを「地下商場」とせざるをえなかったのだ。

東翼大堂を出て海沿いの広場に行ってみると、花火の見物人が一応いることはいたが、その数およそ二、三十人くらいにすぎない。打ち上げられる花火の数が地味なら、それを眺めている見物人の数も地味だった。

恋人同士と思われるカップルが数組と、家族連れが二組、それと同性の仲間と一緒のグループが三つほど。あとは、ひとりで眺めている人が数人というくらいだった。

花火が打ち上げられているところは、公園の前に広がる埋立地と沖合に見えるタイパ島とのあいだの海である。

あまり派手さのない暗い花火がひとつポンと打ち上げられる。すると、数分して、ポン、ポンと二発打ち上げられる。これで勢いがつくのかと思っていると、また数分の間があって、ポンと一発打ち上げられる。そうした調子の打ち上げが果てしなく続く。不景気なことおびただしい。

きっと、香港のビクトリア湾ではすさまじい数の花火が連続的に打ち上げられたことだろう。しかし、その公園でぼんやり見ているうちに、この不景気なマカオの花火も悪くないと思えてきた。一発一発をしみじみと観賞できるし、三発も立てつづけに打ち上げられると、素朴に「凄《すご》い！」と感嘆したくなる。日本では普通にどこでも見られるような、何十発も連続して打ち上げられる花火だけが花火ではないのだ。

手にしたミネラルウォーターを飲みながら見ていると、二、三メートル離れたところで空を見上げていた若い女性の二人組が僕に声を掛けてきた。見ると、すらりとした体型の、美しい顔立ちをした女性だった。彼女たちもホテルの廊下を流していた回遊魚の仲間らしい。

「残念だけど、中国語はぜんぜんわからないんだ」

日本語で言うと、驚いたような表情を浮かべて離れていった。

するとその近くでひとりぽつんと花火を見ていた女性が僕の方に顔を向けた。その顔を見たとき、僕はドキッとした。

彼女もやはり真っ白で丈の短いノースリーブのワンピースを着ていた。しかし、離れていった二人組の女性に比べると、微妙に年齢が高いように感じられる。二人組は二十歳前後のようだが、彼女は二十代の半ば過ぎ、僕の年齢と近い二十六、七歳くらいに見える。だが、顔立ちの整い方は際立っていた。整いすぎて冷たく感じられるほどだった。

僕がドキッとしたのは、彼女の頬に大きな疵《きず》があるように思えたからだ。しかし、それは疵ではなく影だった。公園に立っている背の高い水銀灯に反対側から照らされていたため、こちら側の横顔に頬骨による影ができていたのだ。僕にはそれが深い疵《きず》痕《あと》のように見えてしまったらしい。だが、その影による疵痕は、彼女の細面の顔を、むしろ恐ろしいくらいに美しくさせていた。

それまでまったく僕などに関心を示さなかった彼女が、日本語を使ったとたんこちらを向いた。もしかしたら、日本語がわかるのかもしれない。僕が笑いかけると、彼女は表情を硬くして足早にその場を離れていってしまった。

第二章　ナチュラル

1

次の日の朝、眼が覚めると、僕は服を着たままベッドの上に寝ていた。ベッドにはカバーがかかったままだった。

前の晩、あまりドラマティックな展開のないまま真夜中の花火が終ったあとで、遅くなってしまった夕食をとるためホテルに戻った。終夜営業をしていそうなレストランで軽く何かを食べようと思ったのだ。

しかし、東翼大堂からエスカレーターで地下商場に降りたものの、通路に面したレストランを素通りしてカジノに逆戻りしてしまった。意外にも、ガラス越しに見えるレストランの中は、顔に博打《ばくち》の疲れをにじませた男たちや、回遊を中断して休憩中の娼婦《しょうふ》などで席がほとんど埋まっていたのだ。いや、もしかしたら、席はひとつくらい空いていたかもしれなかったが、僕にはそこで彼らと一緒に何かを食べるよりカジノにいることのほうがいいように思えたのだ。もちろん、行くところは決まっていた。

バカラの台にいる三人のディーラーは、三十分ごとにその役割を交替しながらひとりずついなくなっていく。そのくらいが集中力を切らさないでいられる限界なのかもしれなかったし、それ以上いることで客との馴《な》れ合いが生まれるのを防ごうというカジノ側の配慮があるのかもしれなかった。いずれにしても、僕が中国人の男にチップを持ち逃げされてしまったときのディーラーは、三人ともいなくなっているだろう。しかし、それでも、なんとなく同じ台には戻りにくいような気がした。

そこで、僕は、中央に二つあるバカラの台のうちのもう一方の台にまわり、人が群がっている後方に立って勝負を眺めはじめた。

タイの「和」が出ると、目が反転する。それがどこまで正しいことなのか確かめたかったのだ。一度はものの見事に的中した。だが、それはどの程度の確率なのか。それを見極めるまでは賭《か》けるのをやめておこうと思った。

しばらく勝負を見ていたが、やはり「和」が出ると目が反転するということに絶対的な規則性はないようだった。では、目が連続したあと、という条件つきの「和」はどうなのか。それも、反転することもあれば反転しないこともあるという点においては変わらなかった。ただ、反転する確率がいくらか高くなるような気がしないわけでもない。だが、その確率の差が、金を賭けるに価《あたい》するほど歴然としたものかどうかまではわからなかった。

見つづけているうちに午前三時になってしまった。午後九時からほとんど六時間も立ちっぱなしだった。そのことに気がつくと急に深い疲労感を覚えた。

僕は見るのを切り上げ、部屋に戻ることにした。

そのとき、出た目をつけるためにカジノ側が用意している出目表《でめひょう》を一枚もらっていくことにした。裏に、バカラのルールが中国語と英語で記されていたからだ。

基本的にはバカラにたいしたルールなどない。客は「庄」か「閒」にチップを賭けるだけでいい。どちらが勝ったかは、オープンされたカードを見れば誰でもわかるようになっている。ただ、どのような場合に三枚目のカードが配られたり配られなかったりするかについてのいくらか複雑な決まりがあるだけだ。

部屋に戻ると、ほんのしばらくのつもりで、服を着たままベッドの上に仰向《あおむ》けになり、出目表の裏に書いてある三枚目のカードの配られ方の決まりに眼を通しはじめた。

それによれば、まず二枚が配られた結果、「閒」が六か七、あるいは「庄」が七になると、それを「スタンド〈そのまま〉」と呼び、三枚目は相手側にしか配られない。また、最初の二枚でどちらかが八か九になってしまったときは、どちらにも三枚目が配られず、そこで勝負は決してしまう。そのとき、その八と九の目を「ナチュラル・

スタンド」、あるいは単に「ナチュラル」とだけ呼ぶらしい。スタンドとナチュラル以外にも、「間」に配られた三枚目のカードの数によって、「庄」に三枚目が配られたり配られなかったりする場合があるが、それはディーラーやカードをめくる客の意志とは関係なくあらかじめルールによって決められている。

しかし、いずれにしても、バカラにおいて最も派手で輝かしい目は、そこで勝負が決してしまうというナチュラルであるようだった。

〈ナチュラルか……〉

確かに、ナチュラルには天からの授かりものというような意味がある。サーファーのあいだでも、あいつにはナチュラルがある、というような言い方をすることがある。とりわけ、ハワイ生まれで、ただローカルとだけ呼ばれているサーファーには、明らかにそのナチュラルを持っている者がいた。

いい波を求めて世界中の海を渡り歩いているような連中を、アメリカではサーフ・バムと呼んでいたが、ハワイのローカルだけでなく、アメリカの西海岸から来たサーフ・バムやオーストラリアから来ていたサーフ・バムの中にも、少数だがナチュラルのある奴《やつ》がいた。ただ、僕には、そのナチュラルの持ち合わせがなかったというだけのことなのだ……。

そんなことを考えながら出目表の裏に眼を通しているうちに、いつの間にか眠り込んでしまったらしい。やはり、バリ島から香港に、そして香港からマカオにまで移動してきていたことで疲れていたのだろう。朝、眼が覚めたとき、胸の上にその出目表が落ちていた。

時計は午前十時を指している。

カーテンを勢いよく引き開けると、空には厚い雲が垂れ込めている。雨は降っていなかったが、いつ降り出してもおかしくない空模様だった。

僕は昨夜から着ていた服を脱ぎ、熱いシャワーを浴びた。さっぱりすると、腹がひどく空《す》いてきた。そういえば、昨日の昼から何も食べていない。とにかく食事だ。

部屋にはカジノホテルらしく、クローゼットの中に頑丈そうなセーフティー・ボックスがある。そこにパスポートと航空券とトラベラーズ・チェックの入ったポーチをしまうと、空港で両替した香港ドルをそのままジーンズの尻《しり》のポケットに突っ込んだ。

ホテルの外に出たとたん、どこからか爆竹の音が聞こえてきた。僕はその音に誘われるように埋め立てが進んでいる海沿いの道を歩いていった。

しばらく行くと、古いビルの前の、コンクリートのタタキのような空間で、十数人の男女が爆竹に火をつけて鳴らしている。彼らは、そのビルに入っている会社の社長とその社員たちというような間柄に見受けられた。

女子社員らしい若い女性たちは、男性社員によって火をつけられた爆竹が派手な音を立てて鳴りはじめると、大袈裟《おおげさ》に両手で耳を押さえて嬌声《きょうせい》を上げたりする。

〈会社の創立記念日か何かなのだろう……〉

そう納得しかけて、今日が香港の中国復帰第一日であることを思い出した。香港では、今頃、中国とイギリスの代表によって返還のセレモニーが行われているはずだ。とすれば、ここで爆竹を鳴らしているのも、このマカオで香港の中国復帰を祝ってのことになる。もしかしたら、この会社は中国との取引で大きな利益を上げているのかもしれない。

僕も近くに立って見ていたが、意外に早く終わってしまい、彼らはみんなで笑い声を上げながらビルの中に入っていってしまった。

さらに少し歩くと、そのビルとは細い道を隔てた隣の区画の建物に、「福臨門酒家」という大きな看板が掛かっているのが見えた。もしかしたら、香港のワンチャイにある有名な老舗《しにせ》レストランと何かの関係があるのだろうか。

巨匠とマカオに来たとき、最初の二日間は香港での撮影に当てられたが、その二日目にモデルの若い女優をフカヒレ料理で有名な老舗レストランに連れていった。そして、撮影のあと、スタッフ全員で食事ということになったのだが、驚いたのはそのとき食べたフカヒレの姿煮だった。僕などには味がどうかはよくわからなかったが、値段が信じられないほど高かったのだ。その一皿だけで、東京の高級フランス料理店のディナーが二回は食べられるほどだった。

もしその老舗レストランと同系列だったら、いくら昼間だといっても安いはずがない。いや、こんな早い時間にやっているかどうかもわからない。

ところが、その店の前まで来ると、チャイナドレスを着た若い女性が扉の奥に立っており、僕が中の様子をうかがうつもりで近づくと、さっと開けられてしまった。どうしようか検討する間もなく、なんとなく入ってしまい、半分及び腰のまま、マネージャー風の中年女性が案内してくれる席についてしまった。

だが、この店の値段は心配するほどのものではなかった。それどころか値段以上のおいしさだった。とりわけ、小ぶりの海老《えび》がそのままシューマイの皮にくるまれている「晶宝蝦餃皇」と、湯葉を使った「上湯鮮竹巻」は、これまでに食べたことのないおいしさを教えてくれた。

その上さらに、「鮮蝦荷葉飯」というチマキ風のものを食べると、さすがに満腹になった。本格的な中華料理のコースを食べたわけではないが、香港に立ち寄った目的のひとつが叶《かな》えられたような満足感を覚えた。

〈これで心置きなく日本に帰ることができる〉

ポットに注ぎ足してもらったお茶を飲んで一息つく頃には、店の中は昼食をとる客でいっぱいになっていた。ひとりで席をあまり長く占領していても悪い。僕は金を払って出ることにした。

ジーンズのポケットに手を入れると、昨夜カジノで両替した残りのチップが指に触れた。その瞬間、この「和」の次の日は反転すると信じ、五百ドルのチップを台の上に置いたときの、不思議な昂揚感《こうようかん》が甦《よみがえ》ってきた。

〈行こう〉

僕は自分でも驚きながらそう思っていた。これからもう一度カジノに行こう、と。ほんの何分か前に「これで心置きなく日本に帰ることができる」と自分に言い聞かせたばかりだというのに……。

2

リスボアに戻ると、まずホテルのレセプションに立ち寄った。

正午にはまだいくらか時間があったが、カウンターの中には胸に「村田明美」の名札をつけた女性がいた。僕の顔を見ると、彼女は顔をほころばせながら言った。

「部屋は取れます。もう一日お泊まりになりますか？」

「お願いします」

僕が言うと、彼女はすぐに延泊の手続きを取ってくれた。

カードキーに新しいデータを打ち込み直しながら、彼女が冗談めかして訊《たず》ねてきた。

「ずいぶん焼けてらっしゃいますね」

「バリ島にいたんです」

「長くいらしたんですか」

「一年くらいになるかな」

するとと、彼女は作業の手を止めて言った。

「そんなに長く？」

「正確には十一カ月だけど」

「どちらにいらしたんですか」

「レギャンに」

「海にいらしたんですね」

彼女もバリ島をよく知っているらしい。

「バリ島には、あなたも？」

「ええ、しばらく滞在したことがあります」

「どこに？」

「ウブドゥです」

ウブドゥはバリ島の中央部にある古都だ。僕もバリ島の民族舞踊を見るために何度か行ったことがあるが、レギャンの下宿先と往復するだけで泊まったことはなかった。

「ウブドゥはどうでしたか」

「とてもいいところでした」

「日本の人はみんなそう言いますね」

「わたしが泊まっていたのは広いライス・フィールドの前に建っているホテルでしたけど、部屋のテラスがすばらしかったんです。部屋と同じくらいの広さのあるテラスに昼寝用のベッドが置いてあって、そこに横になって青々とした稲の葉を見ていると、必ずうとうとと眠ってしまうんです。どんなときでも、少しも眠くなくても。とても不思議でした」

彼女はそう言いながらデータの書き換えを済ませたカードキーを返してくれた。それを右手で受け取ろうとした瞬間、バリ島の内陸で見たことのある、畦《あぜ》の少ない、広大なライス・フィールドを吹き渡るそよ風が彼女の指先から伝わってくるような気がして、思わず取り落としそうになってしまった。

僕が不思議さのあまり彼女を見ると、長いお喋《しゃべ》りをしてしまったことを恥じるかのように少し顔を赤らめ、話を変えるような口調で言った。

「マカオには観光でいらっしゃったんですか？」

「いや」

「それではお仕事で？」

「いや」

答えにくそうにしているのを見て、彼女はにっこりして言った。

「失礼しました」

しかし、僕は自分がなんとなく秘密めかしているようでいやだった。そこで、ここに来るまでの事情を説明した。バリ島からの帰りに香港に立ち寄ったが、泊まるホテルが見つからなかったのでマカオまで来ることになった。明日の飛行機で日本に帰るつもりだと。

「天気はあまりよくありませんけど、この一日をマカオで楽しんでください」

彼女の明るい笑顔は営業用とは違っているように見える。なんとなく僕に親しみを覚えてくれているような気がするのだ。それはもしかしたら、異国で出会った同国人に向ける、ごく普通の親愛感なのかもしれなかったが。


部屋に戻ると、バッグから薄手のパーカーを取り出した。そのパーカーは僕が持っている服の中でもっとも暖かいものだった。バリ島では、一年を通してそれ以上厚手の服は必要なかった。ところが、このマカオでは、夏だというのに上着が必要なのだ。マカオも外に出ると少し歩いただけで額に汗がにじむほど蒸し暑いが、カジノの中は冷房を極限まできかしているのではないかと思えるほど寒い。だから、外からカジノに入ると一瞬にして汗が引くほど涼しくなって快適なのだが、長く居ると震えるほど寒くなってくる。長時間坐《すわ》っていなくてはならないディーラーたちも、必ず長袖《ながそで》の上着を着て、シャツも胸元までボタンをきちんとはめている。しかし、それでも風邪を引いてしまうらしく、台の上に置いてあるティッシュペーパーを取っては小さく鼻をかんでいる姿をよく見かけた。

僕はパーカーを着るとエレベーターで地下商場のある地階まで降り、ホテルとの境にあるゲートを通ってカジノの一楼と呼ばれる部分に入った。

円形のフロアーの中央にあるバカラの二つの台は、まだ昼間なのに、もうどの席もふさがっていた。そればかりか、すでにその台のまわりを何重にも客が取り囲んでいる。僕はそうした客に紛れ、両方の台を行ったり来たりしながら見比べていたが、どちらかといえば落ち着いた勝負が続いている方の台を選び、前夜と同じように中央でカードを配っているディーラーの近くの場所に立った。

〈次の目はどうなるか〉

しかし、いくら目を読もうとしても、何をよりどころにしたらいいかわからない。なんとなく次は「閒」かなと思っていると「庄」が出る。次は「庄」が連続するのではないかと思っていると、「閒」が出てしまう。

そんなふうにして見ているうちに白いカードが出て、そのシリーズの勝負が終わることになった。

何ひとつ見極められなかった。僕は少し失望しながらエスカレーターで二楼に上っていった。

そのとたん、中央のバカラの台のひとつで大きな歓声が湧《わ》き起こった。

僕は近づき、周囲を取り囲んでいる客の頭越しに台の上を覗《のぞ》き込んだ。すると、その「間」のエリアに無数のチップが置かれているのが見えた。「庄」に賭けているのはわずかに二人だけだ。そして、オープンされているカードを見ると、「閒」が絵札と九で合計が九、「庄」が三と五で合計が八。どちらもナチュラルだが、一の差できわどく「閒」が勝っている。この台の客が熱狂するのも無理はなかった。

ディーラーが「庄」に賭けられた二人分のチップを没収し、「閒」に賭けられているチップに同額の配当を付けはじめた。しかし、終わるまで恐ろしく長い時間がかかった。それほど「閒」に賭けている人が多かったのだ。

やがて、台の上にチップが一枚もなくなると、二分計にスイッチが入れられ、新しい勝負が始まる。出目が表示されている盤を見ると、こうなっている。

閒　庄　庄　閒　庄　閒　和　閒　庄　閒　庄　閒　閒　閒　庄　庄　庄　閒　閒　閒

「閒」と「庄」が不規則に出たあと、続く九回の勝負で、「閒」が三回、「庄」が三回、

「閒」が三回ときれいに続いている。

閒閒閒／庄庄庄／閒閒閒

この繰り返しがまだ続くと信じれば、次は「庄」に変わるはずだ。しかし、僕には、そんなことがいつまでも続くとは思えなかった。三回ずつ連続したのは単なる偶然であり、そろそろその規則性も途切れるはずだ。

そう思いながら台の上を眺めていたが、不思議なことに客たちはなかなか賭けようとしない。なんとなく、誰かが賭けるのを待っているような気配がする。そして、実際、五番に坐っている客が「庄」に賭けると、台の前に坐っている客だけでなく、そのまわりを取り囲んでいる立見の客たちまで我先に「庄」に賭けはじめた。五番の客は、五千ドルの大きなチップ二枚と千ドルのチップを二枚賭けている。一万二千ドルだ。そして、その客の前には、五枚の一万ドルチップ以外に五千ドルと千ドルのチップの山がいくつかできている。周囲の客と違い五百ドルと百ドルのチップが数枚しか見当たらないのが、逆にその客の賭け方と勝ち方の凄《すさ》まじさを物語っているようだった。きっと大きな額のチップを賭け、大きな額のチップを受け取っているのだ。

どんな客なのだろう。僕はその五番の客の顔を斜めうしろから覗き込むようにして見て驚いた。あの男だったからだ。昨夜、僕が五百ドルのチップを「庄」に賭け、当たり、合計九百七十五ドルのチップを受け取ろうとした瞬間、横から手を出し、かすめ取ってしまった中国人の男。彼に間違いなかった。そのときと同じく、薄汚れた格子《こう　し》柄《がら》の半袖シャツを着ている。

人のチップをかすめ取るような男がどうしてあの山のようなチップを持っているのか。理由はわからないが、あそこには僕の九百七十五ドルが含まれているに違いない。いや、もしかしたら、あの九百七十五ドルを元手にあそこまで稼いだのかもしれない。昨夜は、あの金は事故に遭ったと思うことにしようと諦《あきら》めていたが、その男の前に山積みになったチップを見ると不意に激しい怒りが込み上げてきた。

僕はジーンズのポケットに手を突っ込み、千ドル札を一枚取り出した。そして、八番と九番の席のあいだからディーラーに向かって放り投げた。ディーラーは、その札の透かしの有無を確かめると、昨夜と同じように、五百ドルを一枚と百ドルを五枚にしてチップを渡してくれた。僕はそのうち、百ドルのチップを三枚、台の上に置いた。

置いたのは「閒」のエリアだった。三回ずつで目が反転するということが三度続いている。さすがに、もうそんなことは続かないだろうという思いもあったが、それ以上に、あの男の逆の目に張りたいという気持の方が強かった。

僕が置くと、そこにいる客たちだけでなく、ディーラーたちにもじろりと顔を見られてしまった。その理由は、台の上に置かれたチップをよく見ることですぐにわかった。僕以外、誰ひとりとして「閒」に賭ける人はいなかったのだ。客が僕の顔を見たのは、ここで「閒」に賭けるような奴はどんな馬鹿《ばか》なのだ、ということだったろう。僕は、思わず顔を伏せてしまった。

卓上ベルが鳴らされ、賭けが締め切られた。ディーラーによって、「庄」と「閒」の最高額を賭けた客の前にプラスチックのプレートが置かれる。「庄」のプレートはあの男の前に置かれたが、「閒」のプレートはディーラーの手元に置かれたままである。「閒」に賭けているのは僕だけであり、立って賭けている客にカードを開ける権利は与えられないからだ。

カードが配られると、「閒」の二枚のカードはディーラーの手によってめくられる。その台の若い女のディーラーは、まったく感情をこめることなく、二枚を同時にサッとめくった。その瞬間、息を詰めて見守っていた客たちのあいだから、小さな声が洩《も》れた。それが、絵札と八によるナチュラルの八だったからだ。やったぜ、と僕は思った。これで「庄」に九が出ないかぎり、「閒」の負けはないのだ。

その台の客たちの熱い視線が、五番の男に渡された「庄」の二枚のカードに注がれた。

五番の男は、一枚を静かに開けた。

三だ。

これで次の一枚に六を出さないかぎり勝てないことになった。

五番の男は、残りの一枚を斜めにすると、右手だけでカードの角をつまみ、短い辺の側をほんの少しめくった。そして、カードに視線を落とすと、ひとこと、つぶやくように言った。

「リャンピン」

それを聞いて、周囲の客たちが歓声を上げた。リャンとは中国語で二のはずだから、きっと、いちばん上のラインに二つのマークが現れたのだろう。ということは、一と二と三と絵札の可能性がなくなったことを意味する。

次に、五番の男は、角をつまんだままカードを元の状態に戻すと、今度は長い辺の側が見えるようにゆっくりとめくった。

「サンピン」

それを聞いて、さらに客は大きな歓声を上げた。たぶん、最初のラインに三つのマークが現れたのだ。とすれば、次のライン、つまり真ん中のラインに、マークが一つあれば七だし、二つなら八だが、何もなければ六ということになる。

僕は、七か八になれ、と胸の奥でつぶやいた。マークが出ろ、マークが出ろ、と。

五番の男は、右手だけでさらにゆっくりとめくり上げる。

他の席に坐っている客の中には、手のひらで五番の男の方に風を送りながら、何か叫んでいる客もいる。どうやら、「チョイヤー！」と言っているらしい。彼らは、真ん中の列のマークを消したいのだろうから、それは「消えろ！」というような意味の中国語なのかもしれない。

最後に、いくらか力を込めてめくり上げると、男はそのカードをパチンと台に叩《たた》きつけた。
六、だった。
周囲の客からどっと歓声が上がった。

閒八・庄九で、「庄」の勝ち。

ディーラーは、「閒」に賭けられた僕の三百ドルを手元に引き寄せると、場に残った「庄」のチップに配当を付けはじめた。

それは前よりさらに長く続いた。僕は三百ドルを失ったことより、五番の男に負けたということに打ちのめされていた。

ようやく台の上がきれいになり、次の勝負が始まる二分計にスイッチが入れられると、そこにいる客がまた五番の男の張るのを待つかたちになった。

チップに替えたばかりの千ドルが七百ドルになってしまった。僕はジーンズのもうひとつのポケットに昨夜の残りのチップが二百ドル分あるのを確かめると、この九百ドルで男と勝負してやろうと心に決めた。

五番の男はまた「庄」に賭けた。すると、その台にいるすべての客が「庄」に賭けた。僕はうしろから手を伸ばして三百ドルを「閒」に賭けた。また、みんなにじろりと顔を見られたが、今度はその視線を受け止めるように昂然と顔を上げていた。

しかし、カードが配られ、ディーラーと五番の男の手で開けられると、「閒」は四、「庄」は六で、また負けてしまった。

次の勝負も五番の男は「庄」に賭けた。台を取り囲んでいる客の全員が同じく「庄」に賭けたのを見届けると、僕は五百ドルのチップを「閒」に賭けた。

そのとき、五番の男が、振り返るようにして、こちらを見た。それは、この場の空気に逆らって反対の目に賭けつづけているのはどんな奴なのだろうと確かめでもするような視線だった。僕は眼をそらすことなく睨《にら》むように見つめ返した。しかし、五番の男は、僕を一瞥《いちべつ》すると、また視線を元に戻してしまった。僕は戸惑《とまど》った。それは、僕を見る男の眼が、何か物でも見るような感情のこもらない眼だったからというだけではなかった。男の顔が思っていた以上に若かったからだ。髪に白いものが混じっていたこともあって、かなりの年配者だと思い込んでいたが、初老というよりむしろ中年に近い顔つきをしていた。そして、そこには、鋭い眼と、意志の強そうな口元があった。

賭けが締め切られ、ディーラーの手によってカードが配られた。

またしてもディーラーの手で簡単に開けられた「閒」のカードは、十と絵札でどちらも数にならず、合計の数も〇だ。台を取り囲んだ客から嘲《あざけ》るような失笑が洩れる。だが、五番の男の手で開けられた「庄」のカードも二と三で合計五と、それほどいい数ではない。

次に、「閒」の三枚目のカードが開けられると、これが七というなかなか悪くないカードだった。その結果、「庄」は、二が出れば合計七となって引き分けだし、三と四が出れば八と九になって勝つが、あとはどんなカードが出てもすべて負けることになった。

「庄」の三枚目のカードが配られると、五番の男はそれを斜めにして少しめくった。

最初にカードを斜めにしてめくるのが男の癖のようだった。

「リャンピン」

男の声を聞いて、客は息を呑《の》んだ。短い辺の一列目に二つのマークが出てきたのだ。それは四から十までのすべての数が出るという可能性を示していた。そして、四以外の数だったら「庄」は「間」に負けてしまうのだ。

だが、五番の男は淡々とした態度で次に長い辺の側が見えるようにめくり上げた。

「リャンピン」

その一列目もマークが二つ顔を出したのだ。ということは、四か五である。真ん中の列にマークがひとつあれば、五だし、何もなければ四になる。

「チョイヤー！」

男が野太い声で鋭く叫ぶと、他の客たちも声を合わせるようにして叫んだ。

「チョイヤー！」

マークよ、消えろと。

男は力を込めてカードをめくり切ると、こんどは静かに台の上に置いた。

一瞬の間があってから、客たちのあいだからいっせいに歓声が湧き起こった。

四。

また、「庄」の勝ちだった。

気がつけば、僕はほとんど一瞬にして両替した千ドルと昨夜の残りの二百ドルのうちの百ドルを失ってしまっていたのだ。

3

カジノを出ると、強烈な冷房で凍りついたようになっていた体に、ねっとりした湿気がむしろ心地よく感じられる。空には、いつの間にか、雲のあいだから太陽が顔を覗かせていた。しかし、密集したビルの陰に見え隠れしている太陽は、少し西に傾きはじめている。時計を見ると、もう三時を過ぎていた。ほんの短い時間だと思っていたが、三時間近くもカジノにいたことになる。

僕はメインストリートの新馬路《サンマーロー》を歩いていった。この先にマカオ最大の繁華街であるセナド広場があることは記憶していた。別にセナド広場に行きたかったわけではなかったが、そこ以外どこに行ったらいいか思いつかなかったのだ。

セナド広場の噴水のまわりではいかにも観光客という雰囲気の人たちが記念写真を撮っていた。だが、思ったほど多くはない。そこを通り過ぎ、人の流れにしたがってぼんやり歩いていると、傾斜の少ない坂道の向こうに、不意に聖パウロ学院教会が見えてきた。たった一枚の壁だけになってしまった教会が、夏の夕日に照らされて薄いピンク色に染まっていた。

セナド広場と聖パウロ学院教会がこんなに近いとは思ってもいなかった。前に来たときは、車で移動していたため、二つの地点がこのような位置関係にあるとは知らなかった。

僕は壁の前に続いている長い階段を一段ずつ昇っていった。いちばん上まであがって振り返ると、マカオの街が一望できる。

そうだ、ここで、この壁の前で、巨匠はワンカット撮ったのだった。僕はレフ板を持って、斜め下から女優の顔に光を当てていた。

その瞬間、記憶が一挙に甦ってきた。ここで撮ったあとは、隣にある博物館に行ったのだ。そして、屋上に据え付けられている古い大砲の横でもうワンカット撮った。たしか、移動用の車はこの裏手に停めてあったはずだ……。

巨匠の助手時代は楽しかった。助手としてつくようになって二、三カ月もすると、仕事として呑み込んでおかなくてはならないことはほとんど覚えることができた。撮影の手順、光量の計り方、レフ板の当て方、フィルムの詰め替えのタイミング。一度教えてもらえば簡単なことばかりだった。それに、そうしたことで失敗しても巨匠はあまり怒らなかった。巨匠が嫌ったのは、待たせなければならなくなったモデルを立ちっぱなしにさせていたり、渇いた喉《のど》をすぐに潤《うるお》すことができなかったりすることだった。「気働きできない奴はろくなカメラマンになれない」というのが巨匠の口癖だった。しかし、僕はそういったことでも、ほとんど怒られたことがなかった。先輩がいるときは、常に怒られ役は先輩だったし、先輩が独立して後輩が入ってくると、その後輩が怒られ役になった。「航平を見習え！」というのが巨匠のもうひとつの口癖になった。

巨匠が僕に対して不満に思っていたことがあったとすれば、それはやはり僕がまったく博打に興味を示さないことだったかもしれない。マカオやラスベガスだけでなく、ニューヨークに撮影に行ったときは、少し離れたアトランティック・シティーのカジノまで連れていってくれたが、僕はただ海沿いのボードウォークをぶらぶらするだけでいっさい賭け事はしなかった。それだけではない。巨匠の事務所や撮影中の暇な時間に行われるチンチロリンも、なかば仕方なく参加しているという様子が露骨に表われていたらしい。

二人になると、巨匠はよくこんなことを言っていた。

「博打は運でもなければ勘でもないし度胸でもない。観察力なんだ。観察して、認識して、判断する。その繰り返しだ。航平は完璧《かんぺき》な気働きができる。観察して、認識して、行動できる。それは博打に滅法《めっぽう》強いということなんだよ」

それでも僕は巨匠のようには博打に情熱を持つことはできなかった。チンチロリンの月末の集計では、さほど大負けすることはなかったが、大勝ちすることもなかった。僕にはどこか博打に対する強い拒否感があったのだ。

父は東京の下町にある小さな信用金庫に勤めていた。四十五歳で死んだとき部長代理だったから、本来は可もなく不可もないというサラリーマン人生を送っていたのだろう。

その父はいっさい博打をしなかった。パチンコ屋はもとより、競馬場や競輪場などというところには近づいたことすらなかったに違いない。博打だけでなくゲームの類《たぐ》いも嫌っていた。家には碁盤も将棋盤もなく、トランプすら置いていなかった。金融機関に身を置く者としての倫理観がそうさせたということもできるかもしれない。しかし、僕には、瞬時に勝ち負けが決まってしまう博打やゲームというものが嫌いだったのではないかと思える。

僕もサーフィンをしていて勝ち負けを争うコンテストがあまり好きではなかった。中学時代にもうすでにかなり大きな波を乗りこなせるようになっていた僕は、高校の二年から出場するようになったジュニアの部ではどんなコンテストでも楽に勝てるようになっていた。しかし、コンテストに出ても、そして勝っても、さほど楽しいとは思えなかった。高校を卒業すると、大学にも行かず、ハワイに行くため日当の高いアルバイト先を転々としたが、そうした生活に入ってからはまったくコンテストに出なくなった。僕は、ただ打ち寄せてくるさまざまな波に向かい、それに乗ることができればいいだけだったのだ。

オアフ島のノースショアーに住みついてからも、まったくコンテストに出なかった。親しくなったローカルの若者には、名前を売るために出るべきだと誘われたが、僕はいいんだと言って出ようとしなかった。

巨匠に「航平が博打嫌いだなんて信じられない」と言われるたびに、僕は笑って聞き流していた。だが、ある時期から、僕に博打を勧めるようなことをいっさい言わなくなった。よほど性に合わないのだろうと、諦めてくれたようだった。

その僕が、昨夜から今日にかけて、これほど熱中して博打をやっているということが自分でも信じられなかった。

〈何がどうしてしまったというのだろう……〉

考えても、よくわからない。ただ、このバカラという博打には、自分の体の深いところにある何かに触れ、それを震わせる力があるようだった。

聖パウロ学院教会の階段を降り、商店街をぶらぶらしていると、靴の店や服のブティックや薬屋が並んでいる一角に小さな書店があった。中国語の本など読めはしないことはわかっていたが、単なる暇つぶしのつもりで入ってみた。

店の中央の平台に、香港の中国復帰を当て込んだ時局本のようなものが何種類も積まれている。棚には小説や実用書に混じって香港とマカオのガイドブックや地図帳の類いが並んでいる。それを眼で追っていると、その横に英語の本が何冊か差し込まれているのが見えた。どれもカジノとギャンブルに関する本のようだった。『ガイド・トゥー・ギャンブリング・アンド・ゲイムズ』、『ハウ・トゥー・ウィン・ブラックジャック』、『オール・アバウト・ルーレット』……。

その中に『カジノ・ギャンブリング』というタイトルの本があった。抜き出して、読むともなく漫然とページを繰っていると、「ルーレット」や「ブラックジャック」などと並んで「バカラ」という項目があった。僕はハワイで暮らしているあいだに英語をほんの少し話せるようになったが、読むのはあまり得意ではなかった。ハワイではサーフィン雑誌を読んだり、新聞の天気予報を読むくらいで、本を読んだことはほとんどなかった。単語力がないので、途中でわからなくなってしまい、すぐ面倒になってしまうのだ。だから、『カジノ・ギャンブリング』もただパラパラと眺めていただけにすぎないのだが、その中に一枚の絵が載っていた。「バカラ・テーブル・アンド・レイアウト」と記されていて、バカラの台を真上から見た図が載っていたのだ。席の配置や、バンカーやプレイヤーやタイのどこに賭けるかが一目瞭然《いちもくりょうぜん》になっている。欧米で使用されている台らしく、マカオのように「庄」や「閒」や「和」というような文字は入っていないが、基本的なレイアウトはまったく変わらない。ということは、ルールも似たようなものなのだろう。しかし、それにしては、何十ページも費やして書かれている。あるいは、ゲームの歴史や賭け方のイロハが載っているのかもしれない。

しばらく立ち読みしていたが落ち着いて読んでみたくなった。裏表紙を見ると、値段のところにシールが貼《は》ってあり、ボールペンで二百パタカと書き込まれている。マカオのパタカは香港ドルとレートが同じなので、三千円近いということになる。どう

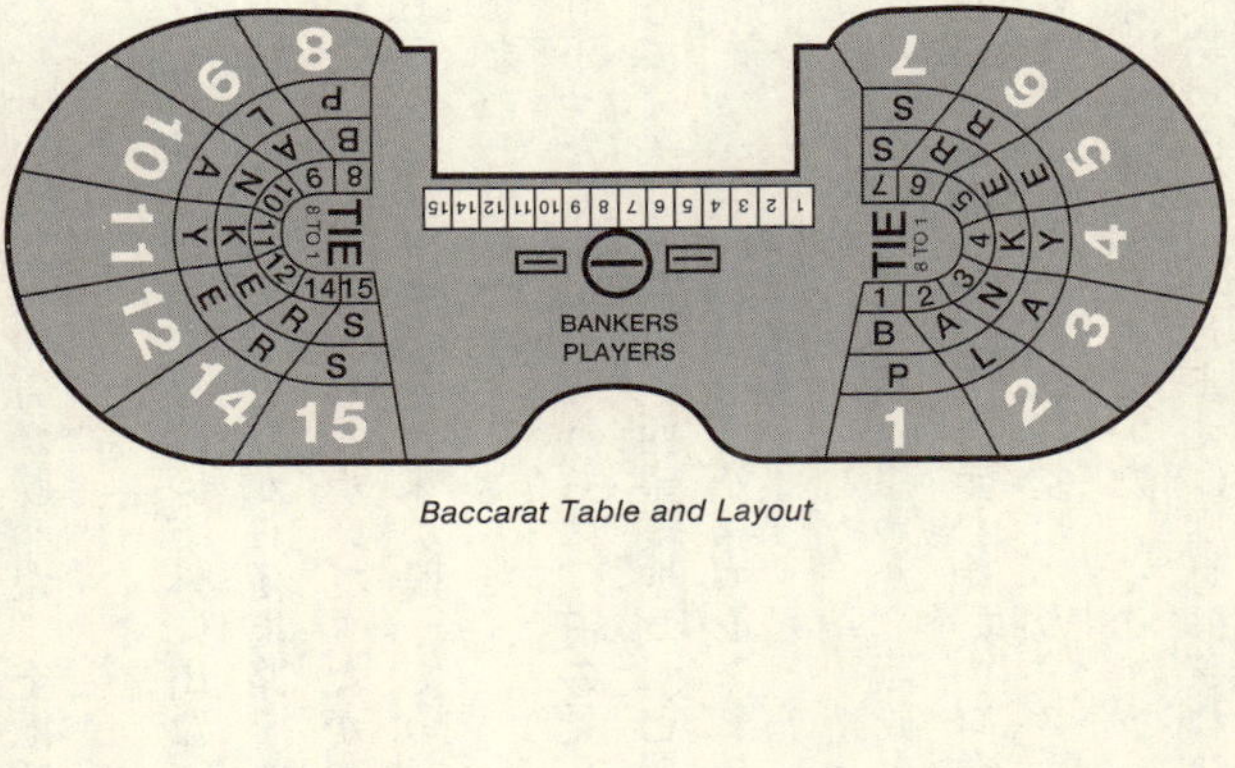

Baccarat Table and Layout

しようか迷ったが、読んでみたいという気持の方が勝った。空港で両替した香港ドルがまだ充分残っていた。

僕は店員がビニール袋に入れてくれたその本を持って外に出た。

本はあとでゆっくり読むことにして、セナド広場から新馬路を渡り、細い路地の入り組んだ下町風のエリアを歩いた。ただ意味もなく歩いてみたかったのだ。

口の中には、まだあの男によるいやな負けの苦い味が残っていた。それを消すには、ただ意味もなく歩くより仕方がないと思えた。

石畳の細い坂道を、上ったり下ったりしているうちに、海の見える景色のいい地区に出てくることができた。そして、矢印と共に「西望洋聖堂」と記された標識が立っている坂道に出た。そこには、また、ポルトガル語で「エルミーダ・ダ・ペンニャ」とも記されている。

これがあのペンニャ教会へ至る道なのか、と僕は思った。巨匠とマカオに来たとき、ペンニャ教会の前庭で撮影したことがあった。海を望む絶好のロケーションだったが、僕たちが気に入ったのはこぢんまりとしたその礼拝堂だった。ステンドグラスを通して差し込んでくる外光が木の床を美しく照らしていた。そこで撮らせてもらいたかったが、許可が得られなかった。黙って撮ってしまえば反対はされないが、正式に許可を求めるとなかなか面倒なことになるという典型のような対応だった。仕方なく、巨匠はその前庭で撮影することにした。

中国人のコーディネーターの説明によれば、このペンニャ教会は、オランダ艦隊の攻撃から辛《かろ》うじて生き延びることのできたポルトガル人が、感謝の思いを込めて建造したのだという。そこから、航海の無事を祈るための寺院になっていったのだともいう。

僕は懐《なつ》かしいペンニャ教会に続く細い坂道を上って前庭まで行った。海は霞《かす》んでいるが、かなり遠くまで見通せる。

しばらく前庭の景色を眺めたあとで、礼拝堂の中に入ってみることにした。

夕暮れどきということもあったのだろうか、中には人がいなかった。しかし、ただひとり、祭壇の前にひざまずいて祈りを捧《ささ》げている女性がいる。

僕は邪魔しないように、そっと木のベンチに腰を下ろした。

頭に白いレースのベールをかぶった女性は、顎《あご》の下で両手を組み、一心に祈っているらしい。その真剣さはほとんど動かないうしろ姿からでもわかる。何を祈っているのだろう。神に祈らなければならないような不幸を何か背負っているのだろうか。それとも感謝の祈りなのだろうか。

そこは土足でいいことになっているが、女性は靴を脱いで裸足《はだし》になっている。足にはストッキングの類いを履いておらず、白い足の裏が見えている。

その足の裏をじっと眺めているうちに眠気を催してきた。瞼《まぶた》がくっつきそうになり、一度、二度と首を振った。そして、いよいよ瞼がくっついたまま離れなくなりそうになったとき、祈っていた女性が立ち上がった。ベールを頭から取り、それをバッグにしまうと、横にそろえてあった靴を履いた。そして、ベンチとベンチのあいだの通路を歩いてきた女性の顔を見て、僕は思わず声を出しそうになってしまった。

昨夜、リスボアの前の広場で花火を見ていたとき、僕が日本語を話すとチラッとこちらを向いた女性だ。

僕に気づいたかどうか、彼女はこちらにほんの少し視線を向けただけで、そのまま真っすぐ歩いて礼拝堂から出ていった。しばらくして僕も礼拝堂を出たが、そのときにはもう彼女の姿はなかった。

それにしても、リスボアの通路を回遊している娼婦のひとりだと思われる彼女が、ここまで来て、何を祈っていたのだろう。航海の安全、とは思えない。あるいは、自分のしている仕事の許しを乞《こ》うていたのだろうか……。

4

リスボアに戻り、カジノの二楼に上がった。そして中央にあるバカラの台に近づくと、五番の席にまだあの男が坐っているのが見えた。

驚いたことに、山のようにあったチップが激減している。というより、ほとんどなくなっている。もしかしたら、さらに大きな額のチップに替えてポケットにしまってあるのだろうか。

どうやら、そうではなさそうだと気がついたのは、男の眼の前に残っていた百ドルのチップの、その最後のひと山を「閒」に押し出したときだった。すると、そこにいる客たちが男の選んだ目と反対の「庄」に賭《か》けはじめるではないか。いままで同じ目に付き従っていたはずの周囲の客たちが、逆の目に賭けるようになっていたのだ。それは、五番の男が勝てなくなり、客たちに見放されたということを意味しているに違いなかった。たぶん、男は負けに負けが続いているのだ。顔には煤《すす》けたような疲労の色が濃く残っていた。勝っているときは中年のように見えていた顔も、いまはれっきとした老人の顔になっていた。鋭い目つきも意志の強そうな口元も同じだったが、覇気のようなものが失《う》せ、なんとなく勝負から降りてしまったような気配が感じられる。カードが配られると、「閒」の三に対して「庄」は六で、やはり「閒」が負けてしまう。五番の男は、数枚残った十ドルと五ドルのチップをポケットに入れると、静かに立ち上がってどこかに去っていった。

男に何が起こったのか。細かいことはわからなかったが、この数時間のあいだに勝っていたチップをすべて失ってしまったことは間違いないようだった。男の前には、少なく見積もっても十万ドルはあったはずだった。十万ドルは日本円にして百五十万近く。男は、天国から地獄へ、一気に駆け下りてしまっていたのだ。

それは、バカラという博打《ばくち》の恐ろしさを無言のうちに教えてくれるような出来事だった。しかし、不思議なことに、だからといってバカラをやめようという気にはならなかった。

僕はその台を離れると、いったんカジノを出た。エレベーターでホテルの自分の部屋に戻り、セーフティー・ボックスからトラベラーズ・チェックとパスポートを取り出した。そしてふたたびエレベーターに乗ると、地下商場のある地階まで降りた。そこには、ブランド品を売るブティックなどの横に銀行の出張所が二つ並んでいるはずだった。しかし、営業時間が過ぎているらしく、どちらもシャッターが降りている。

僕は交換レートが悪いのを覚悟の上で、二十四時間営業のカジノ内の両替所に向かった。その窓口でトラベラーズ・チェックを六万円分だけ両替してもらい、香港ドルで四千ドル弱を手にすると、そのまま中央のバカラの台に直行した。軍資金は香港で替えた残りの金を合わせると、五千ドルになる。

男が天国から墜《お》ち、地獄の苦しみを味わっていた二楼の台と同じく、一楼の台のまわりも客が何重にも取り囲むようにして賭けている。

思い返してみると、僕はこれまでずっと台のまわりで立ったまま賭けていた。しかし、やはり、席に坐って張る方がいいのではないだろうか。次の目を読むにしても集中力が違ってくるような気がする。だが、どうやって席に坐ったらいいのだろう。眼の前の席が空くのを待っていたらいつ坐れるかわからない。みんなはどうやって坐っているのだろう。

そんなことを考えながら見ていると、途中で、チップを使い果たしてしまったらしい客が席を立った。すると、斜めうしろで立ったまま張っていた男性客のひとりが素早くその席の台の上に十ドルのチップを放り投げ、人垣をかきわけるようにして席に坐った。なるほど、あのようにチップをマーカーがわりに用いて席を取ればいいのか。感心していると、しばらくして、不意に僕の眼の前の客が席を立った。僕は深く考えもせず、とっさにポケットに一枚だけ残っていた百ドルチップを摑《つか》むとそこに投げ込み、席についてしまった。そんなつもりではなかったのだが、つい手が動いてしまったのだ。

席について賭けるという心の準備ができていなかったということもあるのだろうか、情けないほど激しく動悸《どうき》がする。あたりを見渡すと、席に坐っている客の全員が新参者である僕の品定めをしているのではないかと思われるような視線を向けてくる。僕はポケットからとりあえず二千ドルを取り出し、ディーラーに向かって放り投げた。ディーラーは、それが偽札《にせさつ》でないかどうかを調べるため、一枚一枚透かしのあるなしを確かめてから、千ドルと五百ドルのチップを一枚ずつと百ドルのチップを五枚渡してくれた。

やがて二分計のスイッチが入れられ、新たな勝負の始まったことが告げられる。デジタルのタイマーは、一分を過ぎると、五十五、五十四、五十三という具合に秒を刻んでいき、さあ早く賭けろと客をせかす。

「庄」か、「閒」か。しかし、表示盤を見るかぎりでは、どこといって際立《きわだ》った特徴のない出目の推移だった。

庄閒閒庄閒庄庄庄閒庄閒閒

最後の二回は連続して「閒」が勝っているが、次も「閒」であるとは限らない。「庄」は三回続いたことがあるが、「閒」は二回以上続いて出たことはない。しかし、だからといって、今回も三回連続の目が出ないとは言えない。さて、「庄」だろうか、「閒」だろうか。

僕は、ディーラーや周囲の客が新入りである僕の張り方に注目しているらしいことを意識するあまり、どちらにも賭けられなくなってしまった。決断がつかないうちに卓上ベルがチンと鳴らされ、賭けが締め切られてしまった。

ディーラーによってカードが配られ、「閒」と「庄」でそれぞれ最高の額を賭けた客の手によってカードがめくり上げられる。

「閒」は一と八でナチュラルの九、「庄」は一と絵札の一で、三枚目が配られることなく「閒」の勝ちが決まってしまう。

これが「閒」にとって初めての三回連続の目だったのだ。

次の勝負が始まってもどちらに賭けていいか判断がつかない。席に坐ってみると、直前まで簡単に読めていたと思っていた目がまったく読めなくなっている。続けて

「閒」に張ってみたいような気もするが、さすがに「庄」に反転するのではないかという気がしないでもない。迷っているうちにまた時間切れになってしまった。

閒四・庄五で、「庄」の勝ち。

次もよくわからなかったが、なぜか「閒」に惹《ひ》かれる。すれすれで負けてしまったが、まだ「閒」の勢いが続いているのではないだろうか。考えていると、ひとりのディーラーが近くに坐っている若い女性客に何事か話しかけ、五百ドルのチップを一枚受け取ると、しばらく考えてから「庄」に張った。それを見て、僕はいやな気がした。これまでにも何度か同じようなシーンを見てきていたが、ディーラーがそれによってカジノ側の収入を増やそうとして何かを画策しているのでないことはわかるようになっていた。カードがシャッフルされるときも、カードが配られるときも、常に眼をこらすようにして見てきたが、詐術《さじゅつ》の入り込む余地はまったくない。それは、一種の退屈しのぎであり、場を賑《にぎ》やかにさせようとしてのことであるのだろう。しかし、場に影響力のある新たな張り手が参入することで、こちらの読みが混濁させられそうな不安を覚えたのだ。

僕はそんなことに惑わされずに「閒」に賭けることにした。

しかし、いやな予感は的中した。閒一・庄三で、ディーラーが張ったとおり「庄」

が勝ってしまったのだ。ディーラーは倍近くになった若い女性客のチップをそのまま預かり、こんどは「閒」に賭けた。多くの客がそれに追随して「閒」に賭けた。しかし、僕はディーラーに五百ドルのチップを百ドルのチップに崩してもらうと、そのうちの三百ドルを「庄」に賭けた。目はさっぱり読めなかったが、ディーラーの賭けた目に乗るのがいやだったのだ。

結果は、これもディーラーの判断どおり、閒八・庄三で「閒」が勝ってしまった。僕は少し苛立《いらだ》ってきた。

次の勝負はディーラーの張り方に影響されないように先に賭けることにした。依然として目は読めない。「閒」に賭けて「庄」になり、「庄」に賭けて「閒」がきた。こんど「閒」にいけばまた逆がきそうな気がする。僕は三百ドルを「庄」に賭けた。他の客は時間ぎりぎりになってもまだ賭けない。そして、ディーラーが「閒」に賭けると一斉《いっせい》に「閒」にチップを置きはじめた。

卓上ベルが鳴らされ、賭けが締め切られる。ディーラーが「閒」に五千ドルを賭けている客と、「庄」に千ドルを賭けている客の前にカードを置く。

それぞれの客が力をこめてめくり上げると、「閒」が八と九の七であるのに対して「庄」は二枚とも絵札の〇である。またやられたかな、と僕は弱気になりかけた。出目表の裏に記載されているルールでは、「閒」に七か六が出た場合、それをスタンドと呼び、三枚目を引かずに「庄」の結果を待つ、とある。現在は「閒」が七で「庄」が〇なのだから、「庄」は三枚目に八か九が出ないかぎり勝てないのだ。

ところが、「庄」の客が三枚目を気合を込めてめくり上げると、なんと最強の九ではないか。ほとんどの客から失望の溜め息《いき》が洩《た》れ、大勢に抗して「庄」に張っていた数人からは歓声が上がった。もちろん、僕も心の中で快哉《かいさい》を叫んだ。

次も僕は「庄」に張った。ディーラーが乗った「閒」を、ナチュラルの九で打ち破った「庄」に流れがきていると思えたからだ。ディーラーは、今度は張ってこなかった。

閒四・庄九で、「庄」の勝ち。

僕はもう一度「庄」で押してみた。

閒一・庄七で、「庄」の勝ち。

これで三回続けて勝ったことになる。三勝二敗、ひとつの勝ち越しだ。僕はようやく席に坐っている他の客の様子を落ち着いて眺められるようになった。

次も僕は「庄」に賭けつづけた。なんとなく「庄」が負けるような気がしなかったのだ。

ところが、カードが配られ、客によってめくり上げられると、閒四・庄四の「和」、つまり引き分けになっていた。これまで見てきたところによれば、同じ目が何回か続いたあとに引き分けの「和」が出ると、そこで目が変わることが多かった。今度もそうだとすれば、次は「庄」から「閒」に反転するはずである。僕は「庄」に賭けたチップを取り下げたい衝動に駆られたが、「和」の場合はチップを動かせないことになっている。チップをそのままにして次の勝負を待たなければならないのだ。しかし、取り下げたり、張り変えることはできないが、賭け増すことは許されている。「和」が出たことによって次の目が変わりそうだと予測するなら、「庄」に賭けたと同じ額を「閒」に賭け増しておけば危険を避けられる。そうとわかっていながら、保険を掛ける行為をどこか恥じる気持があり、どうしても手が動かない。やがて締め切りの時間がきて、カードは配られてしまった。

最初の二枚ではどちらにもナチュラルができず、双方に三枚目が配られる。最高額を賭けた客の手によってそのカードがオープンされると、閒八・庄〇で「閒」が勝った。目は反転したのだ。

〈やっぱり！〉

悔やんだが遅かった。わかっていたのに手が出なかった。どうして賭け増さなかったのだろう。自分に舌打ちしたくなるのを、いやこれで勝ちと負けの数が等しくなっただけなのだと気持を切り換え、次の勝負に集中することにした。

しかし、「庄」か「閒」か、なかなか決められない。

そのとき、「庄」が負けた数である○が気になった。「閒」は、三と一と四が出ての八だったが、「庄」は三枚とも絵札しか出ない○だった。数を持ったカードが一枚も出ないまま○になってしまった、いわば最悪の○だ。しかし、逆に、その○が妙に気になる。

考えているうちに二分が過ぎ、次の勝負のカードが配られてしまった。

閒四・庄○で、「閒」の勝ち。

だが、その「庄」も不思議なことに絵札が三枚続いての○だった。

これで庄は二回も○が続いた。しかも、一枚も数を持ったカードが出ない○だ。バカラの勝負としてはこれ以上はないというほどひどい手が続いたのだ。とすれば、もうこれよりひどくはならないのではないだろうか。これが「庄」の底で、あとは上向きになるだけではないだろうか。

僕は恐る恐る三百ドルを「庄」に賭けてみた。

閒五・庄七で、「庄」の勝ち。

次は自信を持って「庄」に賭けた。

閒三・庄八で、「庄」の勝ち。

もう一度「庄」に賭けてみよう。

閒〇・庄六で、「庄」の勝ち。

ここで僕は迷った。「閒」の〇というのが気になったのだ。「庄」は二度の〇で溜めた負のエネルギーで三回続けて勝つことができた。しかし、今度は「閒」に〇が出てしまった。ここでも次の目は反転して「閒」に行くのではないか。

そこで、僕は「庄」から「閒」に賭け変えることにした。しかも賭け金を倍の六百ドルにしたのだ。

しかし、閒二・庄五で「庄」の勝ち。

「閒」の〇は、絵札と三と七が出た上の〇であって、絵札が三枚続いて〇となった「庄」の場合とは違うものだった。そう気がついたが遅かった。「庄」の流れはまだ切れていなかったのだ。

僕は頭に血が昇るような気がした。冷静さを欠きかけたのは、目を変えたために負けてしまったからというのではなく、賭ける単位を倍にしたとたんに負けたということの方が大きかった。

熱くなった僕はまた六百ドルを「庄」に賭けた。

ところが、カードがオープンされると、閒九・庄一で「閒」が簡単に勝ってしまうではないか。「庄」に賭けられたチップがディーラーのヘラによって掻《か》き集められるのを見ているうちに、流れは「閒」に移ったのかもしれないと思えてきた。

僕はさらに賭け金を倍に増やし、千二百ドルを「閒」に賭けた。

結果は、閒二・庄六で「庄」の勝ち。

そして、気がついてみると、三百ドルずつ地道に賭けながら徐々に増やしてきたチップを、あっけないくらい簡単に失ってしまっていた。

僕は次の勝負を見送った。

閒六・庄七で、「庄」の連続勝ち。

次も目が読めず、見送らざるをえなかった。

閒四・庄九で、また「庄」の勝ち。

流れはふたたび「庄」に戻ってきたのだろうか。自信のないままに、単位を三百ドルに下げて「庄」に張った。

閒八・庄四で、「閒」の勝ち。

また三百ドルを失い、残りは百ドル余りになってしまった。百ドルでは賭けられない。僕はさらに二千ドルの現金をチップに替えたが、それ以後も、流れを見失い、目を読みちがえ、チップの減るのを押し止《とど》めることはできなかった。

手元のチップが五百ドル一枚になったとき、僕は席を立った。

第三章　天使の涙

1

ベッドサイドで電話が鳴った。

真っ暗な中、手を伸ばして受話器を摑《つか》み、耳に当てると録音されたものらしい英語が流れてきた。

「これはウェイクアップ・コールです。七時、になりました」

電話の横に置かれたデジタル時計を見ると、赤い数字が7と02を表示している。この時計は二分進んでいるらしい。

そんなことをぼんやり考えたあとで、僕は自分に向かって声を掛けた。

「さあ！」

そうでもしなければベッドから起き上がれそうになかったのだ。

昨夜、部屋に引き上げてきたのが午前四時だったから、三時間弱しか睡眠を取っていない計算になる。さすがに眠かった。

カーテンを開けると、相変わらず空はどんよりしている。

シャワーを浴び、ミネラルウォーターをひとくち飲んでから、ゆっくりバッグに荷物を詰めはじめた。

といっても、詰めるべき荷物はほとんどなかった。着替えのシャツと下着類を底の方に突っ込み、カジノの中で着ていたパーカーを畳んで上に載せればパッキングは終わりだった。日本を出たときより身軽になっていたのは、バリ島でサーフボードを仕事仲間のひとりであるケンに預けてきていたからだ。

フライトの時刻は午後一時だった。マカオから香港まで水中翼船で一時間、香港の港澳碼頭から啓徳空港までタクシーで二、三十分。ホテルを八時にチェックアウトすれば、どんなに遅くとも十一時までには空港に着くはずだった。

バッグを横に置き、ベッドの端に坐《すわ》っていた僕は、また自分に向かって声を出した。

「さて！」

しかし、さっきはベッドから起き上がれたが、こんどはベッドから立ち上がる気がしない。

どうして今日、日本に帰らなくてはいけないのだろう。バリ島で見送ってくれたケンも言っていたとおり、別に帰りを待ってくれている人がいるわけでもなければ、期日の決まった仕事の約束があるわけでもない。一日や二日、日本に帰るのが遅れたからといって誰に迷惑をかけることもない。

幸い、バリ島で買ったキャセイ航空の格安航空券は六カ月オープンのものだった。乗る便がフィックスされているものとたいして値段が変わらなかったので、あまり深い考えもないまま買っておいたのだ。なんとなく、途中でもう少し長く居たくなるかもしれないという予感がしていたのかもしれない。予感は正しかった。その場所が香港でなく、マカオだとは想像もしていなかったが。

あともう少しマカオに居たかった。そして、あともう少しバカラをやってみたかった。

すでに九万円ちかく負けていたが、その負けを取り戻したいわけではなかった。バリ島で使うつもりだった金がまだ八十万円ほど残っている。これをすべて使い果たしてもいいのだ。それよりバカラという博打《ばくち》がどういうものなのかが知りたかった。こちらとあちらにカードを配り、それぞれの合計数の下一桁《けた》の大小を競う。「バンカー」か「プレイヤー」か、「庄」か「閒」かを当てる。それは、サイコロを放り投げて偶数か奇数かを当てるのとまったく変わらない、ただの丁半《ちょうはん》博打なのか。

丁半博打なら、勝つも負けるも偶然にすぎないはずだ。しかし、バカラにはそれ以外の何かがあるような気がする。それがどんなものかはよくわからないが、単なる丁半博打とは違う何かがあるように思えるのだ。

八組四百十六枚のカードがシャッフルされることで、組み合わせのパターンはほとんど無限に近くなる。ひとたびシャッフルされたカードが黒い箱の中に入ってしまえば、どのようにカードが並んでいるかは誰にも予測がつかない。それはほとんど人知の及ばない「運命」に似たものであるように思える。客である僕たちにできることと言えば、「神」によって「運命」のように定められたそのカードの流れを読むことだけだ。次に勝つのは「バンカー」か「プレイヤー」か、「庄」か「閒」か。しかし、読もうとしても、読むことはできない。

それでも、僕には、競馬や競輪、ルーレットやブラックジャックなどと比べれば、はるかにシンプルで夾雑物《きょうざつ》が少ないように思える。馬や騎手のコンディションに左右されることもなく、ディーラーや隣の客の力量に影響されることもない。ただひたすら、次の目は「バンカー」か「プレイヤー」か、「庄」か「閒」かを読む。そして、その目が読めるも読めないも、すべて自分自身のせいなのだ。他の誰にも邪魔されることなく、たったひとりで台に向かうことができる。「バンカー」か「プレイヤー」か、「庄」か「閒」か。当たっても、はずれても、すべての責任は自分にしかない。

僕は久しぶりに熱くなることができるものを見つけられたのかもしれない。バリ島で波に乗ることに興味を失って以来、本当に久しぶりに。

しかし、その対象が博打だということに戸惑《とまど》いを覚えないわけにはいかなかった。僕は博打に関心を持っていなかったはずだった。だが、それも、ただ必死に関心を持たないようにしていただけなのかもしれない。たぶん僕は、自分の体の中に「行くところまで行ってしまう」という危うい血が流れていそうで怖かったのだ。

〈もしかしたら、僕は、このまま行くところまで行ってしまうのだろうか……〉

いや、たとえ、行くところまで行ってしまったとしても、有り金を失うだけのことだ。そして、金がなくなったら、残っている航空券で日本に帰ればいいだけの話だ。それに、と僕は思った。ポケットの中にはまだ五百ドルのチップが残っている。昨夜は、四千ドルを失ってからもバカラの台のまわりを離れず、ただひたすら勝負を眺めつづけた。一枚だけ残った五百ドルは、カジノのキャッシャーで換金するのが面倒でそのまま部屋に戻ってしまったが、日本に帰るのはこのチップを使い切ってからでも遅くはない。

もう少しマカオに滞在することにしよう。そう思い決めると、僕はキャセイ航空のコールセンターに電話を入れた。回線が混んでいてなかなかつながらなかったが、三回目でようやくオペレーターが出てくれた。今日のフライトをキャンセルすると告げると、次の予約を入れておくかどうか訊《たず》ねられた。少し考えてから、決まったらまた連絡する、と言って電話を切った。

残るはホテルの延泊の手続きだ。これも電話で済ませてしまおうかと思ったが、いずれにしてもカードキーを書き換えてもらわなくては使いものにならないはずだった。レセプションでやってもらった方が早そうだ。

僕は部屋を出た。

レセプションのカウンターには、この日も胸に「村田明美」という名札をつけた女性がいて、僕の顔を見ると明るく笑いながら言った。

「チェックアウトをなさいますか?」

「いや……」

僕は口ごもったあとで言った。

「延泊したいんだけど」

「フライトがキャンセルになったんですか」

「そうじゃないんだけど……」

僕の煮え切らない物言いを耳にすると、彼女はよけいなことを訊《き》きすぎたと判断したらしく、さっぱりした口調で言った。

「わかりました。一日でよろしいですか」

「三日」

そう言ってしまってから、自分で驚いた。

「三日？」

彼女も少し驚いたような声を出した。

「そう、三日」

「ゆっくり観光できますね」

彼女がまた笑顔になって言った。

「いや、観光じゃなくて」

「観光じゃなくて？」

「カジノなんです」

「カジノ？」

「バカラをやりたいんです」

「そうですか……」

彼女の笑顔が曖昧《あいまい》な表情の中に溶けていった。僕はなぜか彼女を失望させてしまったのかもしれないと思った。このホテルに勤めているが、あまり博打が好きではないような気がしたのだ。僕は何かよくないことをしてしまったかのようなバツの悪さを覚えた。

そのまま外に出ると、昨日と同じく「福臨門酒家」に行くことにした。入っていくと、昨日と同じ中年の女性マネージャーが、昨日と同じ席に案内してくれた。どうやら僕を覚えていてくれたらしい。

今日は迷うことなく、昨日食べておいしかった「晶宝蝦餃皇」と「上湯鮮竹巻」を選び、あとは「皮蛋痩肉粥」という粥《かゆ》を注文した。「痩肉」というのがなんとなく痩《や》せた犬を想像させて不安だったが、「皮蛋」がピータンだということを知っていたので食べてみたくなったのだ。

その選択は間違っていなかった。最後に出てきた「皮蛋痩肉粥」が、前に出された二品に劣らずおいしかったからだ。粥には、ピータンを縦に細く切ったものと、豚の薄切り肉が入っている。「痩肉」というのは痩せた動物の肉ではなかったのだ。

食べ終えると、僕の足はまたリスボアに向かっていた。

2

リスボアに戻ると、カジノの一楼にあるバカラの台に直行した。

時間が早いせいか前の二日と比べてカジノの客の数があまり多くないように思える。しかし、中央にあるバカラの台だけはいつもと変わらなかった。十四の席が埋まっているのはもちろんのこと、そのまわりにかなり厚い人垣ができている。

背後から台の上を覗《のぞ》き込むと、ちょうど勝負が終わり、閒六・庄六の「和」が出たところだった。台の上にのっている出目《でめ》の表示盤によれば、これまで「閒」が三回連続して勝っていることになっている。恐らくは自信を持って「閒」に賭けていただろう客の何人かが、「和」が出たことで慌《あわ》てて「庄」に賭け増ししている姿が見かけられた。

あらためて勝負が開始され、カードが配られた。その結果は、やはり閒三・庄七で「庄」の勝ちと、いままでの流れとは逆の目が出ることになった。

以後、勝負は、閒八・庄九で「庄」の勝ち、閒四・庄六で「庄」の勝ち、閒二・庄五で「庄」の勝ち、という具合に推移していった。

閒二・庄五で「庄」が勝った次の回に、よほど一枚だけ残っている五百ドルチップを「庄」に賭《か》けてみようかと思ったが、この場の目の流れをもっとよく把握するまではと我慢した。それは賢明な判断だった。僕の予想に反して、閒七・庄一で「閒」が勝ってしまったからだ。ポケットの中で握りしめているチップが微《かす》かに汗ばんでくるのがわかる。

そのとき、前の方の席で、大きく負けてしまったらしい客が立ち上がるのが見えた。僕はとっさに握りしめていた五百ドルチップをその席に向かって放り投げた。ほとんど同時に香港の五ドル硬貨を投げ入れた若者がいたが、マーカーとして五百ドルを投じたこちらの迫力に敬意を払ってくれたのか、素直に引いてくれた。

十一と記された席に坐った僕は、その五百ドルのチップを今度はディーラーの前に投げた。それを百ドルのチップに崩してもらうためだ。そして、ヘラの上にのせられて送られてきたチップの中から三百ドルを「閒」に賭けた。

閒七・庄五で「閒」が勝つと、僕は次も「閒」に張りつづけた。

閒二・庄一で、「閒」の勝ち。

しかし、そこで迷った。流れからいけば「閒」に賭けつづけるべきなのだろう。だが、「閒」が二で「庄」が一というきわどい勝ち方なのが気になった。そろそろ「庄」

に目が移るのではないだろうか。

考えても考えてもわからない。わからないなら……そうだ、「見《けん》」をすればいいのではないか、と突然のように気がついた。

巨匠たちとチンチロリンをしていると、どうやっても負けてしまい、賭ける手を休めたくなるときがある。しかし、巨匠は絶対に許してくれず、こう言う。

「見はなし」

状況を判断するために意識的に賭ける手を休めることを「見」と呼ぶらしいのだ。

二回続けて勝ったことが僕に「見」をする余裕を生み出してくれたのかもしれない。

何も賭けずに勝負の行方を見守っていると、閒三・庄四で「庄」の勝ちになる。

「庄」が勝った。しかし、勝つには勝ったがまた一つ差のきわどい勝ちだ。この「庄」は弱いか、強いか。強いような気がするが、僕は次も「見」をすることにした。

閒三・庄八で、「庄」の勝ち。

やはり、この「庄」は強かったのだ。しかし、賭けなかったことを後悔はしなかった。二度続けて「見」をしたことで、僕には次の目がはっきりと読めるような気がしてきた。

今度も「庄」だ。

賭けると、予想どおり、閒一・庄四で「庄」が勝った。

次の勝負は、多くの人が「庄」に賭けた。しかし、僕は「庄」の勢いもここまでだという気がした。ここは「閒」に賭けることにしよう。

閒七・庄一で、「閒」の勝ち。

次も目は反転する。なぜかそう思った僕は「庄」に張った。

カードがオープンされると、閒六・庄八で「庄」の勝ち。

自分の読みが怖いくらいに当たる。僕はその快さに陶然となりかけた。

それ以後もチップは着実に増えていき、そのシリーズが終了する頃には、五千ドル近い浮きがあった。

やがてまた新しいシリーズが始まった。

そのシリーズは前のシリーズと比べると目が読みにくかったが、しかし、勝ったり負けたりしながら、それでも勝つことの方が多かった。

閒
庄
庄
閒
庄
和
庄
閒
庄
閒
閒

こういう流れの中での次の勝負で、閒七・庄○で「閒」が続けて勝った。僕もその「閒」の勝ちを当てることができたが、次が難しくなった。「閒」の勝ちはまだ続くような気がする。だが、「庄」に出た○という数が気になる。それも絵札が三枚続いての○なのだ。僕は「見」をすることにした。

閒五・庄○で、「閒」の勝ち。

しかし、その庄の○も、絵札が三枚出ての○だった。二回続けて絵札三枚による○が出た。

次は「庄」だ。絶対に「庄」だ。これと同じような目の出方をしたのを前夜の勝負の中で見た記憶があった。数にすらならないカードによって深い負のエネルギーを溜《た》め込んだ○の目が二度続くと、次は一気に反転して長く勝ちつづけたことがあった。

僕は三百ドルを「庄」に賭けようとして、もっと大きく賭けるべきではないかと思った。ここは絶対に「庄」なのだ。千ドル？　二千ドル？　しかし、僕が握ることができたのはピンク色の五百ドルチップ一枚だけだった。今日だけで五千ドル以上勝っているというのに、どうして大きく張れないのだろう。自分でも不思議だった。大きく勝つには、大きく張らなくてはならない。そうわかっているのに、営々と努力して溜めたチップが減ることを恐れて賭けられないのだ。

この台の大勢は「閒」だった。ほとんどすべての客が「閒」にチップを置いている。僕が「庄」に五百ドルを置くと、席に坐っている客たちがチラッと僕の顔を盗み見た。

ところが、賭けが締め切られる寸前、僕の斜めうしろから手が伸びてきて、「庄」に一万ドルのチップが置かれた。驚いて振り返ると、それは眼鏡を掛けたいかにもひよわそうな顔つきの若い男だった。それにもかかわらず賭け方は大胆だった。僕もその大胆さにつられてもっと賭けようかと思ったが、ついに臆《おく》したまま賭け増せなかった。

そのとき初めて気がついたのだが、坐っている客の中で「庄」に賭けているのは僕だけだった。ということは、僕が「庄」のカードをめくることになる。

これまでも、二、三度、僕がカードをめくらざるをえなくなってしまったことがある。どんなめくり方をしようと配られてしまったカードの数が変わるわけではない。そう思っているため、中国人のように一枚一枚力を込めてめくることができない。一度に二枚をサッと開けてしまう。三枚目が来ても同じだ。それで負けてしまうと、同じ目に賭けていた客が、おまえのめくり方が悪いから負けてしまったのだというような非難がましい眼でこちらを見る。それが恥ずかしかった。

しかし、この勝負はたぶん負けない。僕は一万ドルを賭けた若い男に恥ずかしい思いをしなくても済むはずだ。

配られた「間」のカードをめくったのは五千ドルを賭けている三番の席の客で、出たのは二と五で合計七だった。

僕が自分に配られた二枚のカードをいっぺんに開くと二枚とも絵札である。○だ。

微かにいやな予感がしたが、本気で心配はしていなかった。

七が出た「間」は、スタンドということになり、三枚目は配られないまま、「庄」の結果を待つことになる。

僕は、ディーラーによって「庄」の三枚目のカードが配られると、それも軽く開けた。

九。

その場にいる人の口から、「アイヤーッ！」という驚きと失望のないまぜになったような声が発せられた。「間」の七に対して、「庄」は最後の一枚で最強の九を出して軽々と勝ってしまったのだ。

そうなると淡々とした僕のめくり方が逆に神秘的なものにでも見えるのだろうか、客たちの向ける視線が直前までとどこか違ってきているようにも思える。

しかし、僕は勝った喜びより、深い敗北感に襲われていた。それは、「間」に賭けられたチップがディーラーの手によってすべて掻き集められたあとで、「庄」のエリアにわずかに残った僕のチップに四百七十五ドルの配当がつけられ、背後の若い男のチップに九千五百ドルがつけられたときに最も大きく深いものになった。どうして僕は大きく賭けられなかったのだろう。勝てると固く信じていたはずなのに、大きく勝つチャンスを逃してしまった……。

それは、僕に、思い出したくないものを思い出させることになった。

サーファーとして、ついに乗ることができなかったノースショアーのビッグウェーブ。高校時代、弟のように思っていた少年から向けられた冷たい視線……。

3

僕が初めてサーフィンのボードの上に立ったのは中学二年のときだった。父が死に、母の実家がある山陰の海沿いの小さな町に引っ越してから一年が過ぎていたが、学校にはなかなか馴染《なじ》めないでいた。

夏休みが終わり、二学期に入り、一カ月が経《た》ったある週の月曜日、登校する途中で急に学校に行くのがいやになり、海に向かった。海は通学路から五分も歩けば着くほど近かった。

そこは崖《がけ》に囲まれた小さな入り江で、岬にある漁港とも離れた静かなところだった。急な崖を、岩を伝うようにして降りていくと、地元の子供たちの遊び場になっている小さな砂浜がある。

晴れてはいたが、十月に入った山陰ではもうすでに風が冷たかった。

誰もいない砂浜に坐ってぼんやり海を眺めていると、上半身裸の男性が姿を現した。手に持っていたのは白く長いサーフボードだった。

見ていると、そのまま海に入っていく。そして、ボードに腹ばいになり、両手で水を掻いて沖に向かって進んでいった。

最初にその姿を見たとき、寒そうだなと思った。次に、ずいぶん進むのが遅いものだなと思った。

それでも、ようやく百メートルくらい沖に出ると、男性はボードの上にまたがった。しばらく水平線の方に顔を向けていたが、やがてこちらに向き直った。そして、ふたたび腹ばいになると、突然、沖から打ち寄せてきた大きな波のうねりと競争するかのように激しく両手を掻いた。その次の瞬間、ボードの上に手をつき、すっと立ち上がった。すると、ボードは波の最も盛り上がったところから底の方に向かって滑るように落下した。と思うと、クルリと方向を変え、また波の頂上に向かって昇っていく。それを三度ほど繰り返すと、波が端の方から砕けて白い泡になるにしたがってボードの進む勢いも失われ、男性は水の中に没していった。

それがサーフィンというものだということはわかっていた。しかし、テレビの映像ではなく実際に見るのは初めてだった。僕は、眺めながら、その一連の動きがあまりにも滑らかで美しいことに心を揺さぶられていた。

男性は、何度も何度も沖に向かって泳いでいき、波に乗った。

海から上がり、ボードを抱えて僕の近くを通り過ぎたとき、唇が紫色になっているのが見えた。あんなになるまで冷たい海に入っていなくてもいいのにと思ったが、僕は次の日も学校をサボって崖の下の浜に行った。

男性はまた白いボードを手に現れ、沖に向かって水を掻いて進んでいった。

しかし、見ていても、なかなか波に乗ろうとしない。どうやら、それは、前日と違って、いい波が来ないからであるらしいことが僕にもわかってきた。それでも男性は何度か波に乗ろうとしたが、ボードはすぐにぐずぐずと海に潜ってしまう。

途中で諦《あきら》めたらしく、海から上がってきた。そして、僕に近づいて来ると、突然、声を掛けてきた。

「乗りたいか」

思いがけない問いだった。しかし、その問いの思いがけなさより、僕には自分の発した答えの方がはるかに思いがけないものだった。

「ええ……」

僕は自分がサーフィンをしたいと望んでいるなどと思ってもいなかったからだ。

男性は、僕の返事を聞くと、返事そのものより、その言葉づかいが意外だったらしく、驚きを含んだ声で言った。

「ここの子と違うのか？」

どう答えていいかわからなかった。ここの子だが、ここの子ではない。黙っていると、男性が言った。

「明日、海水パンツをはいてこい」

僕は黙ってうなずいた。

翌日、学生服の下にじかに海水パンツをはき、家から崖の下の浜に直行した。

男性はすでに浜に来ていて、二本のサーフボードが砂の上に並べられていた。

「泳げるのか」

男性がぶっきらぼうに訊ねてきた。

「泳げます」

「どのくらい」

「どのくらいでも」

それは嘘《うそ》ではなかった。幼稚園の頃からスイミングスクールに行かされていた。スピードでは勝てない相手がいたが、持久力では誰にも負けなかった。小学校の六年のときには、二十五メートルのプールを二十回往復できるようになっていた。

僕が服を脱いで海水パンツ姿になると、男性はオレンジ色のボードを指さして言った。

「それがおまえのだ」

男性はそれ以上何も言わず、白いボードを抱えて歩きはじめた。僕もオレンジ色のボードを持って、あとに続いた。男性の身長はクラスで一番背の高い僕と同じくらいだったが、上半身の厚みがまるで違っていた。日に焼けた体には、背中にも、肩にも、腕にも、柔らかそうな筋肉が充分すぎるほどついていた。

浜は遠浅になっていたが、海面が腰の上くらいまでのところにくると、男性はボードを浮かべた。僕も真似《まね》してボードを海に浮かべてみた。

「腹ばいになってみろ」

言われたとおりに腹ばいになると、ボードのうしろについているロープを右の足首に巻きつけた。それがリーシュという名前のものだということは、あとで知った。

「さっき、おまえが崖から降りてくるところを見ていたが、おまえの利《き》き足は右だ。だから、ボードに立つときは左足が前になり、右足がうしろになる。このロープはうしろに残る足につける」

そして男性は、僕の隣に並んでボードに腹ばいになると、軽い調子で言った。

「手で水を掻いて沖に向かって進んでみろ」

言われたとおりにやってみたが、ボードはなかなか前に進まず、すぐに腕が疲れてしまった。

休んでいると、横に並んだ男性が言った。

「無理に掻こうとするな、ただ前の水に手を突き刺すだけでいい。あとはくの字を書くようなつもりで水を背後に押しやれ。左手は逆のくの字だ」

そのとおりにやってみると、格段に速くボードが進む。僕は男性が水を掻くリズムに合わせて懸命にパドリングをした。もっとも、そのときは、水を掻いて進むことをパドリングなどというのだとは知らなかったが。

やがて、僕たちは、大きく波が立っているところの背後に廻り込むことができた。あまり波の影響を受けずに沖に出ることができたのは、男性がこの入り江のカレントをよく知っていたからだということも、あとで知ることになった。海水は波として岸に押し寄せてくるが、岸にずっと止《とど》まってはいられず、沖に引いていかなくてはならない。そのとき、潮の流れができる。それをカレントと言い、うまく利用すると早く沖に出られるのだ。

男性は、腹ばいからボードにまたがる姿勢になった。僕もすぐに真似をしようとしたが、そのままでいろと命じられてしまった。そして男性は、僕のボードのテール、尻《しり》の部分を押して向きを反対にした。僕の視線の先は水平線から入り江の崖に変わった。

「これから波が来る。ボードの両端をしっかり握っていろ」

僕が言われたとおり腹ばいになったままボードの両端を握っていると、波のうねりによってボードが高く持ち上げられるのがわかった。

次の瞬間、ボードに強い力が加わり、波の表面を滑りはじめた。男性が、僕のボードのテールを押してくれたのだ。

実際は、そのときの波はたいした大きさではなかっただろう。しかし、僕には遊園地のプールにある巨大なウォーター・スライダーに頭から突っ込んでいくようなスリルがあった。

ボードは波の底に向かって突き進み、砕けた波の泡をかぶり、さらにその勢いによって砂浜の近くまで運ばれた。

僕はボードが動きを失うと、向きを変えて、男性がいるところまでパドリングをして戻った。

「いいか、これが波に乗るという感覚だ」

そして、同じことをもういちど繰り返してくれた。

三度目は、ボードから手を放し、波が来る寸前にパドリングすることを命じられた。

「波と競争するつもりで強く水を掻け」

すると、男性の押す力なしに、ボードが滑るように走り出すのがわかった。

次に砂浜から戻ってくると、ボードの上への立ち方を教えてくれた。いや、教えてくれたわけではなかった。ただ一度、実演をしてくれただけだ。腹ばいから、ボードの上に素早く両手を突く姿勢になり、立ち上がる。

僕は同じようにボードの上に立とうとした。しかし、すぐにバランスを崩して海の中に落ちてしまった。水は冷たかったが、気にならなかった。海面に浮かび上がると、またボードによじのぼった。

「落ちてもいいから、踏ん張ろうとするな」

僕はまた言われたとおりにした。すると、スローモーションの映像のようにゆっくり海に落ちることができるようになり、やがて楽にボードの上に立っていることができるようになった。

しかし、それは波のないところでのことだった。

サーフィンをするには、波が到達する前にパドリングを開始し、波が頂点まで背をもたげた瞬間に立ち上がらなくてはならない。

「やってごらん」

男性が言った。

最初は、ボードが走りはじめても、腹ばいからひざまずく姿勢になったまま立ち上がれなかった。二度目は、パドリングを開始するタイミングが遅れて波に乗り遅れてしまった。三度目はうまく立ち上がることができたが、前足に体重がかかり過ぎていたのか、ボードの先が波の表面に突っ込んでいってしまい、海に投げ出されることになった。四度目にようやくバランスを保ったままボードの上に立っていることができた。僕は、真っすぐに砂浜めがけて滑っていくボードの上で、叫んでいた。

「ウォーッ!」

もしかしたら、僕がそんな声を出したのは生まれて初めてのことだったかもしれない。

また、沖に戻ると、男性が言った。

「あれで、いい」

そして、気がつくと、僕はいつの間にか波に乗れるようになっていたのだ。沖に出てから一時間もたっていなかったろう。

その男性は無口な人だった。いま思えば、僕はとてつもなく早く波に乗ることができるようになったのだが、それについての感想を述べることはなかった。いや、僕に対する感想だけでなく、自分のこともほとんど喋《しゃべ》ろうとしなかった。一度だけ、浜に上がって休んでいるとき、ひとつのことを口にしただけだった。

この海は、夏にはいい波が立たない。九月に台風が来るようになるといい波が立つようになる。しかし、そのときはクラゲに苦しめられる。冬はとてつもなく大きないい波が来るが、あまりにも冷たすぎる。ほんの短いこの季節だけサーフィンを楽しむことができるのだ、と。そして、ここはまだ誰にも知られていないすばらしいポイントなんだ、とも言った。全体は遠浅の砂浜だが、海底のちょうどいいところに岩礁《がんしょう》のバーのようなものがあり、そこに砂が溜まるとうねりが波に変わる絶好のブレイクポイントになるのだという。

しかし、波に乗れたのもその一日だけのことだった。次の日は男性が来なかったのだ。その次の日も、さらに次の日も待ったが来なかった。僕は男性を待つのを諦めた。そのかわりに自分のサーフボードで波に乗ろうと思った。

土曜日の夜、祖父に金を貸してほしいと頼んだ。

母は夏休みの前にいなくなっていた。町の運送屋の流れ者風の運転手と、駆け落ちするように姿を消してしまったのだ。あいつもタガがはずれてしまったのだ、と元鉄道員だった祖父は言った。その結果、僕は祖父母の手で育てられるようになっていた。祖父に、来年の夏、アルバイトをして返すからと言うと、学校にきちんと通うなら、という交換条件を出してきた。僕がその一週間、学校をサボりつづけていたのがわかっていたらしい。そして、何も言わなかったのだ。

日曜日、祖父に三万円を借りた僕は、バスに乗って県庁所在地まで行った。駅前から少し離れたところにある商店街を歩きまわると、はずれに小さなサーフショップがあった。

僕が入っていっても、店にいる人はチラッと見ただけで、相手にもしてくれない。

店内に並んでいるサーフボードを一本一本見てまわったが、どれがいいのか、どれが自分にふさわしいのかさっぱりわからない。しかし、中に銀色のサーフボードがあった。ちょうどあの男性が僕に貸してくれたオレンジ色のボードと同じくらいの長さだった。別のところに行っても、またその前に戻ってきてしまう。

何度目かのときに店員かオーナーかわからない髭《ひげ》の男性が声を掛けてきた。

「気に入ったのか？」

「はい」

「何歳だい」

「十三です」

「ほう。それで、波に乗ったことがあるのかい」

「あります」

「どのくらいの波を」

「頭くらい」

「本当かい？」

髭の男性は疑わしそうに言った。

いまになれば、そのときの髭の男性の気持はよくわかる。そして実際、僕が乗った波はとうてい頭までなどなかった。しかし、そのときの僕にとっては、頭以上もある大波だったように思えたのだ。

「いつ？」

「このあいだ」

学校をサボったのがばれるのがいやで曖昧に答えたが、それでも髭の男性は驚いたように言った。

「この季節に、海に入ったのか」

「はい」

「誰に教えてもらった」

名前も知らない人だった。僕が黙り込むと、髭の男性が言った。

「まあ、誰でもいいけど」

嘘と思われるのはいやだった。

「知らないんです。知らない人が教えてくれたんです。板を貸してくれて」

「ローカルじゃないのか？」

「ローカル？」

「地元の奴《やつ》じゃないのか？」

「よく、わからないんです」

「そうか。で、どうする、このボードは」

定価は五万円ということだった。僕の所持金は三万円で、とても足りなかった。しかし、正直にそう告げると、その髭の男性があっさりと言った。

「三万円でいいよ」

僕は信じられないような思いで訊ねた。

「いいんですか?」

「ああ、仕入れの値段だ。別に儲《もう》けが出なくてもいい。波に乗りたい少年が来て、手ぶらで返すわけにはいかないからな」

髭の男性は店のオーナーだった。そして、のちに知ったところによれば、その地域のサーファーの中心的な存在だった。

その人はまた、僕がどこの海で乗ったかを知りたがったが、これも曖昧にぼかして答えつづけた。教えてしまうのは、僕をサーフボードに乗せてくれた男性に悪いと思ったのだ。あの浜をどれだけ大事に思っているか、たいして言葉を交わさなかったにもかかわらず、強く伝わってきていたからだ。あの浜の波は、男性と僕だけのものだという気がした。

サーフボードの代金を払うと、髭の男性は棚に積んであった『サーフィン上達法』という本を一冊引き抜いて渡してくれた。

「お金がありません」

僕が言うと、髭の男性が笑いながら言った。

「それは俺たちが書いて出したんだけど、さっぱり売れなくてね。持っていってくればありがたいくらいなのさ」

そして、帰り際《ぎわ》には、僕のボードの長さに合ったリーシュまでおまけにくれた。

次の日曜日が待ち遠しくてならなかった。それまで、サーフショップで貰った『サーフィン上達法』という本を繰り返し繰り返し読んだ。読むことで、ボードの部位の名前や、波というものの特質ばかりでなく、あの砂浜で会った男性が僕に何をどう教えてくれようとしていたのかがよくわかった。

その日は快晴だったが寒かった。そして、サーフィンにはもってこいの風が吹いていた。陸から海に向かって吹く風をオフショアー、陸風といい、沖から押し寄せてくる波が、この風にぶつかると、かたちよく立ち上がるらしい。逆に、海から陸に向かって吹くオンショアー、海風に背中を押されると、波はぐずぐずと崩れやすくなってしまうという。

波はさほど大きくはなかった。しかし、自分は『サーフィン上達法』で決してやってはならないということをしているという疚《やま》しさが、僕を必要以上に緊張させていた。そこには、絶対ひとりで海に入ってはならないと書いてあったのだ。事故に巻き込まれたときに救助してもらえる誰かがいないところではサーフィンをしてはならないと。

僕は本にあったように準備体操を入念にやり、ボードを抱えて水に向かった。

水はますます冷たくなっていたが、サーフィンができるという興奮が寒さを吹き飛ばしていた。

男性が使ったカレントを利用し、パドリングをして沖に出た。男性が波を待っていたあたりのところまで行き、ボードにまたがって波を待った。『サーフィン上達法』には、波に乗るのにちょうどいいところで、サーファーたちが好んで集まるあたりのことをラインナップと呼ぶとあった。

しかし、そのラインナップで待っていてもなかなかいい波が来ない。微かなうねりは通過するのだが、それも波がブレイクするはずのポイントで小さな波になるだけだった。

しだいに寒さがこたえるようになり、震えながら沖を見つめていると、不意に、遠くからもはっきりとわかるうねりが何本も連なってやってくるのがわかった。確か、それをセットというと『サーフィン上達法』には書いてあった。

僕はそのセットの波が近づいてくると、ボードを反転させ、腹ばいになった。最初のうねりがボードの尻の部分、テールを持ち上げかかったとき、僕はパドリングを開始した。そして、波の頂点がボードの下に来たと思った瞬間、立ち上がった。

実際は、一メートルあったかどうかという程度の大きさの波だったろう。だが、ボードの上に立ってみると、身長分だけ眼の位置が高くなり、波の底が想像以上に深くえぐられているように見え、自分がとてつもない大波に乗っているように思えた。

途中でバランスを崩すこともなく浜に向かってまっすぐ滑り、やがて砕けた波の白い泡の中に沈んでいった。

そこからふたたび沖に向かうと、あまり長い時間待つことなくセットが入ってきた。

今度は二番目のうねりが大きそうな気がした。最初のうねりをやりすごし、次のうねりが近づいてきた瞬間、パドリングを開始し、一気に立ち上がった。

僕のボードの立ち方は、左足を前に、右足をうしろに置く、レギュラースタンスと呼ばれるものだった。そして、この浜の波は、波の乗り手の左から右に砕けていく、これもやはりレギュラーという波だった。

立ち上がった僕のボードは、波の頂点から深い底に向かって落ちていくように滑りはじめた。しかし、その途中で、波の底に向けていた視線を、右に見える波の壁の方に向けると、微妙に重心が移ったらしく、ボードがカーブをするようにして右斜めの方向に走り出した。

すると、それはこれまでのライディングとはまったく違う感覚を与えてくれた。単に波に運ばれているというのではなく、波のエネルギーをもらって自分で滑っている、いや、飛んでいるような気がした。

ボードに自分の足はしっかりとついている。そのボードの底は海水としっかり接している。だから、中空に浮遊しているというのとは違っている。あえて言えば、海と一緒に宙を飛んでいるという感覚だった。

そのときの、波の壁を斜めに行くライディングは、果てしなく長く続いたように感じられた。波のエネルギーが尽き、白い泡の中に沈んだとき、僕は笑い出しそうになった。こんなに気持のよいものがあったのか、と思った。

次から僕は意識的に波を斜めに乗ることを試みるようになった。

あの『サーフィン上達法』を書いた人には申し訳なかったが、ひとりでできるということはどんなに素晴らしいことかと思った。コーチもいなければ、チームメートもいない。すべての工夫が自分でできる。もちろん、すべての責任は自分が取ることになるのだろうが、ひとりの快適さに比べれば何ということもないと思えた。

その夜、海の夢を見た。

僕はボードに乗って海を走っている。海には誰ひとりいない。サーフィンは沖から岸に向かって打ち寄せてくる波に乗るものだが、そのときの僕は、波というより、緩やかなうねりに乗って大海原を渡っている。その僕の姿が、夢を見ている僕に、一枚の写真のようにはっきりと見えている。やがて、それがストップモーションの映像のようにすべての動きを止めると、画面にジグソーパズルのような亀裂《きれつ》が入り、はらはらと床に落ちてくる。僕はその無数の断片を拾い集め、水平線とうねりの違いを頼りにひとつひとつフレームにはめていく。そして、真ん中に残った最後のひとつの空間に、サーフボードに乗った僕の姿が描かれたピースをはめ込むと、ふたたび画像は動きはじめる……。

朝、起きたとき、すべてを生々しく覚えていた。とりわけ、最後に僕のピースが画像に収まったとたんに海もボードもふたたび動き出したときの快感は鮮烈だった。それまで、どこかで僕は、常に自分を余計な一枚のピースと思っていたようなところがあった。家でも、学校でも、あらゆる場所で。しかし、海では、ひとりきりの僕がすべての中心にあって、世界を動かす鍵《かぎ》になっている。

それからというもの僕は日曜日だけでなく、放課後もひとりで海に入るようになった。

銀色のサーフボードが僕の魔法の絨毯《じゅうたん》になった。この絨毯に乗れば世界の果てまで飛んでいけるような気がした。

しかし、すぐに海は凍るように冷たくなり、サーフィンができなくなった。僕はウェットスーツを買うためにアルバイトの開始時期を早めることにした。その町で、中学生がアルバイトできると言えば、新聞配達しかなかったので早朝の配達をした。祖父に借金を返し、ウェットスーツを買える金が貯《た》まったときは、翌年の春を過ぎていた。すぐにウェットスーツを着なくても海に入れるようになってしまったが、しばらくは嬉《うれ》しくて暑くなっても着ていたものだった。

その年の秋、僕が海に入っていると、あの男性がやって来た。手にはボードが抱えられている。

僕はたったひとり、ラインナップでボードにまたがって波を待っているところだった。男性がパドリングをして近づいてきたとき、ちょうどセットが入り、僕はその波の一本に乗ってライディングを開始した。沖に戻ってくると、ボードにまたがって一部始終を見ていたらしい男性が言った。

「うまくなったな」

僕はそのひとことで厳寒期になっても海に入りつづけた。

別れ際に、僕はその男性から初めて「サーフ・バム」という言葉を教えてもらった。波を求めていろいろなところを旅している人のことをそう呼ぶのだという。その男性もまた、外国のサーフポイントを巡るだけでなく、日本でもあらゆる地域の海岸線を旅して波に乗っているのだと言っていた。

だが、その男性は次の年は姿を現さなかった。次の年も、次の年も。僕は、どこかでいつも男性が来るのを待っていたような気がする。『サーフィン上達法』をボロボロになるまで読み、そこに書かれているテクニックの多くを身につけたところを見てもらいたいという子供っぽい願望があったのだろう。

男性が現れなくなって二年目の秋が過ぎたとき、もしかしたら何か事故に遭ったのではないかという気がしはじめた。元気なら絶対ここに来るはずだと思えたからだ。怪我《けが》をしたか、命を落としてしまったか。

いまになれば、サーフ・バムとしての生き方を卒《お》えてしまったのかもしれないと考えてもよさそうだったのに、そこにはまったく思い至らなかった。

サーフィンを始めて丸二年が過ぎた高校一年の秋のことだった。僕はサーフ・バムの男性がなかなか姿を現さないことに気を揉《も》みながら、毎日のように海に入っていた。それがいつからだったかは覚えていないが、僕が波に乗っていると崖の上から熱心に見ている少年がいることに気がついた。なんとなく見覚えがあったので、僕が通っていた中学校の下級生であることは察しがついていた。しかし、とても小柄だったので、まさか自分と一学年しか違わないとは思わなかった。

ある日、ボードを抱えて崖を登り、その少年の横を通り過ぎるとき、声を掛けた。

「乗りたいの？」

少年はうなずいて言った。

「うん」

僕は、いつかサーフ・バムの男性に言われたのと同じことを聞いた。

「泳げるの？」

「うん」

「どのくらい」

「ずっと沖まで」

「それなら、明日海水パンツをはいておいで」

翌日、僕が待っていると、少年は浜に降りてきた。

僕はその一カ月前に、アルバイトの金で銀色のボードよりもう少し短い黄色いボードを買い足していた。

二本のボードを砂浜に並べておいた僕は、少年に銀色のボードを持たせると海に入った。そして、僕があのサーフ・バムの男性に教えられたとおりに教えると、その少年も簡単に波に乗れるようになった。いや、僕よりはるかに早かったかもしれない。ほとんど数回でボードに立っただけでなく、すぐに波を乗りこなすようになったのだ。

少年には、才能、そう、ナチュラルがあったのだろう。体の柔らかさ、バランスのよさ、そして上半身の強さ。サーフィンには、ボードをコントロールする下半身の強さだけでなく、正確で素早いパドリングをするためにもまず上半身の強さが必要なものなのだ。

しかし、それなら僕にもないことはなかった。

ただひとつ、少年と僕とが違っていたのは、恐怖心だった。彼には恐怖心というものがまったくなかったのだ。それは一年、二年と経つうちに、はっきりとした差となって現れてきた。

大きな波を恐れず向かっていく。何度ワイプアウトしても、つまり何度ボードから海に落ちても、波があるかぎりまた沖に向かっていこうとする。

僕が高校二年、少年が高校一年になると、県の内外で行われるサーフィンの大会に出るようになった。少年が出たいと望むようになったのだ。僕はあまり気が進まなかったが、少年の熱意に背中を押されるようにして出場した。エントリーしたのは、僕が少し背伸びして十八歳までのジュニアの部、少年は十六歳までのボーイズの部だった。

出場してみると、僕たちに敵はいなかった。二人でいつもいちばん大きな記念品を持って帰ることになった。

ところが、少年が高校二年になり、ボーイズからジュニアにエントリーしてくるようになると、僕はジュニアの部でまったく勝てなくなった。いつも一位が彼で、僕は二位だった。

しかし、少年はいつまでたっても、僕のうしろにくっつくようにして行動していた。僕はそれが少々疎《うと》ましくなってきた。

いつでも僕の陰に隠れているような少年が、試合になると僕よりはるかに巧みに波を乗りこなし、最も大きなトロフィーを持っていってしまうのだ。

それでも、兄弟のいない僕には大事な年下の友達であることは変わりなかった。

ところが、ある試合の決勝で、三人が同時に競うことになった。

いい波が来て、絶好の位置にいる少年が乗ると思っているとパスをするではないか。僕は思わずその波に乗ってしまった。

結局、そのライディングが評価されて、僕は優勝することができた。しかし、彼が故意に波を譲ったのは明らかだった。それはあまりにも自然だったために誰にも気づかれず問題にならなかったが、僕にはわかっていた。僕は深く傷ついた。

晩秋のある晴れた日、大きな波が大陸の方からやって来た。僕たちは崖の上から海を眺めていた。晴れた日にこんなに大きな波がやって来るのを見たことがなかった。

「海に入ろう」

少年が言った。

「危い」

「あんな波、いままで乗ったことがない。乗ろうよ」

「危険だよ」

「平気」

「もしおまえに何かがあったら俺の責任になる。乗るんだったら俺のいないときに乗ってくれ」

僕が言うと、彼はそれまで見たことのないような冷たい眼で僕を見た。彼はそのときはそれで引き下がったが、以後、僕のうしろをついてくるように行動することをふっつりとやめた。僕はさらに深く傷ついた。

しかし、そのことが、僕のビッグウェーブへの関心を強めることになったのかもしれない。

それまでの僕は大きな波を乗りこなすことより、かたちのいい波にできるだけ長く乗っていることを好んでいた。波にできるだけ長く乗るためのテクニックは必死に習得しようとしたが、ライディングを華麗に見せるための技を身につけることには興味がなかった。

ところが、高校を卒業する頃になると、誰にも乗れないような大きな波に乗ってみたいと思うようになっていた。そこには、間違いなく、あの冷たい眼を向けてきた少年に対する対抗心のようなものがあった。

誰にも乗れないような大きな波。それに乗るためには、オアフ島のノースショアーに行かなくてはならない。それまで、単なる知識として知っていたにすぎない海岸の波が、どうしても乗りこなさなくてはならない運命的な波のように思えてきてしまった。

だが、実際にハワイに行ってみると、そのノースショアーのワイメアという海岸で、想像を絶する波と向かい合わざるを得なくなってしまったのだ……。

4

夜になった。

いや、カジノの中にいるかぎり、それが昼なのか夜なのかわからない。腕時計を見て、午後八時を過ぎていることに気がついただけなのだ。

八時間も飲まず食わずでバカラをやっていた。朝と昼を兼ねた食事を「福臨門酒家」でしっかりとっていたが、さすがに腹がすいてきた。

空腹を覚えると同時に、冷房によって体が凍りつきそうになっているのにも気がついた。いったん外に出て、「暖」を取ろうと思った。

カジノのエントランスから外に出ると、生暖かい空気が冷えきった体をやさしく包んでくれる。

リスボアの前を走る葡京路《ポウギンロー》という通りをはさんだ反対側にはサッカー場があって、青白い照明灯の光の中で学生風の若者たちがゲームをやっている。もちろんアマチュアで、パスが三つもつながれば見物人から大喝采《だいかっさい》を受けるというようなレベルのものだった。

金網越しにしばらく見物しているうちに、ようやく体が温まってきた。

そこを過ぎて、セナド広場の方向に新馬路を少し歩いていくと、細い路地に屋台風の店が何軒も連なっているのが眼に入ってきた。

裸電球の山吹色の光と、漂ってくる油っこい料理の匂《にお》いに誘われて、ふらふらとその路地に足を踏み入れた。時分どきなのだろうか、どの店も、簡易なテーブルを囲み、丸椅子《まるいす》に坐《すわ》った客たちで一杯だった。

一軒の店の前を通りかかると、ちょうど三人連れの男たちが椅子から立ち上がるところにぶつかった。店のおかみさんらしい女性に、ここに坐ってもいいかとジェスチャーで訊《たず》ねると、大きくうなずいてくれた。しかし、テーブルの上には、料理が汚く食べ残されている皿や、飲み残しの入ったグラスがのっている。おかみさんはそれを手早く片付けると、あまり綺麗《きれい》とはいえない台布巾《だいぶきん》で拭《ふ》き、ヤカンと茶碗《ちゃわん》を置いてくれた。どうやら、そのヤカンに茶が入っているらしい。僕は茶碗についで、ひとくち飲んだ。ほとんど味のない出がらし風のぬるい茶だが、それがむしろおいしく感じられる。

〈何を食べようか……〉

僕はまわりのテーブルを眺めはじめた。たいていは、家族か会社の仲間かでテーブルを囲んでいるが、ひとつだけ僕と同じくひとりだけのテーブルがあった。テーブルの上にのっている料理の皿からその前に坐っている人の顔の方に視線を上げた瞬間、僕は慌《あわ》てて顔をそむけてしまった。そこにいたのがあの男だったからだ。一昨日《おととい》、僕からチップをかすめ取っていった男、そして昨日はバカラの台に坐って大勝し、大敗していた男。その男が、ひとりで黙々と食事をしていたのだ。

他のテーブルには所狭しと料理の皿がのっていたが、男のテーブルの上にはただ一皿しかのっていなかった。

何かの魚が油で炒《いた》め煮されている。男はそれを、箸《はし》でほぐすようにつまんでは白飯と交互に口に運んでいる。しかし、ときおり箸の動きが止まり、放心したように地面に眼をやっている。博打《ばくち》のことでも思い出しているのだろうか。大金を失ってしまった昨日の博打の勝負でも……。

僕が盗み見するようにその姿に視線を送っていると、不意にトントンと肩を叩《たた》かれた。驚いて振り返ると、店のおかみさんだった。注文は何にするの、というように、壁に書かれているメニューを指さした。

隣のテーブルでアサリ料理を食べている人がいた。酒蒸しではないのだろうが、それに似たものが食べたい。壁に貼《は》られた紙のメニューで探すと、どうやら「豆鼓蛤仔」という料理らしい。まず、それを頼み、次に「清炒時蔬」という野菜炒め風のものを頼み、さらに「菜心蛋湯」というスープを頼んだ。隣のテーブルにのっているスープの容器は洗面器のように大きい。僕には小さな碗でほしいとジェスチャーで言うと、おばさんはわかっているわというように大きくうなずいてくれた。それと白いごはん。これは、カジノで出目表をつけるためにくれるボールペンで、紙ナプキンに「白飯」と書くと、すぐに理解してくれた。

ようやく注文が済んだ。ホッとして男が坐っているテーブルの方に顔を向けた。しかし、そこにはもう男はいなかった。テーブルの上には、代金分らしい硬貨が何枚か散らばっている。

身を乗り出すようにして、路地の両端を覗《のぞ》いてみたが、すでに表通りに出てしまったらしく、男の姿はなかった。

食事を終え、リスボアのカジノに戻ると、一直線にバカラの台に向かい、しばらくして空いた席に坐った。

昼間の勝ちで、六千ドル近い浮きになっていた。僕は時間が経《た》つことをまったく意識せずチップを張りつづけた。だが、あるとき、出目表をつけているボールペンのペン先に視線を落としたまま頭の中が空白になっているのに気がついた。時計を見ると、午前四時に近くなっている。ディーラーがカードをシャッフルしている間に一度トイレに立っただけで、夕食後、丸七時間も坐りつづけていたことになる。

〈今日はこれでやめよう〉

僕は眼の前にある千ドルと五百ドルのチップのうち、五千ドル分をディーラーに差し出し、五千ドルのチップ一枚にしてもらうと、それを残りのチップと一緒にポケットに入れて席を立った。

カジノからホテル側の通路に出てエレベーターホールで立っていると、ペンニャ教会で祈っていたあの女性が客らしい中年の男と一緒に歩いてきた。男が話しかけ、女性が困ったような笑みを浮かべている。内容はわからないが男が口にしているのは卑《ひ》猥《わい》な冗談らしい。

エレベーターが来たが、一台遅らせるつもりで、僕は乗らなかった。すると、客と一緒に乗り込んだ女性は、そこに僕が立っていたことに初めて気がついたらしく、また表情をこわばらせた。

その硬い表情は、エレベーターの扉が閉まるまで変わらなかった。理由はわからないが、僕に嫌悪感《けんおかん》か、あるいは警戒心のようなものを抱いている。それは僕が日本人であるからなのだろうか……。

部屋に戻って数えてみると、六千ドル近い浮きが五千四百ドルになっていた。夜は三回のシリーズで、六百ドルほど負けたことになる。

窓の外にはタイパ大橋の灯が帯状に連なっているのが見える。そして、空は微《かす》かに明るくなりはじめている。その美しい夜明け前の海と空の色を眺めながら、急ぐことはない、まだ時間は充分にあるのだから、と僕は自分に言いきかせていた。

5

次の日も、朝昼兼用の食事を「福臨門酒家」でとると、リスボアに戻ってカジノに直行した。

　バカラの台のまわりには、これまでと同じように人があふれていた。僕はみんなの背後から眺めていたつもりだったが、いつの間にか人垣の前に押し出され、坐っている客のすぐうしろに立つようになっていた。すると、ものの五分もしないうちに眼の前の席が空いた。反射的に百ドルのチップを投げ込んで坐ってしまったが、この場の出目の流れを見極めていなかったので、しばらく「見」を続けさせてもらうことにした。

　まず昨夜の最後に手に入れた五千ドルの大きなチップをディーラーに投げ、チップを少額のものに替えてもらった。そうすることで、ただ坐っているだけでなく戦う意志のあることを伝えてから、僕は他の客の観察をしながら出目の推移を見守った。

　僕が坐った席の番号は十。台は細長いテーブルの両端を半円にしたような作りになっており、その半円の部分にディーラーをはさんで七人ずつの客が坐れるようになっている。そして、それぞれの席に、一から七までと、十三を除く八から十五までの番号がついている。しかし、奇妙なもので、二つの半円は距離的にはたいして離れているわけでもないのに、客の心理を二つに分ける効果を持っている。一から七の客のほとんどが「庄」に賭《か》けているのに対し、八から十五までの客の多くが「閒」に賭けている、といったことが頻繁に起こるのだ。

カジノがバカラで安定的に利益を上げるためには、客の賭ける目が一方に片寄らない方がいいはずだ。片寄れば、大きく儲けられるかもしれないが、逆に大きな損失をこうむることにもなりかねない。それより、「庄」と「閒」の目に同じくらい賭けてもらえれば、当たった客のチップにつける配当は、当たらなかった客のチップで賄《まかな》うことができ、コミッションだけが確実に入ってくる。だから、台に二つのグループができることはカジノにとって好都合なことなのだ。もしかしたら、台のレイアウトはそれを狙《ねら》って大きく二つに分けられているのかもしれなかった。

その台に坐っている客はさまざまだった。僕の坐っている八から十五までのサイドには、一本の爪《つめ》に銀色と紫色のマニキュアを半々に塗っている若い女がいたし、もうこれ以上はめられないというほどの数の指輪をしている中年女もいた。一方、反対側のサイドには大声を上げながら高額のチップを賭けている短軀《たんく》で太めの男がいれば、縁起をかついでのことだろうか、チップに決して手を触れようとせず出目表をつけるためにカジノ側が用意しているボールペンでそろそろと押し出しては賭けている初老の女もいた。

中でも僕の眼を惹《ひ》いたのは、こちらのサイドの十五番の席に坐っているシミだらけの顔の老人だった。その老人が意固地なくらい「閒」に執着していたからだ。徹底して「閒」にしかチップを置かない。ここはどう考えても「庄」ではないかと思われるときでも「閒」に賭ける。他の客の全員が「庄」に賭けると、たったひとり「閒」に賭けているその老人がカードをめくらなくてはならなくなる。すると老人は、震える手でカードをゆっくりゆっくりめくりめくり上げるのだ。どうして「閒」にばかり賭けるのだろう。それで儲けられるという自信があるのだろうか。あるいは、単に「庄」で勝ったときの五パーセントのコミッションを払いたくないだけなのだろうか。僕はぜひその賭け方の結果を見届けたいものだと思いながら、五回ほど「見」をしたあとで勝負に加わっていった。

勝ったり、負けたりを繰り返していたが、僕には余裕があった。五千ドル以上のチップを手にしていたからというだけでなく、やがて前夜のように自分の読みと場のリズムがぴたりと合う時間帯が巡ってくるはずだという確信があったからだ。

ところが、そこに思わぬ落とし穴があった。

反対のサイドで派手な張り方をしていた短軀で太めの男にとつぜん勢いがつきはじめ、しだいにそちらサイドの客の多くが追随するようになった。太めが「庄」に張れば「庄」に、「閒」に張れば「閒」に、という具合だ。しかし、こちらのサイドの八番の席にどうしても他人に従うということができないタイプの痩《や》せた男が坐っていて、太めにひとり立ち向かっては敗北を喫していく。

たぶん博打の教科書などというものがあるとすれば、きっと勢いのある人に対抗しようとしてはならないと書いてあるに違いない。いや、それどころか、勢いのある人には付き従っていかなくてはならないと書いてあるのかもしれない。それが博打のセオリーだ、と。

僕も、そんな初歩的なことくらい充分にわかっているつもりだった。ところが、気がついてみると、僕もまた八番の痩せた男と一緒になって太めに対抗してしまっていたのだ。

やがて、反対側のサイドに坐っている客だけでなく、こちらのサイドにいる客までも太めが「庄」と「閒」のどちらに賭けるかを見定めてからチップを置くようになった。

そればかりか、「閒」にしか賭けていなかったはずの十五番の老人までが太めの賭ける「庄」に追随するようになって、この台の客は、八番の痩せた男と僕以外、すべてが太めに「乗る」ようになった。

自分が八番の男と同じく、大勢に従って賭けることを好まないタイプの人間であることは、これまでの勝負でわかっていた。しかし、まだ自分はバカラという博打のことがよくわかっていないという意識が、大勢に逆らいたいときも「見」にまわる慎重さを生み出してくれていた。ところが、前日の大勝が緊張を緩ませることになってしまったのだろうか、太めの逆、逆に張りつづけてしまった。そして、それにしたがって、眼の前のチップがみるみる少なくなっていく。

たとえば、閒三・庄七、閒五・庄八、閒六・庄七という具合に出目が推移する。太めは「庄」に賭けつづけて勝ち、僕と八番の男は「閒」に賭けつづけて負ける。僕は必死に目の推移を読み、次こそは「閒」の目になると結論を出す。ところが、「庄」に賭けつづけるとばかり思っていた太めがさっさと「閒」に賭けてしまう。それに従い、他の客たちも「閒」に賭ける。すると僕は、とうとう彼らに追随するようになったと思われるのがいやさに、直前までの読みを放棄して「庄」に賭けてしまい、また負けてしまうのだ。

太めに追随すればいい。そうわかっていながら、勝っている客の張り方をうかがいながらあと追いするという屈辱にはどうしても耐えられず、逆、逆といっては手痛い敗北を喫しつづけた。そして、太めがパタリと勝てなくなったときには、小さく崩した五千ドル分のチップはあらかた消えていた。

そのシリーズが終わると僕は席を立ち、何をしようという目的も定まらないままカジノ中を歩きまわった。

僕は打ちのめされていた。負けた五千ドルに未練があったわけではない。前日、五百ドルが五千ドルに増えたのもわずか数時間にすぎなかったのだ。たとえ五千ドルを失うのに瞬《また》きするていどの時間しかかからなかったとしても、別に驚きはしない。だが、その失い方があまりにも悪すぎた。自分の読みがはずれたのならそれはそれで我慢できる。ところが、同じ台に坐っていた他の客の張り方に影響され、それに振りまわされたあげくずるずると負けに負けを重ねてしまっていたのだ。

頭の芯《しん》がしびれるように熱くなっているのに、強い冷房のために体の表面はひんやりするほど冷たくなっている。僕は熱を持った頭を冷やすため、そして冷えすぎた体を暖めるためにカジノの外に出た。

6

空模様はあいかわらずどんよりしていたが、カジノのエントランスから外に出た瞬間、寒い冬の日に風呂《ふろ》にでも入ったような温《ぬく》もりを感じた。しかし、その心地よさも、五分もしないうちに、サウナに入っているかのような不快な蒸し暑さに変わっていった。

それまでは、カジノを出ると、足はなんとなく新馬路に向かってしまっていたが、この日はそれとは別の道を歩いてみようという気になった。

カジノの前の道を新馬路とは反対に向かい、水坑尾街という道に出た。カソリックの布教センターらしい建物を越えてさらに歩いていくと、道の左手に「マクドナルド」の店がある。外から覗いてみると、内装やメニューが日本やハワイとほとんど変わらない。そんなことに妙に安心し、視線を前に向けると、二、三十メートル先をひとりの男が歩いているのが見えた。その前後にも何人かの男女が歩いていたが、僕にはその男しか眼に入らなかった。それはその男が「あの男」だったからだ。

うしろ姿だったが間違いようがなかった。

丈が短くなってしまったようなグレイのズボンをはき、素足にくたびれた黒い短靴を履いている。上に羽織っているのは色あせた格子《こうし》柄《がら》の半袖《はんそで》シャツだ。おそらく、前に廻り込んで見れば、シャツの下には白いTシャツを着ていることだろう。いや、Tシャツというより、襟が緩んだ肌着といったほうがいいかもしれない。それが薄汚れて灰色になっている。すべてがこの何日かに見たのとまったく同じ格好だった。

それにしても、どこに行くのだろう。僕はあとをつけるという意識もないままに、男のうしろから歩いていった。

何か特別な目的があるというような確かな足取りではなかった。どこかに行こうとはしているのだが、急ぐ用事でもなさそうなゆっくりとした歩き方だった。

通りはしだいに寂れた雰囲気になっていく。建物は途切れることなく続いているが商店がなくなっていくのだ。どこまで行くのだろう、と思いかけたとき、不意に男が左に曲がった。僕がその曲がり角まで急ぎ、立ち止まり、建物の陰から覗くように男が歩いていった方を見ると、そこは緩やかな上り坂になっていた。右側は淡い翡翠色《ひすいいろ》に塗られたコンクリートの高い塀になっていて、男はその横の狭い歩道を歩いている。

道にはまったく通行人がいない。僕はどうしようか一瞬迷った。もしかしたら、とんでもない危険に巻き込まれるのではないかという不安が兆《きざ》したりもした。しかし、男がどこに行くのかを知りたいという好奇心の方が勝った。

僕が間隔をあけて歩きはじめると、男はその高い塀の真ん中あたりにある門から中に入っていった。門の前には、物乞《ものご》いの老女が坐っていたが、男の顔を上眼づかいに見上げると、手に持った碗のようなものを突き出そうともせず、つまらなそうに下を向いた。

しばらく間を置いてそこまで行き、老女が寄りかかっている門柱に貼り付けてある大理石の板を見上げた。

その石板には、ポルトガル語でこう記されていた。

《CEMITÉRIO DE S. MIGUEL》

最初にある「CEMITÉRIO」、セミテリオというのは、英語のセメタリーと同じで墓地という意味だと思える。最後の「S. MIGUEL」は、リスボアの冷蔵庫に常備されているビールの銘柄と同じ表記だからサンミゲルと読むのだろう。

ここはサンミゲルという名の墓地なのだ。

それが間違いないと思われるのは、その上に小さく「西洋墳場」と漢字で記されているところからも推察することができる。「墳場」とは、たぶん中国語で墓地を表す言葉なのだ。

男は奥に入っていったらしいが、墓地なら僕が入っていっても不審がられはしないだろう。墓参りに来たことにすればいいのだ。

門の中に入ろうとすると、足元にうずくまっていた物乞いの老女がぶつぶつと何か言いながら手に持った碗を突き出してきた。どうやら、この老女は人を見て物乞いをするらしい。もしかしたら、この老女はあの男を見知っていて、ほんのわずかな小銭さえ恵んでくれないということがわかっていたのかもしれないな、と思った。

ポケットを探ると、マカオの通貨である一パタカの半分の五十アボス貨が一枚だけ出てきた。一パタカは一香港ドルだから、五十アボスは七、八円ということになる。老女は、僕が碗に入れた硬貨が五十アボスだとわかると、礼も言わずにそれを地面に置いた。

僕は不安を抱きながら墓地の中に足を踏み入れた。

だが、そこは日本の墓地と違ってずいぶん明るい印象のところだった。それは、あちこちに、背中に羽のはえた美しい天使や、キューピッドのような愛らしい天使、それに聖母マリアや幼いイエスの石像が立っているせいかもしれない。墓には、死亡した年月日と名前の刻まれた石板に、死者の生前の肖像がレリーフで彫られていたり、写真が埋め込まれていたりしている。

僕はさらに奥に入り、男がどこに行ったのか眼で探した。

墓地には中央に小さな礼拝堂があり、開け放たれた扉から内部が見えるようになっている。だが、そこには誰もいないようだった。

僕は墓所との境にある細い通路に入り、礼拝堂のまわりをぐるりと一周するように廻った。

すると、男は、礼拝堂の横の扉の近くにある石のベンチに腰を下ろしていた。僕が眼を向けたとき、男はシャツの胸のポケットから煙草《たばこ》のパッケージを取り出し、一本引き抜くところだった。そして、それを口にくわえると、使い捨てのものらしいライターで火をつけた。

左手の人差し指と中指で挟み、一服、深く吸い込むと、唇から煙草を離し、大きく息をつくように長いけむりを吐き出した。

墓地には他に誰もいなかった。男にはいつもここに来て休んでいるというようなくつろいだ気配があった。煙草を吸いながら放心したような表情で曇った空に顔を向けている。

僕は意を決すると、男の坐っているベンチに向かって歩きはじめた。そして、男の眼の前に立った。男は煙草を指に挟んだまま、僕の顔を見上げた。そこにはほとんど表情というものが浮かんでいなかった。僕から金をかすめ取ったことがあるなどという記憶がまったくないだけでなく、自分が気持よく煙草を吸っているところに現れた僕が誰なのだと訝《いぶか》しく思っているということもない。ただ眼の前に存在している「物」を眺めているというような無機的な眼だった。それはまた、僕が男に対抗して逆の目に張りつづけたときにふっと向けられた眼と同じだった。

僕は自分が単なる「物」でないということを知らせるために、煙草を口元に運びかけた男に向かって言った。

「日本の方ですね？」

男の顔にわずかな表情が浮かびかかった。しかし、煙草をひとくち吸い、白いけむりをゆっくり吐き出したときには、また元の無表情に戻っていた。

「あなたに、カジノでチップを横取りされました」

僕は日本語で続けた。

「それを返してくれというんじゃないんです」

男は依然として無言だった。

「ただ、どうして中国人のふりをしているのかと……」

僕は、そこで言葉を区切ると、思っていることを素直に口に出した。

「……あなたに興味を抱いたんです」

それまで黙っていた男が、こちらにまったく視線を向けないまま口を開いた。

「どうしてだ」

それが日本語だったことに、僕の方が慌ててしまった。しかもその言葉の意味がうまく摑《つか》めない。

「えっ？」

僕が小さく声を出したまま顔を見つめていると、男がまた日本語で言った。

「どうしてわかった、俺が中国人のふりをしていると」

僕は一呼吸おいてから答えた。

「このあいだ、あなたを屋台で見かけました。サッカー場の近くの路地にある屋台で」

「マカオでは、屋台で食べるのは珍しくない」

「ええ、でもその食べ方です」

僕がそう言うと、男は初めてこちらに顔を向けて言った。

「食べ方？」

その言葉には思いがけないことを言われたという不思議そうな響きがこもっていた。

「というか、箸の持ち方です」

僕が言うと、男は先を続けろというように言った。

「それがどうした」

「普通の中国人と微妙に違っていたんです」

「どう」

「箸を持つ位置がほんの少し上だったんです。マカオで見る普通の中国人はもっと下を持っていました」

「それだけか」

「箸にかかる人差し指が柔らかく弧を描いていました。中国人はそういう持ち方をしません。もっと反っています」

男は、自分の箸の持ち方を思い出しでもするかのように指で挟んでいる煙草に視線を落とした。

「それに、あなたはテーブルに茶碗を置いたまま口を近づけてごはんを掻《か》き込むようにして食べなかった。茶碗を左手に持ってひとくちずつ箸で口に運んでいた。その様子は中国人と違っていました」

「気がつかなかったな、それは」

自嘲《じちょう》するような口調だった。

「それに」

「まだあるのか」

男はちょっと呆《あき》れたように言った。

「魚から上手に骨を取り除いていました」

僕がそう言うと、男はそれがどうかしたかというような表情を浮かべた。

「他のテーブルの男性客は、かまわず口に含んでから骨だけ路上に吐き出していました」

男は何かを思い浮かべるように視線を遠くに泳がせた。

僕はかまわず言葉を継いだ。

「うちの親父《おやじ》は、小さな信用金庫に勤める平凡な男でしたが、ごはんの食べ方だけはきれいでした。箸の持ち方、使い方、食べ方。実に魚をきれいに食べていました。それと字がうまかった。でも、僕はその逆でした。箸がうまく持てないし、魚の食べ方も汚い。鉛筆の持ち方が悪いので字が下手。親父にいつも怒られてました」

僕の話を男は黙って聞いてくれた。

「だから、僕は人が食べているところを見ると、つい箸の持ち方が気になってしまうんです。この人は上手だな、この人は下手だなっていう具合に。マカオに来て、ここの人たちの箸の持ち方を見てきました。あなたはここの人たちの持ち方と違っていました。まるで親父の持ち方のようにきれいでした」

「いつだった」

男がまた唐突に言った。僕は今度もうまく意味が取れず、間の抜けた声を上げてしまった。

「えっ？」

「おまえが俺にチップを盗《と》られたのは」

あれはマカオに来た最初の日だったから、三日前のことになる。

「三日前です」

「どうしてだ」

「えっ？」

「どうして、三日も四日もマカオにいるんだ」

その理由をうまく答えるのは難しかった。二日は飛行機のフライトの都合だったが、残りの二日は……。

「日本の観光客は香港からの日帰りか、せいぜい一晩泊まれば帰っていく」

「バカラが面白くなって」

僕が言うと、男がからかうような口調で言った。

「バカラは面白いか」

「ええ、こんなに面白いものに久しぶりに出会いました」

「何がそんなに面白い」

「バカラをやっていると、なんだか自分の心を覗《のぞ》き込んでいるみたいな気がするんです」

すると、男は僕の顔をしばらくじっと見て、言った。

「それが、面白いか」

「どうして自分はここで賭けられないのか、どうしてここで賭けてしまうのか」

男は何かを考えているかのように視線を遠くに向けた。そして、急に気がついたように言った。

「坐るか」

僕はうなずき、男が坐っている石のベンチの横に腰を下ろした。

「博打に重要なことはひとつしかない。賭けようと思ったときに賭けられることと、降りようと思ったときに降りられることだ」

不思議なことに、すぐ隣で話しているはずの男の声が、どこか上の方から聞こえてくるような気がした。僕はうなずいて次の言葉を待った。

「おまえは、何を根拠に賭けている？」

根拠、という言葉が新鮮だった。しかし、「庄」か「閒」か、二者択一の目を当てる博打に根拠などあるのだろうか。僕は何を根拠にして賭けていたのだろう。ただそのときどきの勘だったような気がする。

「たぶん、勘で」

「勘のままに賭けていけば、勝ちと負けは五分と五分だ。コミッションは庄のときの五パーセントだけだが、平均すれば、一勝負で約二・五パーセントだけ減っていくことになる」

「勘以上のものがあるということですか」

「人間というものは奇妙な生き物で、信じることができれば赤く燃えた炭の上でも歩くことができる」

そう言えば、日本にいるとき、修験僧《しゅげんそう》がそんな行をしている映像を見たことがあった。

「逆に言えば、信じることができなければコンクリートで舗装された道も歩くことができないということだ。博打も同じだ」

それはそうかもしれない。

「おまえは、勘以外に賭ける根拠を求めなかったか」

そう言えば、僕も賭ける根拠を求めたことがあった。

「しばらく目が連続したところに和が出ると、次は逆の目が出るような気がしてきました。そこで五百ドルを賭けると見事に当たりました。でも、倍になったチップを受け取ろうとすると、脇《わき》から誰かにかすめ取られてしまいました。それがあなたでした」

僕が言うと、男は初めて口元に笑みを浮かべた。

「ひとつの目の続いたあとに和が出ると次の目は反転する。いいところに気がついた。だが、それで勝ちつづけられたか」

「いえ」

「そんなことは中国人もとっくに気がついている。だったら、そいつらは全員それで勝てるはずだろう」

「ええ」

「それは意識づけによる一種の錯覚にすぎないんだ」

「意識づけ、ですか？」

僕は聞き慣れない言葉を耳にして、訊《き》き返した。

「思い込みと言い換えてもいい」

「思い込み……」

「おまえもバカラの台に十三という番号の席がないことに気がついているだろう」

バカラの台に記されている席の番号は一から十五までだが、そのうち十三が欠番になっている。

「ええ」

「バカラは西洋起源の博打だから、彼らにとって忌《い》むべき数の十三を使っていない。それが西洋にはキリストは金曜日に死んだという俗信が広く行き渡っているらしい。忌数《いみかず》の十三と結び付いて、十三日の金曜日には不吉なことが起きるという流言《りゅうげん》に近いことが言われるようになった。実際には、他の日にちの、他の曜日にも同じように不吉なことは起きるはずだ。しかし、信仰によって意識づけされた十三日の金曜日は、同じ確率で起きているにもかかわらず強い印象として蓄積されていく。実際にひとつ起きると、やはりということになる。その結果、ますます十三日の金曜日に不吉なことが起きるという思い込みは強化されていくことになるんだ」

「和が出ると反転するというのも、十三日の金曜日と同じだというんですね」

「いや、まったく同じというわけではない。確かに、ひとつの目が続くと同じ目が出る確率はどんどん低くなっていく。だから、当然のごとく、和が出たあとの目が反転する確率は高まることになる。だが、この確率というやつは、バカラの台の上ではあまり役に立たないものなんだ」

「どうしてですか」

僕は、自分がとても素直な気持で訊ねているのに気がついて内心驚いていた。

「目の流れがどうであれ、次の勝負という一点だけを考えれば、庄の目が出るか閒の目が出るかの確率は常に五割だからだ。五回も庄が続いたから、今度は閒だろうと思っても、簡単に六回目の庄が出てしまうというようなところをよく見たはずだ」

六回どころか十三回も同じ目が続くのを見たことがある。今度こそ反転するはずだと逆の目に賭けつづけていた人が、とうとう音を上げて賭けるのをやめたとき、それをあざ笑うかのように逆の目が出たものだった。

「庄が勝つか閒が勝つかはわからない。大事なのはどのように勝ったかを見極めることだ」

「どのように勝ったか……」

「庄が出るか閒が出るか、確率はほぼ五分五分だ。しかし、バカラは単なる丁半博打じゃない。二枚か三枚のカードが組み合わさってひとつの数を作る。その数が相手のカードが作った数と戦うんだ。バカラは数と数の争いなんだ。一は二に負け、五は六に負け、九はすべてに勝ち、〇は他のすべての数に負ける。たとえば、いま閒が六、庄が七で、庄が勝ったとする。おまえだったら、次の勝負はどっちに賭ける」

わからないが、たぶん「庄」に賭けるだろう。

「庄に賭けると思います」

「まあ、そうだろう。しかし、もし、こうだったらどうする。最初の勝負は、間が三、庄が九で庄が勝った。次の勝負も、間が六、庄が七で庄の勝ちだった。その次の勝負はどっちに賭ける」

僕にはわからなかった。しかし、やはり「庄」に賭けるような気がする。

「たぶん庄です」

「どうして」

「庄の勝ちは続くことが多いような気がします」

「よく考えてみろ。確かに庄は続けて勝った。しかし、同じ勝ちでもその内実には雲《うん》泥《でい》の差がある。最初は九で勝ち、次は七で勝った。負けた方の間はどうだ。最初は三で負けたが、次は六になって負けている」

「あっ」

僕が小さく声を上げると、男は子供が簡単な算数の答えがわかったときの大人のような口調で言った。

「そうだ。庄と閒では数の勢いが違っている」

「庄は九から七に落ち、閒は三から六に上昇しています」

「その数の勢いからすれば、次に逆転してもおかしくないだろう」

「とすれば、庄じゃなくて閒が勝つということになる……」

「いくら続けてその目が勝ったからといって安心するわけにはいかない。その目は強いのか。いや、その目はまだ強いのか。それを判断するには数の勢いを見なくてはいけないんだ」

「数の勢い、ですか」

「そうだ。数には勢いというものがある。それを数の力と言い換えてもいいが、強まるときと弱まるときがあるんだ。そのリズムを摑むことができれば、バカラで勝つことも不可能ではない」

数の勢い、数の力、数のリズム……。僕は眼の前の雲が一挙に吹き払われたような気がしてきた。僕もなんとなくバカラは単純な丁半博打ではないという気がしていた。何かがあると思っていた。その何かとは、数というもの、数そのもの、だったのだ。

男が指に挟んでいる煙草が短くなってきた。

黙って立ち上がると、通路を挟んだ墓所に立っている天使の像のところまで近づいていき、墓に花を挿す円筒形の容器の中に煙草を投げ入れた。

見ると、その天使の頬には緑色の苔《こけ》がむしている。それがまるで涙のように見えなくもない。緑色の涙を流しているその天使の顔は愁《うれ》いを帯びて儚《はかな》げだった。

「きれいですね」

僕が言うと、男は少し笑って言った。

「この子にだけはいつも挨拶《あいさつ》して帰るのさ」

そして、そのまま歩きはじめた。僕は何と声を掛けていいかわからず黙っていると、男が不意に立ち止まり、振り向いて言った。

「馬鹿《ばか》なことだった」

意味がわからず、僕は訊き返した。

「何がですか？」

「十年以上も日本語を使わなかったのに、ひとこと口に出すと止まらなくなってしまった」

ということは、十年以上も中国人のふりをしていたということになる。

「どうしてなんですか」

僕は訊ねた。

「どうして？」

男がおうむ返しに言った。

「どうして中国人のふりなんかしているんですか」

しかしそれには答えず、男は物乞いの老女が坐っている門に向かって真っすぐ歩きはじめた。

してはならない質問だったのかもしれない。僕はベンチに坐ったまま、ただそのうしろ姿を見送った。

7

リスボアに戻ると、ホテル内にある銀行の出張所に急いだ。辛《かろ》うじて営業時間に間に合ったので、日本円で十五万円、香港ドルにして一万ドル弱を両替してカジノに向かった。

僕はどこかで興奮していたかもしれない。男から聞いた、数の勢い、数の力、数のリズムという言葉が頭の中で鳴り響いていた。

午後から夕方に差しかかり、カジノの客はさらに増えつつあった。バカラの台を取り囲む客もこれまで見たこともない数に膨れ上がっている。「庄」と「閒」のどちらが勝ったのかは台の上に置かれている出目の表示盤でもわかる。だが、数が何だったのかということまではわからない。その推移を確かめるためには、自分で紙に書き取らなければならない。それにはどうしても席に着く必要があった。

待ったが、なかなか席が空かない。ようやくひとり立ったが、すぐに近くの客に坐《すわ》られてしまった。ジリジリするような思いでさらに待った。

そのあいだにも、出た目の数の変化に注目していると、確かにそれによって次の目の動きが読めてきそうな気もする。数と数とがぶつかり合い、戦っている。

坐っている客のすぐうしろに立つようにしていると、その斜め前の客が不意に立ち上がった。僕は手にしていた十ドルのチップを素早く投げ込んだ。別にコインを投げ込もうとした人がいたが、一瞬、僕の動きの方が早かった。

席につくと、まずディーラーに五千ドル分の現金をチップに換えてもらってから、しばらく「見」の態勢に入った。最初の頃と比べると、「見」をするのに必要以上の緊張をしなくなっているのが自分でもわかる。

僕はディーラーのひとりに出目表をもらうと、自分のやり方で記入しはじめた。

出目表を縦にし、「庄」と「閒」と書いた二つの列にそれぞれの数字を書き、勝った方を丸で囲んでいくことにしたのだ。すると、単なる勝ち負けだけでなく、それぞれの数の変化、数の勢いの変化がくっきりと見えるようになった。

僕は最初の三回を「見」すると、四回目から賭《か》けに入ることにした。

閒　三　㊈　〇

庄　㊆　八　㊈

三回の勝負は「庄」、「閒」、「庄」と小刻みに動いているが、数の勢いを見ると、「閒」の三、九、〇に対して、「庄」は七、八、九と力強く変化してきているのがわかる。この「庄」は、勢いの頂点なのか、まだまだ力に満ちているのか。僕は、ひとまずここが頂点と見なし、あとは落ちるだけと判断した。

そこで、三百ドルを「閒」に賭けたが、結果は僕の予想を裏切ることになった。

閒五・庄六で、「庄」の勝ち。

〈何が間違っていたのだろう？〉

僕は数の勢いを見極めるという方法に不安を覚え、次の勝負でまた「見」をしなくてはならなくなった。

その勝負は、閒六・庄四で「閒」が勝った。

これで、「庄」は七、八、九から六、四と変化したのに対して、「閒」は三、九、○から五、六と推移したことになる。

閒　三　㊈　○　五　㊅

庄　㊆　八　㊈　㊅　四

やはり、あの「庄」の九は頂点だったのだ。ただ、「庄」の下降のスピードが遅く、「閒」の上昇の勢いとクロスするのが僕の判断よりワン・テンポ遅れただけなのだ。「閒」はまだ上昇し、「庄」はまだ下降するだろう。

僕は数の勢いを信じることにし、「閒」に三百ドル賭けた。

閒二・庄○で、「閒」の勝ち。

しかし、次がわからなくなった。「庄」は九を境に六、四、○と下降を続けているが、「閒」も○、五、六の次は二となって、上昇の勢いが止まってしまっている。

僕は「庄」が○から上昇に転じると判断して、三百ドルを賭けた。

閒〇・庄七で、「庄」の勝ち。

続けて「庄」に賭けたいが、「閒」の〇が気になる。

そこで「見」をすると、閒八・庄五で「閒」の勝ちになった。この〇は絵札が三枚というような極端なものではないが、この場では目が反転する契機になる数だったのかもしれない。

次は「閒」だろう。僕は「閒」に賭けた。

結果は、閒八・庄一で「閒」の勝ち。

これで僕は最初の負けのあと三回続けて勝ったことになる。

次も「閒」だ。

ところが、「閒」が九のナチュラルを出すと「庄」も九を出し、タイの「和」になってしまった。

これでわからなくなった。

僕は「庄」に賭け増そうかどうしようか迷った。反転するか。そのままの勢いを持続するか。

結果は、閒〇・庄六で「庄」の勝ち。

やはり、目は反転した。「庄」に賭け増しておけばよかったと悔やみかかる気持を、いやこれからなのだと切り換え、次の勝負に集中することにした。

閒　㊁○㊇㊇九⃞○
庄　○㊆五一九⃞㊅

しかし、次に「庄」が来るか「閒」が来るか、なかなか決められない。判断材料としては、閒○・庄七で「庄」が勝った次の勝負で、「閒」の○が気になって「見」をしなければならなかった時のことがあった。その勝負は目が反転して「閒」が勝った。

今度も直前の勝負に出た「閒」の○が光っている。僕は思い切って「閒」に賭けた。

閒八・庄○で、「閒」の勝ち。

だが、またも負けた側が○になっている。ついでだ、と腹を決め、次も○が出ている「庄」に張った。

閒四・庄八で、「庄」の勝ち。

これで七回張って五回当たったことになる。僕はバカラという博打《ばくち》がひどく簡単なもののような気がしてきた。

次はどうか。前の勝負における、「閒」の四に対する「庄」の八は、数としてのエネルギーをたたえているように思える。今度も「庄」だ。僕は自信を持って三百ドルを賭けた。

閒一・庄七で、「庄」の勝ち。

次は、とそこで僕は少し迷った。「閒」の一という数に引っ掛かったのだ。昼間、一が出るたびに目が反転した勝負が三回続いたことがあった。この台でも、もしかしたら、〇と同じく、一もまた目の勢いを反転させるエネルギーを秘めているかもしれない。僕は「閒」に賭けてみることにした。

ところが、案に相違して、結果は閒二・庄九で「庄」の勝ちだった。

しかし、この負けは仕方がない。一に過剰に意識が向かってしまったための失敗なのだ。そう思い、すぐに次の目を読みはじめた。「庄」は八、七ときて九の目が出た。一方、「閒」は四、一ときて二が出た。この流れからいくと「庄」の勢いはもうしばらく続きそうに思える。僕は「庄」に三百ドルを張った。

だが、閒六・庄五で「庄」が負けてしまった。

僕は少し熱くなってきたが、もういちど真剣に目の流れを読むことにした。

閒 二 ㈥

庄　⑨　五

最後の二回で、数の勢いは完全にクロスしている。「閒」は二から六へと上昇し、「庄」は九から五へと下降している。勢いを信じるなら、こんども「閒」が勝つはずだ。

僕は三百ドルを「閒」に賭けた。

閒七・庄二で、「閒」の勝ち。

僕は読みの基本が誤っていなそうなことに安心したが、この勝負の途中で白いカードが出て、そのシリーズは終わってしまった。

次のシリーズも同じ台で勝負を続けることにした。

最初の勝負は閒五・庄七で「庄」の勝ち。次も閒三・庄七で「庄」の勝ち。僕は二回とも「見」にまわっていたが、次から勝負に入っていった。もちろん、賭けたのは「庄」である。

閒一・庄五で、「庄」の勝ち。

次も「庄」に張ると、閒四・庄四の「和」になった。僕はためらわずに「閒」に三百ドルを賭け増した。

結果は、閒三・庄九で「庄」の勝ち。

目は反転せず、賭け増した分を損する結果になったが、それは構わなかった。そうすべきだと考えながら、それをしないで負けたときの方が心理的なダメージが深いことを前に学んでいた。

次の勝負も僕は「庄」に賭けた。だが、出た目は「庄」の八に対して「閒」は九。

僕はそこで「見」にまわった。

閒〇・庄八で、「庄」の勝ち。

「閒」に〇が出た。ここはこのシリーズの傾向を占うためもあって、素直に反転すると見て「閒」に張ることにした。

だが、「閒」の五に対して「庄」に八が出て負けてしまった。これでこのシリーズが条件反射的に自分の発見した法則のようなものに従ってはいけないということが明らかになった。

次も僕は「見」にまわった。

閒八・庄七で、「閒」の勝ち。

さらに「見」を続けていると、閒一・庄一の「和」になった。普通なら躊躇《ちゅうちょ》せずに

「庄」に賭けることになるのだが、このシリーズはそう単純にはいきそうもない。

「見」だ。

すると、また閒六・庄六の「和」の目が出た。

次も「見」だ。

ところが、カードが開かれると、またまた双方に六が出て、「和」になってしまった。

庄庄庄和庄閒庄庄閒／和和和

これで三回も「和」が続いたことになる。僕はこうして滅多にない出目になったことで、次の勝負に「和」の前の目である「閒」が出ることをほとんど確信した。たぶん、この「閒」の目は恐ろしく強いのだ。だから、反転しない。「庄」に反転すべきところをとてつもなく強い力で「和」に押し止《とど》めている。僕は「閒」に賭けることにした。

閒九・庄七で、「閒」の勝ち。

次も「閒」に賭けた。三回の「和」を乗り越えてきた「閒」なのだ。そんな簡単に

「庄」に負けるわけがない。

予想どおり、閒六・庄二で「閒」が勝った。

僕はさらに「閒」に賭けつづけた。

閒五・庄〇で、「閒」の勝ち。

庄に〇が出ているが、僕は気にせず「閒」に賭けた。

閒三・庄〇で、「閒」の勝ち。

しかし、さすがに二回続けて「庄」に〇が出てきたことで、少し考え込まざるをえなくなった。これはどういうことなのだろう。考えてもわからないので、「見」をすることにした。

閒四・庄八で、「庄」の勝ち。

次も判断がつかずに「見」にまわった。

閒三・庄〇で、「閒」の勝ち。

次も「見」をせざるをえなかった。

閒六・庄〇で、「閒」の勝ち。

閒　㊄㊂四㊁㊅

庄　〇〇八〇〇

ここで僕は「庄」に賭けることにした。確たる根拠はなかったが、「庄」の〇、〇、八、〇、〇という数の出方の中に独特のリズムを感じたからだ。

客のほとんどは「閒」に賭けている。それは、僕の席のひとつおいた隣に坐っている中年の女性客が「閒」に張ったからだ。彼女はここ何回かの勝負に高額のチップを張り、ことごとく当てていた。

ディーラーによってカードが配られ、「閒」のカードは五千ドルを賭けている中年女性に渡された。ところが「庄」に賭けている客が僕以外に二人しかなく、それも全員が最少額の三百ドルだったために、席の番号の若い僕の前にカードが置かれてしまった。

中年女性がまずカードを開けると、八と六の十四で下一桁《けた》は四である。次に僕が二枚いちどにめくって台の中央に放り投げたカードは三と五で八。ナチュラルの八が出て「庄」があっさり勝ってしまった。「閒」に賭けていた客の大半から失望の吐息が洩《も》れてくる。

僕は次も「庄」に張った。

閒一・庄九で、「庄」の勝ち。

僕は構わず「庄」に張りつづけた。

閒五・庄七で、「庄」の勝ち。

このとき、僕は出目のリズムと僕の判断を支えている思考のリズムとがぴたりと合っているという快さを覚えた。

続く勝負も、閒六・庄七で、僕が張った「庄」の勝ち。しかし、そこで僕は自分にブレーキをかけた。

閒 一 五 六

庄 ㊈ ㊆ ㊆

ここまで三回の勝負で、「庄」の数が九、七、七ときているのに対して、「閒」は一、五、六と推移してきている。「庄」の勝ちに殉じるべきなのか、それとも数の勢いを重視すべきなのか。しばらく迷ったあげく、ここでは数の勢いを信じて「閒」に賭けることにした。

閒八・庄二で、「閒」の勝ち。

次も「閒」だ。

閒九・庄二で、「閒」の勝ち。

僕はさらに「閒」に張りつづけた。

閒五・庄四で、「閒」の勝ち。

閒　㊇　㊈　㊄
庄　二　二　四

だが、ここで、「閒」の数が八、九、五と下降してきていることに注目して「庄」にスイッチした。

すると、閒四・庄六で「庄」の勝ち。

次も「庄」だろう。

閒二・庄八で、「庄」の勝ち。

まだ「庄」でいい。

だが、閒九・庄三で「閒」の勝ち。

ついにはずれて、そこでようやく一息ついた。

出目表で調べてみると、三回続けて「見」をしてからの勝負は、ここではずれるまで、なんと九回も連続して当たっている。賭け金もこの台の最低単位である三百ドルしか賭けていないのに、どっと増えている。

これが三百ドルではなく、千ドルを単位に賭けていたら、いや一万ドルだったら、と考えないでもなかった。しかし、一方で、これが自分の限界なのだということもわかっていた。人間はたぶん身の丈以上のものは賭けられないものなのだろう。そして、現在の僕の身の丈は「三百香港ドル」であるに違いないのだ。

それ以後も、僕は三百ドルを単位として賭けつづけ、数の勢いを読んでいくことで着実に勝っていった。そして、そのシリーズが終盤を迎える頃には、チップが三倍近くに膨れ上がっていた。千ドルと五百ドルと百ドルのチップがいくつもの山になっている。数えると一万五千ドルに百ドル足りないだけだった。これはそろそろ切り上げ時だなと思えた。僕はポケットから百ドル札を取り出すと、すべてのチップと共にディーラーに押し出した。

ディーラーが、これがほしいのかというように、箱の中に入っている大きい額のチップを指さした。

僕がうなずくと、ディーラーは一万ドルと五千ドルのチップを一枚ずつ取り出し、コンコンと軽く叩《たた》き合わせてから、こちらに滑らせるように送り出してきた。僕はその二枚のチップを掬《すく》い上げ、ディーラーと客の強い視線を感じながら席を立った。

第四章　裏と表

1

一日、また一日と、日本に帰る日が遅くなっていった。だが、そのことはほとんど気にならなくなっていた。

墓地であの男と話をしてからというもの、僕にはバカラという博打《ばくち》がまったく違って見えるようになった。なにか自分が一段高いところに立つことができているように思え、バカラという博打の心臓部が摑《つか》めたような気さえした。

実際、出た目に現れる数の勢いを見定めていくことで、バカラに勝てるようになっていた。あの夜ほどの圧勝は滅多になかったが、少なくとも大きく負けることがなくなっていた。

やがて、賭《か》ける単位が変わった。一度に賭ける額を三百ドルではなく五百ドルにするようになったのだ。一香港ドルはおよそ十五円と見なすことができたから、日本円にして四千五百円から七千五百円に増やしたということになる。すると、たった二単位勝ち越すだけで、一日分の滞在費用が捻出《ねんしゅつ》できることに気がついた。リスボアのホテル代は曜日によって違ったが、平均すると七百五十ドルくらいであり、朝食代を五十ドルとすると、あとは二百ドルもあれば一日を楽に過ごすことができた。つまり、香港ドルで千ドル、一万五千円がマカオにおける僕の一日の生活費というわけだった。とにかく、五百ドルのチップ二枚分だけ勝ち越す。それはさほど難しいことではなかった。日によって、その勝ち越しが五、六枚になったり、十枚を超えたりした。

金は少しずつ増えはじめた。負けていた分を取り返し、さらにそれ以上のチップが手元に貯《た》まっていった。

不思議なことに、マカオに着いたときは持っている金を一気に使い果たしてしまおうかなどと思ったりもしたが、バカラをやるようになって一円、一ドルが惜しくなってきた。

その意味では、リスボアに泊まっているのはもったいないと言えなくもなかった。ただ泊まるだけで一日七百ドルから八百ドルが消えていく。調べてみると、近くの中級ホテルなら四、五百ドルで泊まれたし、少し離れたところにある小さなホテルなら二百ドルも出せば充分な広さの部屋が借りられた。

しかし、僕は動かなかった。好きなときにホテル内にあるカジノに行くことができるという便利さも捨てがたかったが、それだけではなかった。ペンニャ教会でひとり祈っていたあの女性のことが気になって仕方がなかったのだ。

夕方以降になると、リスボアのホテル部分の通路で女たちの回遊行動が盛んになる。その中に彼女もいた。そして、カジノに向かう僕とすれ違うことがあると、明らかに硬い表情になる。それは間違いなく僕を意識してのようだった。恐れていると言わないまでも警戒している。

しかし、そうだとわかっていても、僕は、向こうから彼女が歩いてくるのを見かけると心が波立った。

なぜかは自分でもよくわからなかった。

女との対応には慣れていたはずだった。美しい女の、それも裸を撮りつづけていると、時に心を動かされる相手に遭遇することもないではない。だが、カメラを構え、ファインダーを覗《のぞ》くと、すっと醒《さ》めてしまう。

巨匠は、そんなことはない、とよく言っていた。綺麗《きれい》な女の裸を見て欲情しない奴《やつ》に、それを撮る資格はないと。

もっとも、そう言う巨匠自身も、僕たちがセットした三脚の上の大型カメラを覗き込んでいるときは、とうてい「欲情」しているとは思えない冷静な横顔をしていたものだった。ただ、一眼レフを手に、さまざまな角度から自由に裸のモデルに迫っているようなとき、ひょっとしたら本当に「欲情」しているのではないかと思える瞬間があった。巨匠の台詞《せりふ》ではないが、全身が発情した動物のようになり、カメラが性器と化してくる。そして実際、撮影が終わると、マネージャーを丸め込んでモデルの女性と二人だけで夜の街に消えることも少なくなかった。

だが、僕はライトを当てられた女の裸を見た瞬間、すべての欲望は消えてしまう。撮るまではさまざまに夢想するが、撮っている最中は頭の中が空っぽになっている。そして、撮影が終わってしまえば、その体はフィルムの中にだけあればいいと思えてくる。

奥さんを亡《な》くしたあとの巨匠に長い付き合いの女性がいたように、僕にも恋人と呼べる存在がいないわけではなかった。大手の芸能プロダクションに勤めている女性だった。最初の頃はタレントのマネージャーとして巨匠の事務所やスタジオに出入りしていたが、やがてそのプロダクションのマネージャーたちを束ねる役目について、現場よりデスクでの仕事が多くなった。僕より年上で、当然のことながら収入も多かった。会うのは深夜の飲食店が多かったが、付き合いはじめの頃はいつも支払いは彼女がしてくれたものだった。僕が独立して、いくらかましな部屋を借りられるようになってからは、直接そこに来ることが多くなった。どちらからも結婚という言葉は出なかったが、少なくとも僕はいずれそういうことになるのかなと思っていた。

僕が仕事をやめてバリ島に行くと言い出したとき、彼女はほとんど信じようとしなかった。ようやくカメラマンとして認められてきたところなのに、ここで半年、一年も仕事を放り出すなどというのは正気の沙汰《さた》ではないというのだ。

しかし、途中で、とてもものわかりがよくなった。それもひとつの生き方よね、と。彼女に新しい男ができていたのを知ったのは、バリ島に向かう直前のことだった。よかったと思う反面、どこかで裏切られたような気もしていた。それが自分の身勝手な思いだということはよくわかってはいたのだが。

彼女のことは好きだった、と思う。最初に会ったとき、そのきびきびした話し方が素敵だなと思ったことを記憶している。だが、その彼女と付き合うことになったときも、顔を合わせただけで胸が高鳴るというようなことはなかった。そんなことがあったのは、中学生のときにたった一度きりだった。

父が死んで母方の祖父母が住んでいる山陰の小さな町に引っ越したとき、転校した先の中学ではまったく友達ができなかった。最初から予期していたことなので失望しなかったが、ただクラスでひとりだけ言葉を交わす女の子ができた。クラスの中心的な存在で、転校生をひとりにしてはならないという強い使命感にうながされての行動のようだった。

何度かの誘いのあとで、なかば仕方なく彼女の大きな家に行ったとき、寝たきりの妹がいることを知った。

玄関には母親が出迎えてくれ、二階の彼女の部屋に直接あがってと言われた。階段を昇っていくと、二階の一室で横になっている少女がいるのが眼に入った。僕が慌《あわ》てて眼をそらそうとすると、その少女はにっこり笑って右手をかざした。そして、その人差し指で矢印を作り、「あっち」というように隣の部屋の方に動かした。

それとほとんど同時に隣の部屋から同級生の元気な声が聞こえてきた。

「こっち、こっち！」

僕は横になっている少女に軽くうなずくと、礼も言わず同級生の部屋に向かったのだ。

顔を見たのはその一瞬だけだった。しかし、翌日から、その少女の面影が頭から離れなくなってしまった。透き通るように白い肌だったこと、唇の色が鮮やかなほど赤かったこと、そしてその唇のまわりに浮かんだ笑みが悪戯《いたずら》っぽいものだったこと。それらの印象がひとつのものになり、いままで会ったことのない美しい存在のように思えてきてしまったのだ。

いま思えば、血液のガンのような病気だったのかもしれない。

僕は家で夕食を済ますとよくひとりで海まで散歩したが、その帰りにわざわざ遠まわりをして同級生の家の近くを通るようになった。そして、その家の二階を見上げながら、あの少女はどうしているだろうと考えた。眠っているのだろうか、それとも起きているのだろうか。たった一度、それも一瞬だったが、ベッドからこちらに向けていた顔を思い出すと、ほとんど肉体的な痛みを覚えるほど胸の動悸《どうき》は激しくなった。僕は、自分に超人的な能力があったらな、と思った。もしあったら、少女の病気を治し、あの二階の部屋から救い出してあげるのに、と。

その少女が、何回か入退院を繰り返し、一年後に死んだということを知ると、自分の中の大事なものも一緒にどこかへ消えてしまったように思えたものだった。

ホテルの廊下を回遊しているあの女性の姿を見ると、そのときと同じような胸の高鳴りがする。別に、同級生の妹と面差しが似ていたというわけでもない。どうしてか理由がわからないまま、通路ですれ違うだけで動揺してしまうのだ。まるで、これでは、初恋に目覚めた少年が少女に恋い焦《こ》がれる図というのと同じだなと苦笑したくなった。そんなに焦がれているのなら、金を払って寝ればいいではないかと思いかけて、そんなことをまったく望んでいないことに自分で驚いた。僕は彼女とセックスをしたいと思っているわけではないらしいのだ。では、何を望んでいるのか。それもまた、なぜ胸が高鳴るのかがわからなかったのと同じく、よくわからなかった。

あるとき、僕がカジノに行くため部屋がある十階からエレベーターで降りていると、途中の階で彼女が乗り込んできた。乗ってしまってから、僕がいることに気がついたらしく、いくぶん顔をそむけるような仕草をした。だが、エレベーターの内側にはよく磨き上げられた真鍮《しんちゅう》板が張られており、中にいる人の姿がくっきり映るようになっている。見るともなく、その鏡のような真鍮板に映った彼女の姿を眼の端に捉《とら》えた僕は、どこかの部屋で仕事をした直後なのかもしれないと思った。顔に化粧のむらができているような気がしたからだ。

二人きりのエレベーターで黙っているのが気詰まりに思え、僕から口を開いた。

「名前は？」

日本語で訊《たず》ねると、彼女が驚いたように言った。

「名前？」

それは日本語だった。やはり、彼女は日本語がわかるのだ。

「うん、名前」

彼女は僕の言葉をしばらく吟味するような表情を浮かべた。

「わたしの名前、知らない？」

名前を知らないのが不思議だというような口調だった。僕は少し笑いながら言った。

「知らないとおかしい？」

すると、彼女はふっと表情を和らげて言った。

「リラン」

「リに、ラン？」

僕がいかにも頭の悪そうな訊ね方をすると、彼女は癖のない日本語で訂正してくれた。

「リはスモモの李、ランは花の蘭」

李蘭というのはとてもきれいな名前だ。そして、彼女によく似合っている。しかし、あまりにも似合いすぎているので、本名ではないのではないかと思った。親は生まれてきた子がどんな子に育つかわからないものだ。そんなにぴったりの名前をつけられるはずがない。あるいは、名前に向かって育っていくということがあるのかもしれないが、彼女のその名前は「芸名」や「源氏名」のような偽《いつわ》りの名前のような気配が感じられる。だが、それでもいい名前であることには変わりなかった。

いずれにしてもその李蘭は、以後、僕と出会っても顔をそむけるような素振りを見せなくなった。

2

いつの間にか七月も後半に入っていた。

毎日、深夜を過ぎてもカジノにいるため、少しずつ朝起きる時間が遅くなってきた。しかし、どんなに眠くとも、そしてどんなに食欲がなくても、シャワーを浴びたあとは必ず「福臨門酒家」に向かう。朝のこの食事こそが、僕にとっての一日の栄養源だったからだ。ここで充分に食べておかないと、夜はどうなるかわからない。いったんバカラの台の前に坐《すわ》ってしまえば、流れのいいときに席を立つことはできないし、悪いときも、もう少し挽回《ばんかい》してからと立ちにくくなる。だから、ここで腹一杯食べておこうという気持になってしまうのだ。

朝昼兼用の食事が済むと、カジノの一楼に直行する。そして、二つあるバカラの台を見比べ、どちらにするか選ぶと、タイミングを見つけて席につく。どちらの台もあまりよくないと判断するとエスカレーターで二楼に上がることもあった。しかし、僕は煙草《たばこ》のけむりで白くかすんでいるような二楼より禁煙となっている一楼の方を好んだ。

一楼のバカラの台で三時間くらい勝負すると、いったんカジノを出てマカオの街を散歩することが多かった。

マカオはとても狭い都市だった。中国本土に接している半島部分だけなら、半日もあれば歩いて軽く一周できる。僕は本屋で買った地図を見ながら、さまざまなところを歩いた。一度は、中国との国境を越え、隣接する珠海《ジューホイ》市に行ったりもした。

しかし、最後は、必ず南湾街にある小さなカフェに寄り、そのオープンテラスでコーヒーを飲み、焼き立てのエッグタルトを食べながら『カジノ・ギャンブリング』を読むことが多かった。あまり難しい単語が使われていなかったので、僕でもなんとか読むことができたのだ。

それによって、バカラのいろいろな用語を覚えたり、賭け方における戦略というようなものがあることを知ったりした。

八組のカードをシャッフルして入れる黒いケースは、カード・シュー、あるいは単にシューとだけ呼ぶらしい。そのシリーズを始める前に捨てる八枚、ないし十枚のカードをディスカードと言い、残りのカードによって出目《でめ》の傾向を予測する「カウンティング」をしにくくさせるためのものでもあるらしい。

また、これはバカラに限ったものではなかったが、カジノにおける賭け方の戦略がいくつも解説されていた。マーチンゲール、グラン・マーチンゲール、パーレイ、ダランベール……。

その中で、最も愚かな賭け方の例として出ていたのがマーチンゲール方式というものだった。まず一の単位を賭ける。負けたら二の単位を賭ける。それでも負けたら四の単位を賭ける。そのようにして倍々に賭けていくと、いつかは必ず勝って、すべての負けを取り戻すことができるというものだ。しかし、それはまったく愚かな戦略だと『カジノ・ギャンブリング』の著者は説いていた。

マーチンゲール方式が非難されている点は二点あった。まず第一に、すぐに巨大な賭け金になってしまうという点、第二に、その巨大な金を賭けるというリスクを冒しても得られるものがわずか一単位の金に過ぎないという点に戦略としての不完全さがあるというのだ。確かにそのとおりだった。もし百ドルから賭けはじめて十回続けて負けると、十一回目には千二十四単位の十万二千四百ドルを賭けなくてはいけなくなっている。しかも、それほどのリスクを冒して勝負し、なんとか勝ったとしても、それによって手に入るのは、それまでの負けを相殺《そうさい》すると、わずか一単位の百ドルにすぎないのだ。百ドルを得るために十万ドルも失うリスクを背負うのはどう考えても馬《ば》鹿《か》げている。

しかし、僕には、そんなに簡単に否定し去っていいのかなと思えた。よくわからないが、この賭け方は上手に変形させれば役に立つこともあるのではないだろうか、と考えたりもした。

南湾街のカフェでは、一度、李蘭と出くわしたことがある。コーヒーを飲みながら『カジノ・ギャンブリング』を読んでいると、向こうから声を掛けてきたのだ。

「坐ってもいい？」

顔を上げると、紅茶のカップとエッグタルトが載った皿を手に李蘭が立っていた。

僕は少し慌て気味に言った。

「もちろん」

李蘭は前の椅子《いす》に坐ると、僕の手にしている本に眼をやりながら言った。

「ずいぶん長くいるのね」

「いや、ほんの一時間くらいだけど」

僕が言うと、李蘭は何を言っているのだろうというような表情を浮かべていたが、すぐに僕が質問の意味を取り違えたことがわかったらしく、口元を綻《ほころ》ばせながら言い直した。

「ここじゃないの、マカオよ」

なるほど、李蘭はマカオにずいぶん長く滞在しているのねと言っていたのだ。

僕はうなずいた。

「うん、まあね」

「何か用があるの？」

「いや、ただ……」

「ただ？」

「ただ、バカラをやっている」

「それだけで、こんなに長く？」

ということは、僕がいつからマカオにいるか記憶しているということだ。どうして、そんなことを覚えているのだろう。

李蘭は何かを確かめるように訊ねてきた。

「それが仕事なの?」

僕は笑って首を振った。

「いや」

「日本の人、仕事以外でマカオにこんなに長くいない」

それは墓地にいたあの男も口にしていたことだった。

「仕事じゃない」

「わたしを探しにきたんじゃないのね?」

「君を探しに?」

僕が驚いて訊《き》き直すと、李蘭は打ち消すように言った。

「そうじゃなければいいの」

李蘭は椅子から立ち上がると、紅茶にもエッグタルトにもまったく口をつけないまま歩き去ろうとした。

「あっ」

思わず僕の口から意味のない言葉が出てしまった。

李蘭は振り向いて、何か用かというように僕を見た。

「いや、あの、嬉《うれ》しかった」

少しうろたえながら言うと、意味がわからないとでもいうようにほんの少し首をかしげる仕草をした。僕は平静さを取り戻すと、こう言い直した。

「君と話せて、嬉しかった」

「どうして？」

「君が僕に腹を立てているんじゃないことがわかったから」

「腹を立てる？」

李蘭が不思議そうに言った。

「僕がいつも君のことを見ているのをいやがって」

すると、李蘭はふっと笑った。

「女にひどいことをするのは、いつも、やさしい男」

それは歌うような、朗読するような、不思議な調子のもの言いだった。僕は何が言いたいのかわからず、反応できずにいると、李蘭が普通の話し方で言った。

「ママさんが口癖のように言ってた」

それだけ口にすると、李蘭は足早に僕のテーブルから離れていった。

残された僕は李蘭が残していった言葉を反芻《はんすう》しながら、その意味を考えていた。

「女にひどいことをするのは、いつも、やさしい男」とは僕をさして言った言葉なのだろうか。もしそうだとすると、僕の言ったことのどこが「やさしい」と思ったのか。「ママさん」という言い方には李蘭が日本で水商売の世界にいたということが暗に示されているのだろうか……。

二度とそのカフェで李蘭と会うことはなかったが、それ以来、そこで本を読みながらコーヒーを飲むたびに、ひょっとしたら眼の前の椅子に彼女が坐ることがあるのではないかという淡い期待を抱くようになった。

いつも午後の街歩きから戻ると、またカジノに行く。そして、夜になり、八時から九時くらいまでにうまい具合にひとつのシリーズが終わると、サッカー場の脇《わき》にある屋台街の一軒で簡単な食事をする。あとは、夜中の二時か三時くらいまでバカラをしつづける……。

3

その日、いつものように「福臨門酒家」で朝昼兼用の食事を済ませると、僕はいったんホテルの部屋に戻った。カジノに長時間いると効きすぎの冷房によって体が凍りついてしまう。それを防ぐためのパーカーを忘れてしまったのに気がついたからだ。

ペットボトルに入っている水をひとくち飲み、パーカーを手にカジノに向かおうとしたとき、部屋がノックされた。ハウスキーピングのメイドかなと思ったが、すでに清掃とベッドメイキングは済んでいた。

僕はドアのところまで行き、小さな覗き穴から外を見た。魚眼レンズを通して見える廊下には、うつむき加減に立っている李蘭の姿があった。

どういうことなのだろう。誰かの部屋と間違えてしまったのだろうか。不思議に思いながらも、胸の高鳴りを抑えるようにしてドアを開けた。

「入ってもいい？」

僕の顔を見ると、李蘭が言った。それで彼女が僕の部屋だと知って訪ねてきたことが理解できた。僕は体を開き、李蘭を部屋の中に招き入れた。

「よく僕の部屋がわかったね」

すると、李蘭がこともなげに言った。

「訊けば教えてもらえるわ」

ホテルのスタッフの中に親しい人がいるのかもしれない。だが、名前も知らないはずなのにどのように訊ねたのだろう。

僕が思いを巡らせていると、李蘭が溜《た》め息《いき》のようなかすれた声で言った。

「しばらくここにいさせて」

その声で初めて、李蘭がひどく疲れているらしいことに気がついた。

窓際《まどぎわ》のソファーセットのところまで案内し、坐るように手で促した。

李蘭はそこに崩れるように腰を下ろした。

僕は何をどうしたらいいのかわからないまま、ソファーに背中を預けながら眼を閉じている李蘭を見守った。

「具合でも悪いの？」

僕が訊ねると、李蘭は眼を開け、微《かす》かに首を振った。

「そうじゃないの。少し休めばよくなると思うから」

そしてまた眼を閉じた。

部屋には別に盗まれて困るようなものはない。早くカジノに行って、そのあいだひとりにしておいてあげようか、と僕は思った。

「僕はカジノに行ってるから、好きなようにしていていいよ」

「……ありがとう」

「横になりたかったら、ベッドを使っていいから」

僕がそう言っても、李蘭は微かにうなずくだけだ。部屋の鍵《かぎ》は自動的にかかるようになっている。もし、部屋を出たくなったら僕が戻るのを待つ必要はないから勝手に出ていってくれ。そう言い残すと、僕は部屋を出た。

だが、カジノの一楼でバカラをしていても李蘭のことが気になって仕方がなかった。彼女はこのホテルの中に部屋を借りているのだとばかり思っていた。そうでないとすると、ここに泊まっている客の部屋に行って仕事をしていることになる。もしかしたら、そこで予期しないことにぶつかったのかもしれない。

予期しないこと？ しかし、別に暴力沙汰に巻き込まれたとは思えない。疲れてはいたが、怪我《けが》をしている様子はなかった。

なぜあのように疲れていたのだろう。まだ昼になったばかりの時間だ。それほど激しく仕事をしたとは思えない。どこかにあるはずの自分の部屋まで戻ることもできないほど疲れていたのはなぜなのだろう。どうして僕の部屋でその疲れを癒《いや》そうと思ったのだろう……。

三時間ほどバカラの台の前に坐っていたが、集中力を欠いているせいか、一万ドルを小さく崩したチップがじりじりと減っていく。

その席に坐って二度目のシリーズが終わったとき、いったん切り上げて街歩きに出ることにした。いつもなら、部屋まで『カジノ・ギャンブリング』を取りに戻るのだが、もしかしたら李蘭が眠っているかもしれないと思い、そのままリスボアの外に出た。

新馬路をまっすぐ行き、セナド広場を通り過ぎてもまだ歩きつづけると、中国の珠海市に面する「内港」という名の湾に出てくる。

そこを海に沿って北に向かうと、ルイス・デ・カモンイスというポルトガル人の名前のついた公園の近くに出る。だが、僕のそのときの目的地は公園ではなかった。それを越えてさらに行くと、小さな商店が連なる通りが続き、その一角に「戯院」という名のついた古い映画館がある。しばらく前に、このあたりを歩いているときに見つけたが、気になりながらまだ一度も入ったことがなかった。つい、二時間あればバカラのひとつのシリーズを最初から最後までやることができると思ってしまう。しかし、このときは、その二時間がもったいないとは思わなかった。もう少し李蘭をひとりにしておいてやりたかったのだ。

切符売り場に掲げられているスケジュール表を見ると、映画は始まったばかりのようだった。僕はどんな映画が上映されているか確かめないままチケットを買って入った。

席について、しばらくすると、映画のストーリーがおぼろげながら理解できてきた。映画は香港の暗黒街物で、二つの組織の抗争と、組織内での裏切りとそれに対する報復が果てしなく繰り返される。そして、最後まで生き残った主人公の若者が、したたかな組織のボスを撃ち殺して終わる。

映画館を出ると、陽は傾き、マカオの夏の一日がゆっくりと暮れはじめていた。僕はホテルの部屋に戻ることにした。

カードキーをスライドさせ、そっとドアを開けると、部屋の中は暗くなっていた。このホテルの部屋も、扉近くに据えつけられているホルダーにカードキーを差し込んで初めて電源が入ることになっている。そうしておくことで客が部屋にいない間に無駄な電力を使うことを防ごうとしているのだ。しかし、僕は、部屋に戻ってきたときに真っ暗になっているのがいやで、二枚渡されているカードキーのうちの一枚を差し込みっぱなしにしている。そして、机の上のランプのスイッチをオンにしてあるので、僕が不在でも部屋に電気はついているはずなのだ。それが消えているということは、李蘭が消したということになる。部屋を出るときに消したのか、それとも……。

静かに部屋の奥に入っていくと、ツインのベッドのひとつに李蘭の寝姿があった。

カーテンは閉め切られていないため、窓から入ってくる外の光で充分な明るさがある。

僕はソファーのひとつに坐り、李蘭の寝顔を見つめた。

ブランケットに口元は隠れ、眼は閉じられているが、李蘭の整いすぎた冷たいまでの美しさは変わらない。

しだいに外は暗くなり、部屋の中にも薄い墨のような闇《やみ》が流れ込むようになってきた。

どのくらい経《た》っただろう。暗い部屋で、女の寝顔を黙って見ているというこの状況に、なんとなく居心地の悪さを覚えるようになってきた。眼を覚まさせてしまうかもしれないと思ったが、音を立てないようにしながら部屋の隅にあるフロアースタンドの明かりをつけた。

すると、李蘭がふっと眼を開けた。やはり眼を覚まさせてしまった。僕が謝ろうとすると、顔の下を覆《おお》っているブランケットを片手で軽く払いのけるようにして、李蘭が先に口を開いた。

「ベッドに横にならせてもらったわ。心配しないで、体はよく洗ったから」

見ると、ブランケットから出ている腕は肩のところまで素肌がのぞいている。どうやら、裸で寝ていたらしい。

「気分はよくなった？」

僕が言うと、李蘭が柔らかい口調で言った。

「ありがとう」

そして、こう付け加えた。

「もうこんなに暗くなってしまったのね、そろそろ行くわ」

「もっと休んでいってもいいよ」

「ありがとう、でも行くわ」

李蘭はベッドから半身を起こそうとして、慌ててブランケットの下のシーツで胸を押さえた。

「悪いけど、バスルームからタオルを取ってきてくれない」

バスルームに行くと、ドアの裏のハンガーに、濡《ぬ》れたバスタオルが一枚掛かっていた。僕はバスタブの上にあるスチール製のパイプ棚に手を伸ばし、積み重ねられている新しいバスタオルの中から一枚を抜き取った。そして、部屋に戻ると、ベッドの李蘭に向かって放り投げた。

僕は裸の李蘭がベッドから出やすいように、窓辺に立って外に眼をやることにした。

しかし、李蘭に背を向けた瞬間、ガラスが鏡となって部屋の中がくっきり映ってしまっているのに気がついた。

李蘭はベッドから降りると、片手で胸の上からバスタオルを垂らし、もう一方の手で畳んである服を摑んでバスルームに向かった。ガラスの鏡には李蘭のほっそりとしたうしろ姿の全身が映っていた。李蘭はそのことに気がついていない。覗き見をしているような罪悪感を覚えた僕は、なんとかガラスの向こうの夜の風景を眺めようとした。しかし、ガラスに映った李蘭の背中から眼を離せなかった。

真っ白な肌に、斜めに一本、右肩から腰のくびれの下まで、疵《きず》のような影ができている。いや、それは影ではなかった。疵そのものだった。

李蘭はすぐにバスルームに入り、ドアが閉められた。ガラスには何も映らなくなったが、僕の眼の奥には李蘭の背中の像が消えずに残っていた。蛇の刺青《いれずみ》のような、一本の疵痕《きずあと》が。

すぐに、シャワーを浴びる水音が聞こえてきた。その音を聞きながら、僕の体の奥底から強い欲望が芽生えてきた。言葉にすれば、それは「あの体を撮ってみたい」というものだったろう。

一年前、日本を出るとき、撮影機材は巨匠のところから独立したばかりの後輩にすべて貸し与え、バリ島にはカメラを一台も持たずに向かった。バリ島の海は間違いなく美しかったが、撮りたいと思ったことはなかった。そして、その海岸にいくら水着姿の美しい女性が現れても、撮りたいという欲望が湧《わ》き起こることはなかった。

だが、李蘭の背中の疵痕を見た僕は、撮りたいと思ってしまったのだ。カメラなど何でもよかった。写れば、マカオの町角で売っている日本製の使い捨てカメラでもいい。

〈撮ってみたい……〉

やがて、シャワーの水音が止まり、しばらくして服を着た李蘭がバスルームから出てきた。化粧をまったくしていないせいか、いつもより若々しく見えた。

僕が顔をじっと見ていると、少し恥ずかしそうに言った。

「ごめんなさい。二度もシャワーを浴びて、タオルをたくさん使ってしまったわ」

それを聞いて、僕は言った。

「お望みなら、ホテル中のタオルを全部集めてきてもいいよ」

すると、李蘭は声を上げて笑った。話す声の低さに似ない、軽い響きのある笑い声だった。そのとき、僕は李蘭の笑い声を初めて聞いたことに気がついた。

マカオに来て三週間が過ぎた。マカオに来て、というより、バカラを始めて、といった方がいいかもしれない。僕のマカオでの日々は、バカラを中心にまわっていたからだ。

4

勝った五百ドルチップを次々と大きい額のチップに取り替えていくうちに、一万ドルのチップが三枚にまで増えていた。

カジノに行き、バカラのテーブルにつくと、一万ドルのチップをディーラーに放り投げる。すると、ディーラーは、五千ドルのチップを一枚と、千ドルを四枚、それに五百ドルを一枚と百ドルを五枚という具合にこまかくして返してくれる。何時間か戦い、その台を立つときに手元にあるチップをディーラーに押し出すと、今度は大きくしてくれる。すると、ほとんどの場合、一万ドルとは別に千ドルや五百ドルのチップが何枚か増えているのだ。

その日、「福臨門酒家」で朝昼兼用の食事を済ませると、いつものようにリスボアに戻ってカジノに向かった。そして、しばらくしてからバカラの席についた。

バカラの台では、数には勢いがあるというあの男の言葉が光となっていた。数には勢いがあり、命がある。確かに、そう思えてくる。

僕は席につくと、四回ほど「見《けん》」を続けたあとで「庄」に五百ドルを賭《か》けた。「庄閒庄」という流れの中で次にまた「庄」と出たあとの次の勝負だった。

しかし、閒八・庄五で、「庄」は「閒」に負けてしまう。

僕は、ぼんやりしていて目の数を書き取っていなかったことに気がついた。それからさらに四回ほど「見」をして、数の勢いがどちらの目にあるか判断し直そうとした。

閒　㊇　四　㊃　㊅

庄　五　㊈　二　五

四から六に変化している「閒」に勢いがあるとも言えるし、二から五になっている「庄」の方が強く上昇しているとも言える。ここはもうひとつ「見」をした方がいいのかもしれない。しかし、いちど賭けただけで八回も「見」をしている。「見」をすることに少し飽きていた僕は、数の増え方の急な「庄」に賭けてみることにした。

だが、閒八・庄七で「閒」の勝ち。

「庄」が負けることについてはあるていど覚悟していたが、また、きわどい数が両方に出ている。僕はもう一度「見」をせざるをえなくなってしまった。

すると、次は閒三・庄七で「庄」が勝った。

閒　㊅　㊇　三
庄　五　七　㊆

これは、明らかに、「閒」より「庄」の数の勢いの方が強くなっていると見るべきだろう。僕は次の勝負に自信を持って「庄」に賭けることにした。

カードがオープンされると、閒五・庄九で「庄」の勝ちになる。

ようやく数の勢いを見定めることができた僕は、そこから少しずつ勝ちはじめた。

ところが、そのシリーズが終わり、新しいカードによって次のシリーズが始まると、しだいに状況が変化してきた。

始まった直後、「庄」が三回つづき、僕はそれをすべて当てていた。

閒　一　五　六

庄　㊃㊇㊆

だが、「庄」の数は下降し、逆に「閒」が上昇している。この次で数の勢いはクロスし、「閒」が「庄」の上に行くはずだった。そこで僕は三回つづいた「庄」ではなく、多くの客の賭け方に反して「閒」に五百ドルを賭けた。

しかし、「閒」の六は「庄」の七に敗れてしまう。

閒　一五六六

庄　㊃㊇㊆㊆

だが、この次こそは、数の勢いのグラフはクロスして、「閒」が「庄」の上に行くだろう。

僕はまた「閒」に賭けた。

結果は、「閒」の○に対して「庄」は三で、依然として「庄」の数の方が上に来てしまう。

これで五回つづけて「庄」が勝ったことになる。この「庄」はかなり強いのかもしれない、と僕は思った。しかし、「閒」は、絵札が三枚出ての〇だ。これまでの経験からすると、〇には不思議なエネルギーが秘められているような気がする。しかも、それが数にもならない絵札三枚による〇の場合には、さらにそのエネルギーが増すように思われる。今度こそ反転するだろう。僕は「閒」に賭けることにした。

客の大部分は「庄」に賭けており、「閒」に賭けているのは僕を含めて三人ほどだった。

三人のうちのひとりは、席についている客の背後に立っているのでカードをめくる権利がない。さらに、もうひとりは席についている人だが、賭けている額が最低金額の三百ドルなので、五百ドルを賭けている僕が「閒」のカードをめくることになった。「閒」と「庄」に二枚ずつ配られたカードのうち、まず「閒」のカードが僕の前に差し出された。

以前は二枚一緒にさっとめくってオープンしていたが、何回かめくる役をしているうちにそれはあまりよくないのではないかと思うようになった。たとえ、その目に賭けているのが僕ひとりだとしても、そして大部分の客がそれがクズ手であることを望んでいるとしても、あまり簡単に開けてしまうのはゲームとしての面白さを損なってしまうのではないかと思うようになったのだ。僕の側がどんな手になるか、相手に少しは心配させてやる必要がある。
そこで僕はカードの開け方をこうすることにした。中国人の客のように、二枚も粘っこく絞り上げるようにめくるのは面倒だ。そこで、一枚はさっと開ける。だが、残りの一枚を、いくらかゆっくりと開けるのだ。他の中国人の客のように、縦にしたり横にしたりして粘っこく開けたりはしないが、横にしたカードの両端を押さえたまま二枚目をそろそろと開けると、相手方に賭けた客も一緒になって緊張する。そして、半分ほど開けたところで、あとは見ないまま片手でパシッと台に叩《たた》きつける。その合計数がナチュラルの八や九だったりすると、そんなめくり方でも、強い印象を残すらしく、時には、大きな額を賭けた客に、自分のかわりにカードをオープンしてくれと頼まれることもあった。

僕に配られた「閒」の二枚のカードのうち、まず一枚をさっと開けると、それはキングの絵札である。ということは、二枚目に開けたカードの数がとりあえずの「閒」の数になる。二枚目のカードを横にして、両端をつまんで徐々にめくると、最初の一列目に模様が三つ見える。それは六か七か八の印だ。僕がそこまで見ただけでカードを台の上に叩きつけると、ほとんど全員が息を呑《の》んだ。八、だったからだ。〇と八でナチュラルの八ができた。

こういうときは、僕のような素人《しろうと》っぽいめくり方がかえって凄《すご》みを感じさせるらしい。

「庄」は九が出ないかぎり勝てない。なかば敗北を覚悟した様子で「庄」に五千ドル賭けた男性がカードをめくる。一枚目は二、しかし二枚目を力を込めてめくり上げると、それが最高の数である七になっている。

閒八・庄九で、「庄」の勝ち。

これで僕は三回続けて負けたことになる。

次は、どちらにも賭けられないまま「見」をした。

客はすべて「庄」に賭け、「閒」はひとりもいない。そのため、「閒」のカードはディーラーが開けることになるのだが、「庄」に最高額を賭けた客はディーラーを制すると自分のカードを先に開けた。すると、一枚目が絵札で二枚目が九。またまたナチュラルの九である。

これで勝った。誇ったような顔で、ディーラーに開けてみろと顎《あご》で促した。

ディーラーが無造作に二枚同時にカードを引っ繰り返すと、なんと五と四の、これもナチュラルの九ではないか。九と九で「和」のタイ。

庄庄庄庄庄／和

この結果を見て、負けつづけていた僕は息を吹き返すチャンスを得たと思った。今度こそ「閒」に反転するはずだ。これまで「庄」に賭けていた客も何人かが同じ額を「閒」に賭け増して保険を掛けている。僕はいままでの五百ドルから千ドルに単位を上げて「閒」に賭けた。

しかし、賭けが締め切られ、カードが配られると、閒三・庄八で「庄」が勝ってしまう。

庄庄庄庄庄庄／和／庄

目は反転しなかったのだ。

僕は久しぶりに動揺した。単位を大きくして負けたということもあったが、それ以上に、これまで手に入れたバカラに対する考え方がまったく通用しないというところにその理由があった。こんなことは、墓地であの男に数の勢いについて教えてもらってから初めてのことだった。

もういちど数の勢いを見定めてみよう、と僕は思った。

閒　一五六六〇八[九]三

庄　㊃㊇㊆㊆㊁㊈[九]㊇

わからない。そこで次は「見」をすることにした。

閒五・庄六で、「庄」の勝ち。

閒　[九]三五

庄　[九]㊇㊅

最後の二回で、「閒」が三から五になっているのに対し、「庄」は八から六になっている。今度こそ、「閒」に反転するはずだ。僕は二千ドルを「閒」に賭けた。これまでの負けを一気に取り戻そうとしたのだ。しかし、そのテーブルを囲んでいる僕以外の全員が「庄」に賭けた。

僕が「閒」に配られたカードを開くと二と三で合計が五。一万ドルを賭けていた客が「庄」のカードを開くと十と絵札の〇である。二枚では勝負がつかず、三枚目が配られる。まず、僕が途中までゆっくり開けてから、台に叩きつけると一で、合計六になる。庄の側は、これで七か八か九を出さなくては勝てなくなった。

一万ドルを賭けている客が三枚目をめくり上げると、すっと台の上に置いた。それを見て、僕以外のすべての客が歓声を上げた。それは七だったのだ。

それ以後、僕は数の勢いを見定められず、「庄」に賭けると「閒」に目が移り、「閒」に賭けると「庄」が勝つという具合に、雪崩《なだ》れるようにチップを失っていった。残った五千ドルのチップを小さくしてもらい、しかしそれがすべてなくなったとき席を立った。

街に出る気にならなかった僕は、清掃の終わっている部屋に戻るとカバーの上からベッドに寝転んだ。

天井を見上げていると、そこにバカラの台のレイアウトが浮かんできて、勝負のひとつひとつの局面が甦《よみがえ》ってくる。どうしてあそこで賭けなかったのか。どうしてあそこで賭けてしまったのか……。

僕は眼を閉じた。眠いわけではなかった。頭はこれ以上ないというほど冴《さ》えている。

天井にバカラの台のレイアウトが浮かんでくるのがいやで眼を閉じたのだが、閉じれば閉じたで瞼《まぶた》の裏に浮かんでくる。

仕方がない。僕はベッドから起き上がると、ふたたびカジノに降りていった。

一万ドルを崩してもらい、五百ドルずつ賭けていった。しかし、思うように勝てず、じりじりとチップが減っていく。数の勢いに裏切られ、「和」が出たあとの反転も起こらず、負けを早く取り戻そうと賭ける単位を上げ、しかし、上げると決まって負ける。ほんの少し前に犯した過《あや》ちと寸分たがわぬことを繰り返しているうちに、途中から参入したそのシリーズが終わる前に、崩した一万ドルはあらかたなくなっていた。

さすがに、その席を離れたとき、茫然《ぼうぜん》としてしまった。完膚なきまでに叩きのめされてしまった。その結果、営々として溜めてきた二万ドルをわずか数時間で失ってしまったのだ。

5

僕は打ちのめされていた。打ちのめされていたのは失った金額が大きかったからではなかった。もちろん、二万ドルは少ない金額ではない。一香港ドルを十五円とすれば三十万円になる。しかし、その三十万円、二万ドルも、しょせんバカラの台で得たものにすぎない。それをバカラの台で失うことに不思議はない。僕が打ちのめされていたのは、その失い方だった。これはと信じる賭け方に裏切られつづけ、これから先、何を根拠に賭ければいいのかまったくわからなくなってしまっていた。

カジノを出ると足は自然と水坑尾街に向かっていた。はっきり意識していたわけではなかったが、気がついてみると荷蘭園大馬路《ホウランユンダイマーロー》を西墳馬路《サイファンマーロー》へと曲がっていた。それはサンミゲルという名の墓地、西洋墳場に続く道だった。

墓地の門の前には見覚えのある老女が地面に坐《すわ》っている。僕が通ろうとすると、前のときと同じようにぬっとプラスチックの碗《わん》を突き出してきた。ジーンズのポケットを手で探るとコインは一ドルか一パタカの大きさのものしか入っていなかった。とっさに一ドルは多すぎると判断したのだろう。僕はポケットに手を入れたまま通り過ぎた。それなのに、すぐに引き返すと、別のポケットに入っている札の中から、十ドル札を一枚引き抜いて碗の中に放り込んだ。

それが十ドル札であることがわかると、老女はびっくりしたような表情になり、口の中でモゴモゴとつぶやいた。あるいは、精一杯の礼の言葉だったかもしれない。

墓地には誰もいなかった。

僕は正面の礼拝堂に歩み寄り、その中に入っていった。改修されたばかりなのか、真新しいステンドグラスが陽光を受けて床の白いタイルにきれいな模様を作っている。僕は堂の中に並んでいる礼拝用の木製のベンチに坐り、正面のステンドグラスの絵柄を眺めた。

マリアがいて、胸に抱かれた幼いイエスがいる。

この絵柄を見て、人は何を思うのだろう。いや、何を思わせようとしているのだろう。マリアはその我が子が自分より早く死ぬ運命だということを知っているのだろうか。ふと、僕も母のことを思い出しかけたが、軽く頭を振って立ち上がった。

僕は礼拝堂を出て、以前、あの男が煙草《たばこ》を吸っていた石のベンチに腰を下ろした。静かだった。かなり大きな通りである荷蘭園大馬路からさほど離れていないというのに、街の喧噪《けんそう》がまったく届いてこない。

あちこちの墓に立っている石像の天使たちも、空を見上げたり、遠くに視線をやったりしながら、無言でたたずんでいる。頰に緑の苔《こけ》がついている天使は、やはり今日もまるで緑の涙を流しているように見える。幼い子を亡《な》くした親は、あの天使たちを我が子のように思うのだろうか……。

そのとき、不意に声がした。

「まだいたのか」

驚いて声のする方に顔を向けると、そこにあの男が立っていた。

「ええ、まだいました」

「もう、とっくに帰っていると思っていた。負けて、一文なしになって」

「負けましたが、一文なしにはなっていません」

僕が気圧《けお》されまいと強い調子で言い返すと、男は微かに笑いながら言った。

「そいつはよかった」

しかし、その言葉には僕に対する軽い蔑《さげす》みが含まれているように思えた。

「ここで何をしてる？」

「あなたを待ってました」

そう言ってから、自分が何をするためここに来たのかが初めてわかったような気がした。

「俺を？」

「ええ、あなたを」

男は僕の隣に腰を下ろすと、シャツの胸のポケットから煙草の箱を取り出し、一本抜き出してから、手に持っていた使い捨てのライターで火をつけた。

その指先をなんとなく見ていると、爪《つめ》の先に黒い垢《あか》がたまっているのに気がついた。視線を僕の膝《ひざ》の上に落とすと、自分の爪先にも同じような垢が少したまっていた。チップをやり取りしているうちに、そこについている微かな汚れが爪先にたまるのだろう。これがチップの垢、金の垢、博打《ばくち》の垢なのだろうか……。

「どうしてだ？」

不意だったのでうまく意味が取れなかった。僕が男の横顔に視線を当てたまま答えられないでいると、また言った。

「どうして俺を待っていた」

僕はそれに直接答えることなく、少し間を置いてから言った。

「数に勢いなんてありませんでした」

すると男はごくあっさりと言った。

「そうか」

「数に力なんてなかったし、リズムなんていうものもなかった」

僕が少しむきになって言いつのると、男はうんざりしたような口調で言い放った。

「当たり前だ」

「えっ？」

僕は何を言っているのだと思った。前に会ったときに確かにそう言ったではないか。

「そんなものがあるはずもない」

男がつまらなそうに言った。

「でも、数には勢いがあると、あなたは……」

「口から出まかせだ」

「そんな……」

僕はどう応じればいいかわからず、そこで口ごもってしまった。

「いや、出まかせでもない」

男は言い、さらに言葉を継いだ。

「だが、それだけでバカラに勝ちつづけられるような魔法の言葉でもない」

確かに、僕はそれを魔法の言葉のように受け取ってしまった。

「おまえは数の勢いを頼りに賭けていった。最初は調子よく勝っていたが、やがて負けが込むようになった。そうなんだろ」

僕は黙ってうなずいた。

「おまえは馬鹿《ばか》か？」

その言葉の強さのわりには、僕への嘲《あざけ》りの気配があまり含まれていないように感じられた。

「見ず知らずの他人が、それもたったいちど話しただけの相手に、博打の勝ち方などという大事なことを教えると思うか」

僕は絶句した。どうしてこの男がバカラの真理を教えてくれたなどと簡単に思い込んでしまったのだろう。

「そんなことを信じる奴《やつ》は単なる馬鹿かとんでもないお人よしだ。違うか？」

そのとおりだった。

「人は他人にそんなに簡単に大事なことを教えたりしない」

僕がさらに打ちのめされて黙っていると、男はひとりごとのようにつぶやいた。

「だが、人はときに大事なことを他人に教えたりもする。言わなくてもいいことを口にし、しなくてもいいことをやってしまう」

「……………」

「馬鹿なことにな」

そこで、男は自嘲《じちょう》するように笑った。

「数に勢いなんてあるわけがない。数は数だ。数には力なんてものも、リズムなんてものもありはしない。しかし、おまえは、あるときまで数に勢いを見出《みいだ》し、数のリズムに乗ることができた」

「ええ……」

「そして、あるところまでは勝つことができた」

僕はうなずいた。

「それは、おまえが信じることができたからだ。数に勢いがあるということを信じられた」

確かに僕は信じていた。

「信じたおまえは強く賭けることができた」

僕は黙ってうなずいた。

「バカラでは、強く賭けられなければ勝てないんだ」

その口調には、もう僕を嗤《わら》ったり、逆に自嘲したりするような気配はなかった。

「強くというのは、多くということですか」

僕は訊《たず》ねた。

「いや、賭ける額の大小ではない。これは勝てる、と強い思いで賭けられるかどうかということだ」

強い思い……。

「強い思いで賭けつづけられる奴だけが勝つことができる。迷いはじめたら、もうその時点で負けなんだ。迷って賭けても勝つことはある。目が出る確率は五分五分だからだ。しかし、その勝ちが強い思いを生まなければ、次の勝負で必ず負ける」

今日の僕がまさにそうだった。

「もうおまえは数の勢いを信じて賭けることはできない」

確かに、いまやもう、数の勢いという言葉に以前のような輝きが感じられない。

「強く賭けることのできる拠《よ》り所《どころ》がない」

そうだ。では、どうしたらいいのだろう。僕はもうバカラでは永遠に勝てないのだろうか。

ぼんやりしていると、男がいきなり言った。

「おまえは出目表をつけながら賭けているのか」

「ええ」

「どうつけている」

「どうというのは……」

「カジノでくれるあの用紙を縦に使っているか、横に使っているか、どっちだ」

「縦です」

「そうか……」

男はそこで間を置くと、また訊ねてきた。

「中国人が横にして使っているのは知っているか」

僕はうなずいた。

しかし、それがどのような原則によってつけられているかまではわからなかった。僕は、数の勢いを見極めるためには、庄と閒に出た数字を書き込みながら、勝った方を○で囲むというつけ方が最上のものだと思い込んでいた。だから、中国人のつけ方を馬鹿なものだと無視していたのだ。

「出目表は目の流れを書きとめようとするものだ。縦につけると庄が勝ったか閒が勝ったかという流れの変化がわかる。しかし、基本的には変わったということしかわからない。中国人はどのように変わったかを知りたいと思ったんだ」

「どのように？」

「そうだ。そこで、横にしてつけてみることにした。同じ目が出たときは縦に下ろす。目が変わったときは横の列に移動する。つまり、庄と閒とを一列ごとにつけることにしたんだ。赤と青で色を変えながら」

なるほど、カジノ側が出目表と一緒にくれるボールペンが青と赤の二色になっているのはそのためだったのか。

「もし勝った目が庄庄庄と三回続けば、赤の○が縦に三つ続く。次に間が勝てば、列を変えて青で○をつける。次が庄ならまた列を変えて、そこに赤で○をつける。そうすると何がわかる？」

「庄や間の勝ちが何回続いたか」

「そうだ。しかし、それだけじゃない。縦につけていたのでは決して見えなかった絵柄が見えてくる」

「絵柄……」

「繰り返し、いやパターンと言った方がわかりやすいかもしれない。その場の出目がどんなパターンを描いているのか、一目瞭然《いちもくりょうぜん》でわかる」

僕は男の言ったことを頭の中で描いて見た。

庄　庄　庄　間　庄

これが、いまの男の説明だと、次のようになる。

庄庄庄

閒

庄

僕が黙っていると、男がさらに言った。

「その次に、庄庄閒と出たらどうだ」

僕は頭の中の出目表にそれを付け加えた。

庄庄庄

閒

庄庄庄

閒

庄と閒が規則的に出ていることがわかる。

「そこにパターンを見いだすことができれば、中国人はそのパターンを追おうとする」

「確かに、そういえば……」

「庄が三回、閒が一回、そしてまた庄が三回、閒が一回と出たら、中国人は絶対に次は庄に賭ける」

僕もそう思う。そういう状況に遭遇したことが何度もあった。

「閒が二回、庄が二回、閒が二回続くと、次は……」

たぶん「庄」に賭ける。全員が相談したかのように揃《そろ》って同じ目に賭けるのだ。

「俺にもよくわからないが、たぶんそれは中国人の考え方の根本にあるものと関わっているような気がする。歴史観のようなもの、と言ったらいいのかな」

男の口から歴史観などという言葉が出てきても、僕はまったく違和感を覚えなかった。男が語っているのは、博打の勝ち負けについてだったが、もっと大きなものについて語っているような気がしたからかもしれない。

「中国人はこう思っているんだろう。歴史は常に同じことを繰り返しつつ、世の中には新しいことが起きる。すべてはパターンに解消できるが、そのパターンの中からパターンを食い破るものが出てくる。たぶん、中国から伝わってきた八卦《はっけ》というのもそういうものだ。ゼイチクと算木《さんぎ》の組み合わせによって未来を予見しようとするが、すぐれた八卦見はその組み合わせの中に既定の読み以外のものを読むことができる。その読みが当たるかどうかはどうでもいい。大事なのは、パターンの中にパターンを逸脱するものがあるということを知っているかどうかということなんだ……」

そこまで、空に浮かんでいる雲の方に眼をやりながらひとことひとことを吟味するようにゆっくり語っていたが、ふと自分のしている行為に気づいたかのように男はとつぜん自嘲気味に言った。

「まあ、これも、中国人の受け売りにすぎないけどな」

たぶん、そんなことはないはずだった。それは、男が何年もマカオで暮らすうちに到達した中国人観のようなものだったのだろう。そして、その中国人観は、カジノの中で磨き上げられることで堅牢《けんろう》なものになっていったのだろうと思わせる確かさがあった。

「彼らにとって重要なのはパターンだ、絵柄だ」

僕が男の言葉を反芻《はんすう》していると、男がぽつんとつぶやいた。

「どれもこれも、すべて、信じるためだ」

男はそう言うと、短くなった煙草を口元にもってきて大きく吸い込んだ。そして、立ち上がると、前に会ったときと同じように、頬に手をやっている天使の立っている墓に歩み寄り、その花立ての中に吸い殻を投げ入れて戻ってきた。

「硬貨を持っているか」

僕の隣に坐り直すと、男が訊ねた。

「いくらのですか」

「裏と表がわかればいくらのでもいい」

ジーンズのポケットに、物乞《ものご》いの老女に渡しそこねた一ドルか一パタカ硬貨があるのを思い出した。ポケットを探って取り出すと、それは香港の一ドル硬貨だった。

「貸してみろ」

男に渡すと、裏と表を引っ繰り返しながら言った。

「どっちが表で、どっちが裏かはわからない。日本にいるとき、数字が大きく書いてある方が裏だと聞いたことがある」

そして、僕に花の絵が描いてある方を見せた。

「たとえば、こっちを表とする」

以前、巨匠と来たときについてくれた中国人のコーディネーターによれば、中央に大きく描かれているその花は香港のシンボルともなっている花で、俗称を香港蘭というらしい。

「俺が硬貨を宙に放り投げたら、裏か表か当ててみろ」

男はそう言うと、右手の親指の先でコインを弾《はじ》き飛ばした。そして、勢いよく回転しているコインを空中で摑《つか》むと、左手の甲の上に叩きつけた。

「裏か、表か」

「わかりません」

「どっちでもいいから言ってみろ」

僕は当てずっぽうで答えた。

「裏です」

男が右手をどけると、左手の甲の上にあるコインには、1という数字が大きく書かれていた。

「当たりだ」

そう言い終わらないうちに、男はまたコインを弾き飛ばし、宙で摑むと左手の甲の上に叩きつけるように置いた。

「どっちだ」

「裏です」

しかし、男が開けると香港蘭の絵の側が出ていた。表だ。

これで一勝一敗ということになる。

男がまたコイントスをして言った。

「どっちだ」

「表です」

手をどけると、1の文字が見える。裏だった。

これで一勝二敗。

男はすぐにコイントスをした。

「どっちだ」

「裏です」

男が手をどけると、また1の文字が出てきた。

これで裏が二度続けて出たことになる。僕の成績は二勝二敗の五分になった。

「いいか」

そう言い終わらないうちに、男はトスしたコインを左手の甲にのせた。

「どっちだ」

「裏です」

「裏でいいか」

そう言われて、かえって裏という確信が増した。

「いいです」

男が右手を取り去ると、そこには1の大きな文字があった。

裏が三回続けて出て、僕はそのうちの二回を当てたことになる。

男はそのことについては何も触れず、またコイントスをした。

「どっちだ」

そこで僕は迷った。単純なコイントスで同じ目が四回続けて出てくる確率というのはどのくらいあるのだろう。さすがに次は表が出るのではないか。

「表です」

男が左手の甲から右手を取り去ると、その上にはまたもや1の大きな文字が現れた。今度も裏だったのだ。

「はずれました」

男は僕のその言葉に反応せず、コイントスを続けた。

「どっちだ」

僕にはまったくわからなくなってしまった。

コイントスでひとつの目が五回も続くなどということがあるだろうか。たぶん、今度は表だろう。しかし、そう思いながら、四回目の裏をはずしてしまったことで、今度も裏ではないかという強い引っ掛かりが生まれている。

「……わかりません」

男が右手をどけると、そこにようやく香港蘭の絵が出てきた。表に変わったのだ。

「出た目は、裏、表、裏、裏、裏、裏、表、だった。本当はもう少しやらなければならないかと思っていたが、途中でうまい具合に裏のツラ目が出てくれた」

「ツラ目？」

僕の問いかけを無視して、男が言った。

「いまのコイントスで、おまえには何がわかった」

「僕は三勝三敗一引き分けでした」

「表面上はそういうことになる。しかし、実際は四勝三敗と、ひとつ勝ち越すチャンスを失ったんだ」

どういうことだろう……。

「裏が三回続いたあとで、おまえは賭《か》ける目を表に変えてしまった。もちろん、表になる可能性も半分ある。だが、かりに表になったとしてもいいから、あそこは裏に賭けておかなくてはならないんだ」

どうしてですか。僕は黙ったまま問いかけた。

「人は変化を当てることはできない。だが、変化しないことを当てることはできる。いや、変化しないということしか当てられないと言ってもいい」

「………」

「無意識だったろうが、おまえは一貫して出た目と同じ目をコールしつづけていた。最初の裏を当てると、次も裏と読んで、はずしてしまった。すると、次は出た目である表とコールしてはずれた。裏が出たからだ。そこで今度は裏とコールした。そして、実際、裏が出て当たった。次も、裏で当てた。しかし、裏が三回続いたとき、不安になってしまった。そんなに同じ目が続くものだろうかとな」

男の言うとおりだった。

「そこで、初めて、前に出た目から変えてコールした。ところが、そこではずれてしまうと、もうどちらに賭けていいかわからなくなってしまった。おまえは引き分けと言うが、そうじゃない」

「………」

「おまえも普通の人間でしかないということだ。丁半《ちょうはん》博打をすると、とりわけ実際に金を賭けていると、人は当たった目と同じ目に賭けていこうとする傾向があるんだ。ところが、同じ目が続きすぎると目を変えたくなってしまう。そこではずれてしまうと、次はどう賭けていいかわからなくなって、うろたえてしまう」

　まさに僕の姿だった。

「おまえが裏に賭けつづけていれば、かりに表が出たとしてもうろたえはしなかったはずだ。単に、そこでツラ目が切れただけだからだ。その新たに出た表を基本に次の目を考えることができる。ところが、表に賭け直してしまったために、次がはずれただけではなく、その次まで賭けられなくなってしまった。それは引き分けではなく、実質的には負けに等しい」

　そこで息を継ぐと、男はいくらか強い調子で言った。

「ツラ目は最後まで追うんだ。追い切るんだ」

「ツラ目……」

「丁半博打で目が一方に片寄るのを日本ではツラ目という。連なる目と書くんだろう。そうではなく、二つの目が互い違いに不規則な出方をするのはモドリ目、あるいはヌケ目という。戻る目、抜ける目というわけだ。中国語ではツラ目をレンジュー、英語ではストリークと言ったりするらしい」

「ツラ目にモドリ目……」

「バカラには三つの流れしかない」

「庄か、間か、和か……」

僕が言うと、強い口調で否定した。

「違う。庄のツラ目か、間のツラ目か、どちらともつかないモドリ目か。バカラにあるのはその三つの流れだ。バカラで勝つためには庄であれ間であれ、ツラ目を摑まえなければならない。不規則に揺れ動くモドリ目を正確に当てることなど誰にもできないからだ」

さっきも、人は目が変化しないということしか当てることができない、と言っていた……。

「バカラに勝つためにはまず賭けなくてはならない。しかも、強く賭ける必要がある。強く賭けるためには確信がなくてはならない。次の目という一点に限れば、どちらも確率は五割だ。半分だ。ツラ目の次に逆の目に反転するかもしれないし、モドリ目の次に同じ目が出るかもしれない。しかし、信じられれば強く賭けることができる。モドリ目のときの次の目には確信が持てないが、ツラ目のときの次の目は確信が持てる。同じ目に賭ければいいんだから、強く張れる」

ツラ目とモドリ目、ツラ目とモドリ目……。僕は胸のうちで何度もつぶやいていた。

「問題はどうやったらツラ目を摑まえられるかということだ」

「なにか、それを摑まえる方法があるんでしょうか」

僕が訊ねると、男は冷淡な口調で言った。

「そんなことは自分で考えるんだ」

6

男はまた煙草を一本、箱から取り出した。それに火がついたところを見はからって、僕は口を開いた。

「なんであんなことをしているんです」

「あんなこと？」

男が煙草を口元から離して訊《き》き返した。

「他人のチップをかすめ取るようなことです」

「金がないからだ」

「でも、十万ドル以上勝っているところを見たことがあります」

「いや、勝ってなんかいない。いつのことを言っているのかわからないが、席を立たなければ、勝ちは確定しない。途中でいくらチップがあっても、それを勝ちとは言わないんだ。そして、俺は最後に負ける」

「どうして勝っているところでやめないんです」

するとと、男は皮肉な笑いを浮かべた。

「どうしてやめなけりゃならないんだ」

「金が残ります」

「金が？」

「ええ」

「おまえは金がほしいのか」

そう言われると、突然わからなくなってしまった。マカオに来た最初の夜に、所持金をきれいに使い果たしてしまおうと思った瞬間があったが、バカラをやっていくうちに金を失うのが惜しくなってきた。しかし、金がほしいのかとあらたまって訊かれると金そのものがほしいわけではないような気がする。バカラをやりつづけるには金がなくなってはいけない。ただそれだけのように思える。

「金なんかどうでもいい」

男が強い口調で言った。

「でも……」

「金じゃないんだ」

「それなら、何です」

するとと、男は自嘲するように少し口を歪《ゆが》めて言った。

「……世界だ」

僕はその言葉を聞いたとき、ゾクッとした。そして、自分の体に本当に鳥肌が立っているのがわかった。あまりにも荒唐無稽《こうとうむけい》な言葉だが、その男の口から出てくると確かな重みのある言葉に変わった。

「俺には偶然の勝ちは必要ない。絶対の勝ちを手に入れたいんだ」

「五万ドル、十万ドル勝っても、絶対の勝ちではないんですね」

「そうだ」

「それまで、あんなことをしつづけるんですか」

僕が当てたチップを横取りしたように、おのぼりさん風の客からチップをかすめ取ってしまう。

「たぶん」

「危険じゃありませんか」

「カジノのスタッフは見て見ないふりをしてくれることになっている」

「あいつらが俺の行為を見逃してくれているのは、カジノにも益があるからだ。俺はその金を外に持ち出さない。すべてバカラの台で賭ける。俺が席に着くと場が盛《さか》る。勝っても負けても、だ。そして、最後にはその勝ちを吐き出すのがわかっている。そう、持ちつ持たれつだ」

「どうしてです」

「あのとき、何と言ったんですか」

「あのとき？」

「僕のチップを横取りしたときです。中国語で何か言いましたよね」

「ああ、あのときか」

「何て言ったんですか」

「俺の台詞《せりふ》はいつでも同じだ。タイ・メッイエー・ア・レイ、と言ったはずだ」

「タイ・メッイエー・ア・レイ……」

僕が口の中で繰り返していると、男が僕のシャツの胸のポケットに刺さっているボールペンに眼を留め、言った。

「借りるぞ」

男は僕が返事をする前に抜き取り、そのボールペンで煙草を指に挟んでいる左の手のひらに文字を書いた。

睇咩嘢呀你

「どういう意味ですか」

「おまえの眼は節穴か」

なるほど。それを客のひとりが口真似《くちまね》し、台の周囲にいた客たちが声を合わせて笑った。

「だが、おまえの眼は節穴じゃない」

男が指に挟んだ煙草を口元に運び、ひとくち吸ってから言った。

「おまえはいい眼をしている。視力がいくつかは知らない。だが、間違いなく視《み》る力がある。バカラに必要なのは視る力だけなんだ」

なんとなく巨匠の言葉を思い出させる言い方だった。それが僕にちょっとした冗談を口にする余裕を与えてくれたのかもしれない。

「人は大事なことを教えたりしない、はずですよね」

すると、男はほんの少し口元を緩めて言った。

「でも、ツラ目とモドリ目という大事なことを教えてくれた」

「それも口から出まかせだ」

「たとえ出まかせでも考えるきっかけにはなります」

男は急に表情を引き締めて僕を見た。

「わかったか」

「えっ？」

「丁半博打は、すべてが偶然だ。出る目に法則などありはしない。だから、勘に任せて張るしかないとも言える。しかし、それではカジノに払うコミッションだけ失っていくことになる」

そして男はひとことずつ区切るように言った。

「客にとって、武器になるのは認識だけなんだ。バカラは認識のゲームなんだ。どのようにバカラというゲームを見て、考えて、認識するか。必要なのは、その眼だ」

バカラは認識のゲームだという。

それは眼の前が一瞬にして明るくなるような言葉だった。

もしバカラに必要なのが勝負の勘だとかツキだとか言うのなら、僕には勝つ資格はないかもしれない。あるいは、競馬のようにデータだとか知識が必要とされるのなら、これも無理だ。しかし、大事なものが眼だけだとすると……。

「名前は？」

男がふっと表情を緩めて訊いてきた。

「伊津《いづ》です。伊津航平です」

「コウヘイか……」

「僕も、あなたの名前を訊いてもいいですか」

「ああ。俺は、リュウ、と呼ばれている」

「劉邦《りゅうほう》の劉ですか」

「若いのにずいぶん古いことを知ってるな」

男が皮肉っぽく言った。

「父親が小さいころ三国志のマンガを買ってきてくれたんです。あとにも先にも親父《おやじ》が買ってきてくれた本というのはそれだけでしたけどね。何だって、あんな妙なものを買ってきてくれたのかいまでもよくわからないんですよ」

「しかし、おまえはそれをよく読んだ」

「ええ。劉邦の家来のそのまた家来の名前を覚えるくらいまで」

「元気か？」

「えっ？」

「箸《はし》の持ち方が上手なおまえの親父さんだよ」

「死にました」

「そうか……」

　そこで男は黙ってしまった。

　どうしようかと思った。それ以上、話すべきかどうか。しかし、僕は話してみたくなった。これまで誰にも話してないことだった。別れた恋人はもちろんのこと、巨匠にすら話していなかった。それを、名前も定かではない男に話そうとしている自分がよくわからなかった。

　だが、僕が口を開く前に、男が言った。

「この前、確か、バカラをしていると自分の心が覗《のぞ》けると言っていたな」

「ええ」

「覗いて、何が見えた」

「賭けるべきところで賭けられず、賭けてはならないところで賭けてしまう愚かな自分です」

「それはおまえだけのことじゃない」

「それと……危険に向かって接近していきたくなる自分です」

「接近して悪いか？」

「破滅します」

「破滅してなにが悪い」

意外な言葉に僕はたじろいだ。

「博打は破滅するためにやるもんだ」

「そうでしょうか」

「しかし、本当に破滅するということはそんなに簡単じゃない」

「そうでしょうか」

「何か言いたいことがあるのか」

「自殺しました」

「誰がだ」

「父です」

僕が言うと、男は何か言いかけたが口をつぐんだ。

「信用金庫の金を使い込み、一発勝負の博打をしたあげく、自殺したんです」

「真面目《まじめ》だったんだろう?」

「そう思ってました、母も、僕も」

ほとんどたいした趣味のない真面目一筋の父にひとつだけ好きなことがあった。それは、電車だった。正確には電車の車両だった。電車に乗ると、その車両の型と製造番号をすべて控えておく。そして、どこかの地方に行き、お下がりの電車が走っていると、それが自分の乗ったことのある車両かどうか手帳を出して調べる。それでどうするというわけでもなく、満足して帰ってくるのだ。

土曜が半ドンのときは勤め先から直接、土曜が休日になってからは、朝早く旅に出ていた。それはどんなときにも変わらず、僕の運動会のときにも旅行を取りやめることはなかった。土曜になると、小さなバッグを持って家を出る。そして、日曜の夜になると帰ってくるのだ。

母は、無趣味の父の唯一《ゆいいつ》の趣味だからと大目に見ていた。土曜と日曜にはいなくなるが、平日は同僚と酒を飲むでもなくまっすぐ家に帰ってくる。こんなにいい夫はいないと。

しかし、父は二つの家庭を持っていたのだ。

月曜から金曜まで母と僕がいる家で過ごすと、土曜と日曜はもうひとつの家で過ごす。もうひとつの家には僕より二歳下の女の子がいたというのはあとから知った。

父が勤めている信用金庫に異変が起きたのは、高齢の理事長が倒れてからだった。新しくなった経営陣は、外部のいかがわしい不動産業者と手を組み、高収益を上げるはずの事業に無理な投資をした。それがことごとく失敗して、経営が苦しくなってきた。以前の収入のままなら二つの家庭を維持できたはずが、まずボーナスが出なくなり、給料もカットされるようになってきた。徐々に金の計算が狂ってきて、父は信用金庫の金に手をつけはじめた。

金額が少ないこともあり、監査体制の甘いこともあったため、何年かは露見しないで済んでいたが、いつわかってしまうかと脅えるようになった。それが重荷になり、あるとき、一気に挽回《ばんかい》しようと考えた。大きな金を引き出し一発勝負の博打を打った。その博打が何だったのかは死んだあともわからなかった。たぶん競馬か競輪や競艇のような公営ギャンブルだったのだろう。いずれにしても、結果は敗北だった。そこで、父は自殺した。横領した金の合計は自分の生命保険できっちり返済できる額だった。

僕が博打から遠ざかろうとしていたのは、自分に父と同じ血が流れているのを恐れていたからだ。逆転を狙《ねら》って一発勝負に打って出てしまう。そんな愚かな行為をする自分を見たくなかった。

僕が父の話を終えると、劉という名の男が遠くに眼をやりながら自分に言い聞かせるような口調で言った。

「それは博打で破滅したんじゃない」

そして、少し間を置いてゆっくり言った。

「おまえの親父さんは、博打で破滅したわけでもなければ、一発勝負によって破滅したわけでもない」

では、父は何によって破滅したというのだろう。

「二つの家を持ったとき、おまえの親父さんはすでに破滅していたんだ」

「でも、博打の一発勝負で負けていなければ、収拾も可能だったかもしれません」

僕が言うと、劉という名の男が言った。

「どんな風にだ」

「もし一発勝負に勝つことができたら、使い込んだ金の穴埋めをして、どちらかの家と縁を切る……」

「そんなことができるくらいなら最初から使い込みなんかしていない」

それは僕にもわかっていたような気がする。

「たぶん、二つ目の家の女性と知り合ったのも単なる偶然だったんだろう。しかし、おまえの親父さんは真面目だった。几帳面《きちょうめん》に二つの家を維持しているうちに、維持していくことが目的になってしまった。それだけに心を砕いているうちに、どちらの家にも心がなくなってしまった」

確かに父は家に心はなかったような気がする。それは幼いながらに僕も感じ取っていた。三人で食事をしていても、そこに団欒《だんらん》というようなものは存在していなかった。父は自分の心がそこにないことを隠すために僕の箸の持ち方を注意しつづけていたのかもしれない……。

「心を二つにすると、どちらにも心がなくなる。きっと、親父さんはどちらの家にいても不幸だったろう。庄でもなく聞でもなく、永遠に和の状態にいることなど誰にもできはしない。いつか、思いもかけないかたちで暴発せざるをえない。それが、おまえの親父さんの場合には、金といういちばんわかりやすいかたちであらわれただけなんだ」

聞いているうちに、ふと僕は思った。この劉という人も、かつて二つの家を持っていたことがあるのかもしれない。いや、家というのではなく、心を二つにしなくてはならない何かが……。

劉……さんは言葉を続けた。

「それに、たとえ起死回生の一発勝負に勝ったとしても同じだったろう。一度でも一発勝負をしたことのある奴《やつ》は、もうあとに戻ることができないものなんだ」

僕には劉さんの言っていることの意味がよくわからなかった。劉さんはそれを察してくれたのか、嚙《か》み砕くように続けた。

「ワン・ショット、一発勝負、一か八かの怖さは、それに中毒するということだ。こつこつと時を刻むような人生を送っていても、それは一発勝負をするためのプロセスにすぎなくなる。すべてを賭けることの恐怖と、それを乗り越えたときの解放感と、当たったときの快感。それを忘れることなど誰にもできないからだ」

そこで、少し調子を変えて言った。

「しかし、一発勝負は常に敗れる。一発勝負に一度は勝てるかもしれない。それで終われれば勝ちで終われる。しかし、一度で終われる奴はいない。それを二度繰り返せば、一発勝負ではなくなってしまう。そして、その二度目は、限りなく敗北に近づく。一発勝負をしようとしている奴を見たら、そいつの賭けている目は避けるべきなんだ。一発勝負は基本的に敗れることになっている。そこで大事なのは、一発勝負を必要とする状況に持っていかないということなんだ」

「…………」

「おまえの親父さんも、もし最初の一発勝負で使い込んだ金が取り戻せたとしても、いつかまた同じことをして負けていただろう。遅かれ早かれ、親父さんの二重生活は破綻《はたん》していたはずだ」

一発勝負は基本的に敗れることになっているという。父もたとえ一度勝ったとしてもいつかまた同じことをして負けていただろうという……。

僕がぼんやりと胸のうちでその言葉を反芻していると、劉さんがいきなり訊ねてきた。

「いくつで死んだ」

「親父ですか」

「そうだ」

「四十五です」

「そうか……」

そして、別に僕を慰めるというでもなく、静かな口調で言った。

「早すぎるようだが、親父さんは二つの家を持っていた。もうひとつの家で生きた年月を足せば、悪くない齢《とし》まで生きたことになるかもしれない」

そんな考え方をしたことはなかった。しかし、そうだとすれば、ひょっとしたら、父はこの劉さんと同じくらいの齢まで生きたということになるのかもしれない……。

僕が久しぶりに父親の姿を思い浮かべていると、劉さんが唐突に言った。

「嘘《うそ》だったな」

僕はなんのことを言われているのかわからず、ただ劉さんの顔を見た。

「あの箸の話だ」

「………？」

「俺もすっかり信じ込んでしまった。俺の箸の持ち方は中国人とは違う。しかし、よく見てみると、中国人にもいろいろな奴がいることがわかった。確かに俺は魚の骨を床や路上に吐き出さない。しかし、これもすべての中国人が吐き出すわけではない。ただ、おまえの言い方があまりにも自信に満ちていたために引っ掛かってしまった」

「引っ掛けるなんてつもりは……」

「いいんだ。別に腹を立てているわけじゃない。引っ掛かったあげく、ぺらぺらとくだらないことを喋《しゃべ》ってしまったのは俺の責任だ。きっと、おまえには、俺が日本語を喋りたいと思わせる何かがあったんだろう」

「僕はすっかり信じていました」

「何を」

「劉さんの箸の持ち方や魚の食べ方を見て、絶対にこの人は日本人だと」

「それだ」

「えっ？」

「おまえは俺を日本人だと強く信じた。だからおまえは自信を持って俺に言うことができた。それによって俺もお前の言葉を信じてしまうことになった。バカラも同じだ」

なるほど、そういうことか、と僕は思った。

「強く信じたときだけ強く賭けることができる……でしたね？」

「そうだ、現実を動かすことができるのは強く信じることができたときだけなんだ。だから、誰もが強く信じられる材料を求めて、出目表を穴のあくほど見つめる」

大事なことは「見る」ことだという。そして僕にはその「視る力」があるはずだという。それは巨匠が僕に常に言っていたことと通じるものがある。

確かに、僕には、人の表情を一瞬見ただけで、その人が何をどう思っているかわかってしまうようなところがある。何を望んでいるのか。何を不満に思っているのか。

もしかしたら、それもひとつの能力なのかもしれない。

しかし、かりにそれが能力だとすれば、どうして僕の身につくことになったのだろう。

ふと、子供の頃の家の情景が浮かんだ。夕食後、親子三人でテレビを見ている。だが、気がつくと、父がふっと遠い眼をしている。テレビを見ながら見ていない。画面の向こうのどこかに眼をやっている。まだ、小学生の子供の頃だ。秘密を持っているとまでは思わなかったが、いま思えば、屈託を抱える、という言葉がふさわしいような様子だったことは感じ取っていた。あるいは、幼い僕は常にその父の遠い眼の理由を知りたいと思っていたのかもしれない。そして、ぼんやり考えていた。お母さんはどうしてお父さんのこの様子が気にならないのだろうと。だから、父にもうひとつの家庭があったということを、怒りのあまり抑制のきかなくなった母の口から聞かされたときも、それを信じられないこととは思わなかった。そうだったのか、と納得しただけだった。しかし、それでも、父の、あの遠い眼が、ただもうひとつの家庭を思ってのことだったかどうかはわからないという、微《かす》かな疑問のようなものは残った。何かを考えているような、何かを思い出しているような不思議な眼だった。

東京の家を売り払い、ローンを清算して山陰の祖父母の家で暮らすようになって一年になろうという頃、母がトラックの運転手と駆け落ちした。だが、そのときも、そうだったのか、と思っただけだった。僕はその数カ月前から母の変化に気がついていたからだ。気分の上下が激しくなり、意味もなく僕を叱《しか》ったり、逆に気味が悪いほど機嫌を取ろうとしたりしていた。母がどうしようか何かに迷っているということが、僕にはなんとなくわかっていた。

祖父は、どうせ相手の男の目当てはあいつの持っている小金だろうから、家を売った金がなくなったらひとりですごすごと戻ってくるだろう、と言っていた。しかし、母はついに戻ってこなかった。いまでも、どこでどう暮らしているか僕は知らない……。

僕がぼんやり考えていると、遠くから声が聞こえてきた。

「あの中国人の出目表のつけ方をダイロと言う」

劉さんの声だった。

「ダイロ……ですか？」

僕が我に返り、少し慌《あわ》てた口調で言うと、劉さんはまだ右手に持っていたボールペンで、左の手のひらに書いた。

大路

なるほど、大きい通りか、と僕は意味もなく思った。

「それ以外にも、小路《ショウロ》とか大眼仔《ダイガンチャイ》とかいった記入方法がある」

劉さんは手のひらに漢字を書き加えながら言った。

「その二つも、単にいまよりいくつ手前の勝負を軸にして考えるかの違いで、根本的には大路を基本にして規則性を探るという点においては変わりない。だから、同じように横につけていく」

そう言えば、中国人がつけている出目表には、大路をつけている下の部分に、小さく、それとは異なる二つの表がつけられていることがある。

いずれにしても、中国式の出目表のつけ方には、縦にしていたのではわからないバカラの秘密が隠されているのかもしれない。

僕は、出目表を縦から横にしてつけることでどのような世界が広がるのか、胸の奥がちりちりと小さな音を立てて燃え上がるような興奮を覚えていた。

そして思っていた。早くリスボアに戻ろう、戻ってバカラの台の前に坐《すわ》ろう、と。

第五章　しゃらくさい

1

世界は二つの要素で成り立っていた。

たとえば男と女、たとえば陽と陰、たとえばプラスとマイナス。それらと同じように、バカラは、「バンカー」と「プレイヤー」と「タイ」、つまり「庄」と「閒」と「和」ではなく、「ツラ目」と「モドリ目」の二つで成り立っていた。

あの劉という人は、バカラには三つの流れがあると言っていた。「庄」のツラ目と「閒」のツラ目、そしてそのどちらでもないモドリ目の三つの流れがあるのだと。しかし、「庄」のツラ目も「閒」のツラ目も、目が連なるという本質においては変わらない。バカラの目は、連なるか、連ならないかという違いがあるだけだったのだ。

その連なる目、ツラ目を把握するには、出目表《でめひょう》の記入の仕方も、劉さんの言っていたとおり、中国人が用いている横書きの方が向いていることがわかった。

バカラの台の上に置かれた出目の表示盤は、ケースの大きさの都合によって七回ごとに折り返されているが、ただ機械的に出た順に目を並べているにすぎない。

　庄庄閒庄閒閒
　庄閒庄庄閒庄閒
　閒閒閒

　これを、欧米人がしているように表を縦にしてつけると、同じ出目がこう表記されることになる。

　庄庄　庄　　庄　庄庄　庄
　　閒　閒閒　閒　閒　閒閒閒閒

　これは、ルーレットの台で、赤と黒の数字のどちらが出たかがわかるようになっているのと同じ表記の仕方だ。
　ところが、中国人の表記の仕方だと、視覚的にまったく異なるものになる。

庄庄
間
庄
間間間
庄
間
庄庄
間
庄
間間間間

欧米式の記入法は目の流れがよくわかるようにつけられているのに対し、中国式は目の連続性、あるいは非連続性が瞬時にわかるようにつけられている。

この中国式で出目をつけていくと、連なる目、ツラ目として認識されるのは三回以上同じ目が出たときであるということがわかる。二回ていどでは、まだモドリ目の領域でしかないのだ。

墓地で、劉さんの口から初めてツラ目とモドリ目という言葉を聞いた直後、リスボアのカジノに戻った僕は一楼のバカラの台に直行した。

もちろん、席に空いているところはなく、背後にも多くの客が群がっていた。僕は席に坐《すわ》っている中国人の客がつけている出目表を覗《のぞ》き込んだ。

そこにはこう記されていた。

庄
閒
庄
閒閒和
庄
閒
庄庄
閒

同じ目が二回を超えて続くことなくすぐに変わってしまう。典型的なモドリ目の場のようだった。劉さんによれば、場がモドリ目のときに客が勝つことは難しいという。たぶん、そのせいもあったのだろう。しばらく見ていると、眼の前でチップを減らしつづけていた客が不意に席を立った。僕は反射的にポケットの中にあった一ドル硬貨をその席に投げ入れた。投げ入れられた硬貨は、台の上に記されている席の番号を示す九という数字の上にピタリと収まってくれた。

僕は、坐った直後の勝負に五百ドルを賭《か》けた。賭けたのは「庄」だった。特に理由はなかったが、なんとなくその前の勝負に出ていた「庄」の目が強いような気がしたのだ。

閒七・庄九で、「庄」の勝ち。

そこで次も五百ドルを「庄」に賭けた。

しかし、閒五・庄三で「閒」の勝ち。

次は五百ドルを「閒」に賭けた。

だがこれも、閒三・庄六で「閒」は負けてしまった。

これで一勝二敗。単にひとつ負け越しただけだったが、次の目の予想が立てられなくなり、「見《けん》」をすることにした。

すると、閒九・庄六で「閒」が勝った。

僕が席に坐り、賭けはじめてからの目の推移はこうなっていた。

庄　閒　庄　閒

依然としてこの場は劉さんの言うモドリ目の状態が続いているらしい。

僕はまったく目が読めなくなってしまった。

ここはもう一度「見」をすべきだということはわかっていたが、席に坐っていると「見」をあまり長く続けることが許されない気配を強く感じてしまう。実際に、長く賭けない客に向かってディーラーが、もし賭けないのだったら立っている人に席を譲ってくれと言っている場面によく遭遇する。僕は自信のないまま「庄」に賭けようとして、いや、やはり「見」をしようと思い直した。ここは図太く、思ったとおりにしよう。

僕が最後まで賭けないでいると、ディーラーが非難がましい視線を向けてきた。僕はそれを跳ね返すような気持で無表情に台の上を眺めつづけた。

カードが配られ、「閒」と「庄」に最高の金額を賭けた客によってオープンされる。閒二・庄八で、「庄」の勝ち。

しかし、不思議なことに、その結果を見ても、「庄」に賭けておけばよかったとは思わなかった。「見」をしたいときに強い意志で「見」ができた。そのことの方がはるかに大きな満足感を与えてくれるものだった。

その満足感の中から、次も「庄」だ、という確信に近い思いが生まれた。

僕は「庄」に五百ドル賭けた。

賭けが締め切られ、まず「閒」に最高額を賭けた客がカードをオープンすると、一枚目が九である。二枚目に絵札が出てしまえば、「閒」は合計九となり、僕の賭けた「庄」に勝ち目はなくなる。最高によくて「和」、引き分けだからだ。しかし、「閒」の客が力を込めてめくりあげた二枚目のカードは四だった。九と四で合計十三となり、「閒」の下一桁《けた》の数は三になった。

次に「庄」に最高額を賭けた客がカードを開けると、二枚とも絵札である。数にならない〇ということになる。「閒」と「庄」のどちらにも八や九といったナチュラルの数が出なかったため、勝負は三枚目まで持ち越されることになった。

三枚目のカードが配られ、「閒」の客がオープンする。縦に一列の模様が出ての三だった。それで合計数は三と三の六になる。「庄」がこの六を打ち負かすためには、七か八か九を出さなくてはならない。かなり難しいが、「庄」に賭けている僕は意外なほど平静だった。たぶん、大丈夫だろう。そして、実際、「庄」の客がカードをめくると、それは七だった。

閒六・庄七で、「庄」の勝ち。

僕は次も「庄」に賭けた。

閒〇・庄一で、「庄」の勝ち。

次に賭けるとき、「閒」の〇という数字が気になり、一瞬迷いかけたが、「庄」に賭けつづけることにした。

閒五・庄六で、今度もきわどく一の差で「庄」が勝った。

庄
閒
庄

閒
庄
庄
庄
庄

これで「庄」が四回続いたことになる。

三回まで目が連続して出てくることはそう珍しくはない。しかし、四回ともなると、ひとつのシリーズで、そう何度も出てくるツラ目ではない。さらに、五回以上ともなると一度か二度のことである。場合によっては、一度も出てこないシリーズもある。

さて、次をどうするか。僕と同じ迷いを反映してのことだろう、次の勝負では、「庄」に賭けていた客の賭け方が二分されることになった。なおも「庄」に賭けつづけようとする人と「閒」に賭け変える人の二つのグループに分かれることになったのだ。

――ツラ目は追うんだ。

僕は劉さんの言葉に素直に従ってみることにして、五百ドルを「庄」に賭けた。

すると、閒三・庄八で、また「庄」が勝った。

閒

庄庄庄庄

さすがに、もう「庄」の目は続かないのではないか。

僕だけでなく、「庄」に賭けて配当のチップを受け取り終わった客の多くがそう思っているのがわかる。次の勝負への賭けをうながす一分計が動き出すと、「庄」から「閒」に賭け変える客が一挙に増えただけでなく、踏みとどまって「庄」に賭けつづけようとする客も、張る額を極端に減らすようになった。

僕は通算すると五勝二敗の成績だった。コミッションの分を無視すると千五百ドル勝ち越したことになる。ここでやめておけば、一日分の「日当」以上のものを稼いだことになる。だが、僕の耳の中では、劉さんの言葉が強く響きわたっていた。

——ツラ目は追い切るんだ。

僕はさらに「庄」に同じ額の五百ドルを賭けつづけた。

閒〇・庄六で、「庄」の勝ち。

閒

庄庄庄庄庄庄

次の勝負を前にして、僕は少し迷った。ここは「見」をしようか。負ければ、せっかく勝った二千ドルのうちの四分の一を失うことになってしまう。それが惜しかった。

しかし、その迷いを押し切って、さらに「庄」に賭けた。

結果は、どちらにも二と二が出ての「和」である。

閒
庄　庄　庄　庄　庄　庄　和

次の勝負が始まると、「庄」に賭けていた客も、多くが「閒」に賭け増す動きをしはじめた。

ということは、目が反転することを予期しているということになる。「和」の出現によって、そろそろ「閒」に変わる頃だという共通の認識がこの場に生まれたのだ。

しかし、僕は揺らがなかった。

閒八・庄九で、「庄」の勝ち。

閒

庄庄庄庄庄庄和庄

これで一回の「和」をはさんで「庄」が七回続いたことになる。さすがに「閒」に賭け変えた方がいいのではないか。客も多くが賭け変えている。

いや、「庄」でいい。「庄」でいい、ではなく、「庄」でなくてはならないのだ。「庄」に賭けて、負けなくてはならない。長いツラ目が現れたときは、それが途切れたときに初めて勝負が終わることになるはずだからだ。劉さんも、最後まで追うんだ、と言ってなかったか。

それを思い出すと、僕は自分でも驚くほど平静な気持で「庄」に賭けることができた。

カードがオープンされると、閒四・庄七で「庄」の勝ちとなる。

その瞬間、客のあいだからどよめきのようなものが生まれた。これで「庄」が八回も続いたことになるからだ。

閒

庄庄庄庄庄和庄庄

僕は、次の勝負にも、少しの迷いもなく「庄」に賭けることができた。「閒」に賭け変えていた客も、おっかなびっくりではあるが、ふたたび「庄」に賭け直している。だが、ついに、閒三・庄二で「庄」は負けた。

閒

庄庄庄庄庄和庄庄

閒

ここで庄の長いツラ目は終わったのだ。僕は最後に負けたことを残念がるより、ツラ目を追い切れたということに強い喜びを感じていた。負けるまで賭けつづけることができたとき、初めてツラ目を追い切れたということになると、そのとき腹の底から理解できたのだ。

そのシリーズでは、以後、二度と長い「ツラ目」は出てこなかったが、「ツラ目」と「モドリ目」という見方ができるようになって、僕の眼の前に広がるバカラの世界が一変した。

　翌日から、僕は勝ちつづけるようになった。いや、もう少し正確に言えば、大きく負けないようになった。モドリ目のあいだはなんとか小さな負けでしのいでいき、ツラ目のときにその負けを取り戻す。いや、それどころか、モドリ目が続いているあいだの勝ち負けを五分に近い負けでしのげれば、ツラ目が現れたときに、そこで負けを取り返した上に、わずかながら勝ち越すことができる。もし、そのツラ目がかなりの長さになれば、大きく勝ち越すことも不可能ではない。そう考えることができるようになって、多少の負けも気にならなくなった。モドリ目が続いての負けは、ツラ目が現れるのを待つ準備の時間なのだと思えるようになったからだ。

　僕が大きく負けないようになったのは、自在に「見」ができるようになったことも大きかった。小さく変化するモドリ目の場が続き、どうしても次の目に自信が持てないときは「見」をする。ディーラーはいやな顔をするが、平然とその回をやりすごす。すると、やがてツラ目が現れる。絶対ではなかったが、ほぼ必ずと言ってよいほどの確率で、一度はツラ目が現れる。

　もちろん、最後までツラ目が現れないこともある。そろそろツラ目になるかなと期待しては裏切られる。そんな場合は、そのシリーズにおける負けを素直に受け入れる。そして、次のシリーズのツラ目を待つことにするのだ。

たぶん、負けを素直に受け入れられるようになったことも、逆に勝率を高めてくれることになったのかもしれないと思う。すべて勝つことはできない。負けたら、それを受け入れ、次に勝てばいいのだ。

そしてまた、「ツラ目」と「モドリ目」という見方ができるようになって、バカラの台に坐っている他の客の賭け方の特徴がくっきりと見えてくるようになった。

たとえば、同じ目が三回続くツラ目が現れると、次は絶対に逆の目に大きく賭けるという男がいる。ツラ目は三回以上は続かないという信念があるかのように、だ。確かに、統計的に考えれば、同じ目が三回続いたあとも同じ目が出るという確率は低いかもしれない。しかし、それは、あくまでも何百回もやった上での確率であり、短期的には四回でも五回でもツラ目が続くことはよくあることだ。しかし、その男は、絶対に四回目は逆に張る。当然のことながら、結果はそのときによって異なるが、どこかで彼なりの帳尻《ちょうじり》が合っているのだろうと思える。

あるいは、「間」のツラ目にはあまり関心を向けないが、「庄」のツラ目が始まりそうな気配を感じると、徹底的に追おうとする男もいる。まさに「庄」のツラ目を追うことに命を懸けているとでもいうように。

そうした男たちだけでなく、みんながひとりひとりそれに似たことをやりながら、自分なりの方法で勝ちを追いかけているようだった。

2

八月に入っても、順調にチップは増えていった。セーフティー・ボックスの中の一万ドルが十枚近くになって、自分でも驚いたほどだった。

リスボアのカジノでときおり見かける劉さんは、バカラの台の近くで誰かの金をかすめているか、席に坐って場を盛り上げているかのどちらかだった。

中国人を相手にすると面倒だからなのか、劉さんがかすめ取っているのは、たまたま賭けに当たった外国人観光客の金ばかりのようだった。それは日本人の場合もあれば、アメリカやヨーロッパから来たらしい白人のこともあった。

ディーラーたちの様子を見ていると、劉さんがそういった相手から訳もわからないうちにかすめ取っていくのをなんとなく見逃しているのがわかる。劉さんの場合だけでなく、他の客同士でも、当たった目の金をめぐって争いが起きることがある。二人でチップを奪い合ったりする。だが、そのような場合には、そのエリアを担当するピット・ボスを中心に、カジノのスタッフが真剣で素早い対応をする。ところが、劉さんの場合に限ってはどこか違うように感じられるのだ。まるで、カジノ公認の見世物でもあるかのように、劉さんの鮮やかな手口をニヤつきながら眺めている。

しかし、僕は、そんなところに遭遇すると、身内の見てはならないところを見てしまったような恥ずかしさを覚えて、思わず眼をそらしてしまうことが多かった。

ところが、別のところでは、席に坐って場を盛《さか》らせている。劉さんが不意にツラ目を追いはじめると、しだいにその台の熱気が増してくるのだ。劉さんの賭け金がみるみる跳ね上がりはじめ、台の上にチップがうずたかく積み上がるようになる。それにつられて周囲の客たちの賭け方も熱いものになっていく。ディーラーたちもその熱気を楽しんでいる。

だが、劉さんはツラ目のあいだは勝ちつづけているが、やがてモドリ目になると負けはじめる。モドリ目をなんとかやりすごしたあとで、次のツラ目を摑《つか》まえるまで、何度か失敗を繰り返す。やがて、小さなツラ目に遭遇していくらかは挽回《ばんかい》するのだが、大量にあったはずのチップをじりじりと減らしていってしまう。

その様子を見ていて、ここでやめておけばいいのに、と何度思ったことだろう。そうすれば、何万ドルものチップを持って帰れるのだ。しかし、たとえそんなことを言ったとしても、聞く耳を持っていないことは明らかだった。劉さんは「目的は金ではない」と言っていたのだ。

李蘭は、僕の部屋でいちど眠って以来、ときどき訪ねてくるようになった。別にそれほど疲れているというわけでもなさそうなのに、部屋の扉を軽くノックし、僕がいるとソファーに坐ってしばらく休んでいくようになったのだ。何を話すということもなかったが、それでも彼女の過去や現在の状況の一端がうかがえることをぽつりと洩《も》らすことがあった。

李蘭はほとんど癖のない上手な日本語を話す。だから、日本で暮らしたことがあるのは少しも不思議ではなかったが、日本人と結婚していたため日本の国籍を持っているということを知ったときはさすがに驚いた。

リスボアの通路を回遊している娼婦《しょうふ》たちは、中国本土の各地から一カ月足らずの短期ビザで稼ぎに来る若い娘がほとんどだという。そのため、ビザが切れるとマカオから出ていかなくてはならない。ところが、李蘭は日本のパスポートがあるため、長期にわたって滞在できているらしい。適当なタイミングで一度香港に出て、買い物でもして戻ってくればいいだけなのだという。

結婚した相手の日本人と正式に離婚しているのかどうかまでは話してくれなかったが、円満な別れ方をしているとは思えなかった。最初のうち僕に対して警戒的だったのも、どうやら結婚相手の存在と無関係ではなさそうだった。もしかしたら、相手にはまだ李蘭に未練があり、行方を探しているのかもしれない。李蘭は僕のことをその追っ手のひとりなのではないかと疑った可能性がある。

李蘭は、部屋にやって来るだけではなく、リスボアの通路で若い娼婦たちに混《ま》じって回遊しているときに出くわすと、近くに寄ってきて通路沿いにあるコーヒーショップに入らないかと誘ってくることもあった。

若い娼婦たちは、二人でコーヒーを飲んでいる姿を目ざとく見ているらしく、僕が通路を歩いていてもあまり誘いの言葉を掛けてこなくなった。普通なら、すれ違う男には誰にでも一応「チューマ〈行く〉？」と小さく口を動かして誘うのが常なのだが、それをしなくなったのだ。どうやら、僕は李蘭の「特別な客」と認識されるようになったらしい。李蘭と僕との間には、娼婦と客との間に介在するはずのことがまったく存在していなかったのだが。

時には、こちらから食事に誘うこともあった。

李蘭は、マカオに来て半年以上になるというのに、ほとんどどこも知らなかった。宿にしている安ホテルと、仕事場であるリスボアと、祈りの場であるペンニャ教会の三カ所を行き来するだけの毎日であるらしい。だから、食べるところといっても、ホテルの近くの食堂かリスボア内のコーヒーショップぐらいしか行ったことがないようだった。

ただ一カ所の例外は「マノス」というイタリアン・レストランだった。リストランテというほど気取った店でなく、ピッツェリアとバーが合体したような店だったが、娼婦仲間のイリーナに教えてもらってからよく行くようになったのだという。

イリーナは、リスボアを回遊している娼婦たちの中で唯一《ゆいいつ》の白人だった。ロシア人だったが、たったひとりの金髪の持ち主だったため、客に困ることはなかった。香港の中国人も、やはり金髪に惹《ひ》かれる男が少なくなかったのだ。以前はマカオにもロシア人の娼婦がかなりいたらしい。ところが、富裕なロシア人の遊び場が青島《チンタオ》や海南島になってからは、ほとんどがそちらに移動してしまったのだという。

最初は李蘭に連れられて行った「マノス」だったが、すぐに僕もひとりで行くようになった。イタリア人のオーナーが焼いてくれるピザはごく普通の味だったが、店の奥の一段高いところにあるバー・カウンターが落ち着けたからだ。

そこでピザを食べながらビールを飲むのは悪くなかった。しかし、ピザはよく食べたが、それと一緒にビールを飲むことは滅多になかった。飲むのは、もうこれでバカラの台には坐らないというときに限られていた。

バカラの敵は二つあった。ひとつは睡眠不足であり、もうひとつはアルコールによる酔いだった。どちらも、集中力を失わせ、粘りを希薄にさせてしまう。粘りがなくなると、負けているときに疵《きず》を深くする可能性があった。つい、大きく張って、一挙に損を取り戻したくなってしまう。しかし、劉さんが言っていたとおり、一発勝負に近いことはほとんど成功しない。損は地道にひとつひとつ挽回しなくてはならないのだ。そのためには、何よりアルコールが敵だった。だから、李蘭と一緒に食事をしても、ほとんど酒を飲むことはなかった。

その「マノス」以外にも、李蘭と一緒に行ったレストランは何カ所かある。僕ひとりなら毎晩でもサッカー場裏の屋台街の一軒でよかったが、二人となれば多少気のきいたところで食事をしたいという思いがあった。福隆新街《フッロンサンガイ》の古いポルトガル料理店に行ったり、ペンニャ教会の近くにあるホテルのレストランでディナーを食べたりもした。

ある晩、「マノス」に向かう途中、李蘭が三人連れの中国人の男たちに声を掛けられた。何か卑猥《ひわい》な言葉を投げかけられたらしい。もしかしたら、李蘭がリスボア内を回遊している娼婦だと知っていたのかもしれない。無視して通り過ぎると、男のひとりがさらに汚らしい口調で悪態のようなものをついた。すると、李蘭が小さく吐き出すように言った。

「しゃらくさい！」

それを聞いて、僕はびっくりして訊《き》き返した。

「しゃらくさい？」

「…………」

「どうして、そんな言葉知ってるの？」

「…………」

「しゃらくさいなんて、最近では日本人でも使わないよ」

「…………」

「誰におそわったの」

しかし、李蘭は口をつぐんで教えてくれようとはしなかった。

それがわかったのは思いがけないきっかけからだった。

ある日、二人で果欄街《グォランガイ》という古い通りを歩いていると、小さなアンティーク・ショップの軒先に古本を並べた台が出ていた。

立ち止まって手に取ってみると、中国語の古いマンガ本だった。もの珍しさも手伝い、手に取ってページを繰っていると、李蘭がつぶやいた。

「中国のマンガ、絵が汚い」

その言い方に、日本のマンガに比べて、という響きがあるのを感じて訊《たず》ねてみた。

「日本のマンガを読んだことがあるの？」

すると、李蘭が心外なことを言われるとでもいうような顔をして言った。

「たくさん、読んだ」

「たとえば？」

「ジョシューリューコ」

「ジョシューリューコ？」

「そう」

「カタカナのタイトル？」

「違う。みんな漢字」

「ジョシューというのは……」

「刑務所に入っている女の人」

「ああ、女囚か」

「そう」

「リューコは名前？」

「ドラゴンの女の子」

「竜子。なるほど、女囚竜子か」

「知ってる？」

「知ってる」

僕が言うと、少し恥ずかしそうな表情を浮かべて言った。

「読んだことある？」

革のジャンプスーツを着た主人公の絵が載っている表紙くらいは見たことがあったが、中身まで眼を通したことはなかった。

首を振ると、李蘭が言った。

「テレビは？」

そう言えば、アニメ化されて、深夜に放送されていたような気もする。しかし、実際に見たことはなかった。

「君は見たことがあるの？」

「ビデオで全部見た」

何がそれほど李蘭を惹きつけたのだろう。

「ファンだったの？」

「別に」

「だったら、どうして？」

すると、李蘭はそこで黙り込んでしまった。

ところが、果欄街を通り過ぎてしばらくすると、ぽつんとつぶやいた。

「竜子が、言うの」

突然のことだったので、うまく意味が取れなかった。

「何を？」

「しゃらくさい、って」

なるほど、マンガとアニメーションで覚えたのだ。しゃらくさいというのは、主人公の口癖だったのだろう。僕はなんだかとても嬉《うれ》しくなり、笑いながら言った。

「しゃらくさい！」

するのと、李蘭も笑って言った。

「しゃらくさい！」

それ以来、何かというと、いや何かということがなくとも、僕たちはよく笑いながら口に出し合うことになった。

「しゃらくさい！」

「しゃらくさい！」

しだいに李蘭への思いが深くなっていくのが自分でもわかるようになった。バカラの台に坐っていても、李蘭がいまこのときどこかで仕事をしているのかが気になって仕方がない。その姿態が頭に浮かびかかって、慌《あわ》てて頭を振って追い払ったりもした。

そんなある日、午前三時過ぎにバカラの勝負を終えて部屋に戻ると、しばらくして小さなノックの音が聞こえた。

李蘭だ、と思った。李蘭はドアの横についているチャイムのボタンを押さず、ドアを軽くノックする。チャイムだと、眠っていた場合、起こしてしまうことになる。たぶん、それを避けようとする配慮からだった。

間違いなく李蘭のノックの仕方だったが、それにしては時間が遅すぎた。いちおう覗《のぞ》き穴に眼を当てると、廊下にはやはり李蘭が立っていた。ドアを引き開け、招き入れようとした。しかし、李蘭は廊下に立ったまま、遠慮がちに言った。

「泊めてくれる？」

どうやら、自分のホテルまで帰るのが億劫《おっくう》になってしまったらしい。

「もちろん」

僕が言うと、いくらか疲れた表情に笑みを浮かべ、ありがとうと言った。

部屋に入ると、いつものソファーには坐らず、言った。

「シャワーを浴びてもいい？」

「もちろん」

また僕がひとつ覚えのように言うと、李蘭は黙ってバスルームに入っていった。僕はその背中に向かって声を掛けた。

「バスローブを使ってかまわないから」

入念にシャワーを浴びているらしく、浴室からなかなか出てこなかった。

僕がミニバーの冷蔵庫に入っていたハイネケンを缶から飲んでいると、李蘭がようやく胸にタオルを巻いて出てきた。

「バスローブを使えばよかったのに」

僕が言うと、自分の服をクローゼットに掛けながら、李蘭が言った。

「でも、汚すのは悪いから」

そして、僕の手にあるハイネケンの缶に眼をやり、言った。

「わたしにも、もらえる？」

僕は冷蔵庫からもう一本取り出し、グラスについで手渡した。

李蘭はひとくち飲み、軽く息をついた。

僕は李蘭に近づき、グラスを取り上げテーブルに置くと、両手を背中にまわして抱き寄せようとした。

すると、李蘭は僕の胸に手のひらを当て、押すようにして、短く、鋭く叫んだ。

「汚い！」

僕のことかと思い、背中にまわした手の力を緩めながら、言った。

「僕もさっきシャワーは浴びた」

すると、李蘭が思いがけず強い口調で否定した。

「違う、わたし」

それを聞いて、李蘭の体から手を離した。客を取ってきたばかりの自分の体を汚いと言っていたのだ。いや、実際はどうかわからなかったが、少なくとも、そのときの僕はそう理解した。

「汚いなんてことはない」

しかし、李蘭は、全身から僕を、というより男を拒絶する強い意志のようなものをみなぎらせていた。

「明かりを消してくれる？」

李蘭が頼むというより命じるように言った。

僕はただひとつついているフロアースタンドのスイッチを切った。

部屋が暗くなると、李蘭は僕の使っているのとは別のベッドに近づき、ベッドカバーをはがしてていねいに畳んだ。それをソファーの背もたれに掛けると、体に巻いていたタオルを取って白いシーツの中に滑り込んだ。

一瞬、窓からの光を受けて背中の疵が見えたが、まさにそれは一瞬にすぎなかった。

次の朝、僕は李蘭を連れて「福臨門酒家」に行った。

朝食を食べに行かないかと誘うと、李蘭が素直にうなずいたからだ。

シャワーを浴びたあとで、自分の服のかかっているクローゼットの中を見ていた李蘭が、遠慮がちに訊ねてきた。

「このジーパン借りてもいい？」

それは、僕が洗って干しておいた着替え用のジーパンだった。

「もちろん、いいけど……」

僕はあまりウェストが太い方ではないが、李蘭のような細いウェストに合うとは思えない。無理だと思うよ、と言いかけたが、その前に李蘭が訊いてきた。

「ベルトは持ってる？」

ふだんジーパンにつけることはないが、いちおう一本は持っている。棚の上に置いてあるバッグの中から出して渡した。

李蘭はダブダブのジーパンをはき、ベルトでギュッと締めようとした。しかし、バックルについているピンに合う穴がない。

僕は李蘭に近づきベルトを抜き取ると、ミニバーにある果物ナイフで調節してあげることにした。

「このTシャツも借りていいかしら」

僕は顔を向けなかったが、それも同じく洗って干してある白いTシャツだということがわかっていた。

「いいよ」

そう言いながら、バックルからはずしたベルトを二十センチほど切り落とし、またつけて李蘭に渡した。

李蘭は、白いTシャツをジーパンの中にたくし入れ、上からベルトを絞るようにきつく締めた。そして、ジーパンの裾《すそ》を大きく折り返すと、自分のサンダルを履いた。

その姿を見て、僕は内心驚いていた。ダブダブのTシャツにダブダブのジーパン。しかし、一本のベルトによって引き締められたウエストによって、それが計画どおりのコーディネートであるかのように決まって見える。とりわけ、真っ白な無地のTシャツが、素顔のままの李蘭によく似合っていた。

ホテルの部屋を出て、二人で「福臨門酒家」に入っていくと、中年の女性マネージャーが一瞬訝《いぶか》しげな表情を浮かべたが、すぐに笑顔に戻っていつもの席に案内してくれた。

「選んでくれるかな」

僕がテーブルの上にのっている飲茶《ヤムチャ》用の紙と鉛筆を渡すと、李蘭はしばらく考えてから五つほど選んで印をつけてくれた。

最初に運ばれてきたのは、僕の好きな「晶宝蝦餃皇」と、スペアーリブの煮込み料理の「豉汁蒸排骨」だった。

李蘭は、中国の女性には珍しい柔らかな箸《はし》の持ち方をし、レンゲの助けを借りながら上手にスペアーリブを食べていく。僕はその美しい箸さばきに見とれてしまった。

「どうかした？」

李蘭が不思議そうに訊ねてきた。

「いや、なんでもない」

僕はそう答えながら、李蘭とこうして朝食をとっているということに喜びのようなものを感じている自分に戸惑《とまど》っていた。

3

それ以来、李蘭はときどき僕の部屋に泊まっていくようになった。しかし、僕が李蘭を抱こうとすると厳しくはねつけられた。僕はまるで少年のときに戻ったかのように、李蘭をどう扱ったらいいかわからなくなってしまった。李蘭の内部には硬いものがある。決めたことは守るという意志の強さがある。無理をしても、その強い壁に弾《はじ》かれてしまうのがわかっていた。

しかしある晩、眠っているときに叫び声を聞いた気がして眼が覚めた。隣のベッドで李蘭がうなされている。

「大丈夫？」

声を掛けると、黙ったまま李蘭が僕のベッドに入ってきた。

裸の李蘭が僕の胸に顔を埋めるようにして体を震わせている。

泣いているのだろうか。僕はどうしていいかわからないまま、背中にまわした手のひらで李蘭の疵の痕を無意識になぞっていた。右肩から腰のくびれの下まで、何度も何度も繰り返しているうちにやがて李蘭が、しばらくすると僕がそのまま眠ってしまっていた。

李蘭は、僕のことを訊こうとしなかったが、自分のことも話さなかった。

しかし、ふっとわかってくることもあった。

あるとき、ひとりで天神巷を歩いていて、女性服を売っている店のウィンドーに、女性的なラインの純白のTシャツが飾られているのを見かけた。

それを買っておいてあげようと思い、店の中に入るとタイトでシンプルなジーンズも売っている。サイズがわからなかったが、対応してくれた小柄な売り子がはいているものよりひとつ上のサイズを選んでもらい、買って帰った。

李蘭が泊まった次の日の朝、それを渡すと、バスルームでシャワーを浴びたあと、着替えて出てきた。

「とてもよく似合ってる」

僕が言うと、李蘭が恥じらうような表情を浮かべた。

「やさしいのね」

その言葉を聞いて、僕は笑いながら言った。

「それ、褒《ほ》め言葉？」

「もちろん……」

李蘭が何を言っているのかわからないというようにつぶやいた。

「女にひどいことをするのは、いつも、やさしい男、だったっけ」

僕が言うと、李蘭にはようやく意味がわかったらしく、真顔になって言った。

「そう、やさしい男には気をつける」

「やさしい男には気をつける？」

「そう、アルバイトをしていたクラブのママさんが言ってた」

「そうかな」

「そう、ひどいことをするのはみんなやさしい男」

「そうかな」

僕は笑いながら同じ言葉を繰り返した。

「そう、あなたもいつか女にひどいことをする」

「そうかな」

「それとも、もうした？」

そんな話から、李蘭がアルバイトをしていたという店のことがわかったりもした。

李蘭が日本語学校に通いながらアルバイトをしていたのは銀座のミニクラブだったらしい。日本語学校で知り合った同じ省の先輩に紹介されたのだが、ママがとてもいい人で働きやすい店だったという。客も大会社の部長クラス以上が主で、あまり無理なことを言われることもなかった。だから、日本語学校を卒業するまで働きつづけたいと思っていた。中には、李蘭をとても気に入り、卒業したら、自分の会社で雇うようにしてあげるという客もいた。

「夜、誘われたりしなかったの？」

僕が訊ねると、しばらくどうしようか迷っているようだったが、意を決したように話を始めた。

「店にはあまり若いお客さんは来なかった。でも、ひとり、若くてやさしくてお金を持ってる人がやってくるようになった。わたしは、アルバイトで、ただホステスさんのヘルプについていればよかったけれど、その人はわたしを指名するようになった。店が終わるまでいて、終わると食事に連れていってくれる。六本木も西麻布も初めて知った。わたしは有頂天《うちょうてん》だった。お店のママはあまり深入りしないようにと忠告してくれたけど、無理だった。いま思い出しても、無理だった。そのときわたしは十九だった。信じないかもしれないけど、そのときまで男とキスしたこともなければ、手を握ったこともなかった」

その若い客は、最初に店に来たときから、茫然《ぼうぜん》と李蘭の顔に見とれていたという。そして、君のような顔立ちが好きなんだ、と言った。その言葉に嘘《うそ》はなかった。二度目の来店時には二十巻揃《そろ》いのマンガを持参してプレゼントしてくれ、このマンガの主人公が大好きなんだ、君はそっくりなんだと言った。

そこまで聞いて、ようやく僕は思い出した。

「女囚竜子……」

「そう、女囚竜子」

言われてみれば、確かにぼんやりと記憶している『女囚竜子』というマンガの主人公に似ていないことはない。『女囚竜子』はアニメーションになっただけでなく、しばらくすると実写版の映画にもなった。ほとんどポルノ同然の映画だったが、そう言えば僕もその実写版で主役の竜子を演じた女優のヌードを撮ったことがあった。少なくとも、あの女優より、李蘭の方が似ているかもしれない。スリムで細面のマンガと違って、実写版の女優は顔も丸かったし胸もバランスが悪いほど大きかった。

「初めて抱かれたとき、その人はホテルじゃなくて、元麻布にあるマンションの自分の部屋に連れていってくれた。高い階にあって、窓からの夜景がきれいで、わたしは本当に幸せだった」

男は一途《いちず》に通い詰めてくれる。金離れがよく、李蘭は生まれて初めて贅沢《ぜいたく》を知った。一緒に暮らすようになるまで何カ月もかからなかった。

「そいつはどんな仕事をしている人だったの」

僕は最も疑問に思っていることを訊ねた。

「何も」

「金はあったんだろ？」

「お父さんが建築会社を経営してた」

「土建屋の二代目か」

「そう、二代目。自分でもよくそう言ってた。二代目の俺が親父《おやじ》の金を使い果たしてやるんだって」

「そうでもなければ、そんな若さで、銀座で遊んだり、元麻布の高級なマンションなんか持てたりはしないもんな」

一緒に暮らしはじめると、ミニクラブでのアルバイトをやめさせられただけでなく、日本語学校に通うことも禁止された。そのかわり、『女囚竜子』のアニメーションのビデオを全巻買い与えられ、家で何度も何度も繰り返し見させられた。そのうち、自分でも驚くほど日本語が上達した。日本語学校に通っているときよりはるかにスピードが速かった。

しかし、李蘭が最初に違和感を覚えたのは、彼が喋《しゃべ》り方をアニメーションの主人公とそっくりにさせたがったことだった。そればかりか、声優の声にまで似させようとした。そんな変な声は出せない。李蘭が抗弁したが、喋り方だけはマニアックなまでに矯正《きょうせい》させられたという。李蘭の冷たいような、突き放したような話し方は、あのアニメーションの主人公のものだったのだ。

言葉の次は服装、さらには化粧の仕方にまで注文を出されるようになった。李蘭は言わなかったが、もしかしたら、食事の仕方なども彼が好むように変えられたのかもしれない。

それでも李蘭は幸せだった。男が喜ぶ姿を見ることが李蘭の喜びでもあったからだ。

しかし、ひとつだけどうしようもないことがあった。最初のうちはわからなかったが、男が酒乱だったのだ。一緒に暮らすようになる前からその兆候は見えていた。一度だが、他の席のヘルプについていた李蘭の腿《もも》に触ったと言って店の客に暴力を振るおうとしたことがあった。そのときは、そこまで自分を思ってくれているのかとむしろ嬉しくさえあった。それからほとんどすぐに店をやめたので、彼のそのような姿を見るのは一度だけで済んだ。ところが、マンションで一緒に暮らすようになって、酔うと李蘭に暴力を振るうようになった。醒《さ》めると謝り、やさしく抱いてくれる。それが何度も、何度も繰り返された。

悪いのは酒だと思おうとしたが、ついに耐え切れなくなった。もうやっていけない、別れたい、と思うようになった。しかし、別れてもどうやって暮らしていけばいいかわからなかった。

中国に帰る選択肢はなかった。まだ貯《た》めるべき金が貯まっていないだけでなく、日本に来るときに借りた金も返していなかった。

ある晩、酔ったあげく、また暴力を振るい出した。あまりにもひどいので、部屋を飛び出ようとすると、ドアのところまで追いかけてきた男に包丁で背中を切りつけられた。大量の出血があり、急に酔いの醒めた男が父親のところに電話した。すぐに父親の部下らしい男たちがやってきて、どこかの町医者に運び込まれた。医者は、縫合してくれたあとで、疵は深くないが痕は残る、と言った。

医者の腕がよかったのか、背中の疵痕はほとんど一本の線のようにしか見えなくなった。治ると、謝罪の意味もあったのか、男から入籍しようと言われた。迷ったが、受け入れた。結婚すれば、自由に日本にいられる。そうすれば自由に金を稼げる。そう思ったからだ。

結婚しても、酔った男に暴力を振るわれる日々に変わりはなかった。さらに深く李蘭に執着するようになっただけだった。一緒でないと家から出ることもままならなくなった。しかし、一年耐えた。一年が過ぎれば日本滞在の期間が三年になり、国籍取得の申請ができるからだ。そして、ようやく一年後に日本の国籍を取得すると、ひそかにパスポートを取り、家から出られる日を待ちつづけた……。

それは南湾街にある古いレストランでマカオ風に胡椒《こしょう》のよくきいたアフリカン・チキンを食べているときだった。

もうそのあとはバカラの台に向かわないと決めていたので、ポルトガルのワインを飲んでいた。そして、つい調子に乗って、二本も空けてしまった。李蘭はほんの一、二杯ほどしか飲まなかったから、ほとんど僕がひとりで飲んだことになる。

その酔いが、僕をひとつの考えから離れられなくしてしまった。

「写真を撮らせてくれないか」

「写真？」

「君の写真」

「いやよ」

「君の裸を撮りたい」

「どうして」

「君の背中に疵があるのを見た」

「それならどうして」

「その疵を撮りたい」

「つまらないことを言わないで」

そしていかにも軽蔑《けいべつ》したように冷たい眼を向けてきた。

「あんたも同じなの、中国人の気持悪い親父たちと」

僕が黙っていると、李蘭が吐き捨てるように言った。

「わたしの疵を見ながらうしろからやると興奮するんだって。毎週香港から通ってくるような親父たちが何人もいるわ」

僕は李蘭の生々しい姿を想像して黙り込んでしまった。

4

僕はリスボアのカジノの一楼でバカラの台の前に坐《すわ》り、いつものように勝負していた。

それは出目に際立《きわだ》った特徴のないシリーズだった。長いツラ目も現れず、かといって席を立とうと思うくらい徹底したモドリ目の場でもない。勝ったり、負けたりして、ただコミッションに相当するチップだけが減っていくというような場だった。

四回続けて負けたとき、席を立とうかと思った。

しかし、その前に、僕の真向かいの席に坐っていた若い男が立ち上がった。すると、その席に劉さんがすっと坐った。

僕は台の上に置いてあるチップをまとめて片手に持とうとしていたが、それを途中で止《や》め、浮かせていた腰をふたたび席に落ち着かせた。劉さんがどういうバカラの戦い方をするのかじっくり見届けたいと思ったからだ。

見ると、劉さんは手に五百ドルチップを一枚と百ドルチップを一枚だけ持っている。二楼のどこかの台で、最初の夜の僕のように迂闊《うかつ》な客からかすめ取ってきたチップなのだろう。「閒」に三百ドル賭《か》けたチップが当たり、六百ドルになったところをかすめ取った……。

勝負は進んでいくが、劉さんは「見」を続け、なかなか賭けようとしなかった。

そのあいだにも、僕は一枚、また一枚と五百ドルのチップを減らしつづけていた。

庄
閒閒
庄
閒
庄庄
閒
庄庄庄

閒
庄

こう推移してきた次の勝負を、僕は「庄」だと判断した。もちろん、明確な根拠があったわけではないが、そろそろ「庄」のツラ目が始まるのではないかという気がしたのだ。

しかし、勝ったのは「閒」だった。僕は次の目をどうにも予測できず、「見」をすることにした。

閒六・庄八で、「庄」の勝ち。

次の勝負でも僕は「見」をせざるを得なかったが、賭けが締切られる間際になって、それまでずっと「見」を続けていた劉さんが、手にしていた五百ドルチップを「庄」に賭けた。それによって手元には百ドルしか残らなくなった。この台は三百ドルが賭けることのできる最低単位だから、この勝負に負ければ席を立たなくてはならなくなる。

カードがオープンされると、「閒」が七と五で合計十二になり、下一桁《けた》の数字が二になる。「庄」が一と絵札で一。二枚のカードで勝負が決まらなかったため、それぞれに三枚目が配られることになる。「閒」には二が出てそれまでの数である二との合計が四になる。一方、「庄」には七が出て一との合計が八となる。つまり「庄」の勝ちということになった。

それを見て、劉さんは、自分の賭けた五百ドルのチップの横に百ドルのチップを置いた。ディーラーは「庄」に賭けられたチップに順番に配当を付けていき、劉さんのチップのところまで来ると、五百ドルと百ドルのチップを手元に引き寄せ、千ドルのチップを一枚と七十五ドル分のチップを置いた。「庄」に五百ドルを賭けて当たったときの配当は、五パーセントに相当する二十五ドルのコミッションを引かれて、四百七十五ドルになるはずである。ディーラーは、コミッション用にあえて百ドルを出してきた劉さんは、千ドルのチップをほしがっていると考えたのだ。

次の勝負が始まると、しばらくじっと考えていた劉さんが、その千ドルチップを、また「庄」に賭けた。僕も五百ドルを「庄」に賭けた。

閒四・庄六で、「庄」の勝ち。

劉さんは千ドルのチップの横にコミッションの五十ドルを置き、さらにもう一枚の千ドルチップをもらった。

これで、出目は次のように推移したことになる。

庄庄庄
閒
庄
閒
庄庄庄

ここで中国人の客の多くが「閒」に乗り換える行動に出た。「庄」の目は三回以上続かないと考えたのだ。

しかし、劉さんは二千ドルを「庄」に賭けた。僕も当然ツラ目を追うため五百ドルを「庄」に賭けた。

閒六・庄九で、「庄」の勝ち。

僕は二十五ドルのコミッションを払って五百ドルのチップを配当に受け取ったが、二千ドルを賭けていた劉さんはコミッション用の百ドルチップがないため、そのまま千九百ドルの配当を受けることになった。

庄庄庄
閒
庄
閒
庄庄庄庄

劉さんと僕は次も当然「庄」に賭けた。僕は依然として五百ドルだったが、劉さんは手元にある三千九百二十五ドルのうちの三千ドルを「庄」に賭けつづけた。
閒〇・庄二で、「庄」の勝ち。

庄庄庄
閒
庄
閒
庄庄庄庄庄

明らかに「庄」のツラ目が現れている。それによって台を取り囲む客のあいだに熱気がこもってきた。劉さんは七千ドル近くになったチップから五千ドルを「庄」に賭けた。僕も劉さんに言われたとおり「庄」のツラ目を追いつづけることにして五百ドルを賭けた。

その台では、劉さんの大胆な張り方に影響されて「庄」に賭ける人が増えたが、そろそろ「閒」に変わるだろうと思う人もいて、場に賭けられる額が一気に膨らんできた。

カードが配られると、閒七・庄八で「庄」の勝ち。

勝ちが決まった瞬間、「庄」に賭けていた客たちのあいだから歓声が上がった。その声につられて、一楼の他の場所にいた客たちが移動してきた。そして、中国人がつけている出目表を覗き込み、「庄」が六回続けて出たことを知ると、一様に期待に満ちた顔つきになる。

劉さんは五千ドルのチップの横に二百五十ドルのコミッション用に三百ドルのチップを置き、一万ドルのチップと五十ドルのチップを受け取った。

台を取り囲んだ大勢の客たちはそれをじっと見つめている。

やがて、「庄」に賭けたすべての客に配当がつけられ、新しい勝負が始まった。

客たちは、何かを待つように誰も賭けない。

そして、劉さんが一万ドルのチップを「庄」に賭けると、その台を取り囲んだほとんどすべての客が「庄」に賭けはじめた。もちろん、僕も賭けたのは「庄」だった。台全体に熱がこもりはじめているが、その熱源が劉さんであることは明らかだった。

二分が過ぎ、ディーラーの手によってカードが配られた。「庄」のカードは一万ドルを賭けている劉さんの前に、「閒」のカードはディーラーの前に置かれる。「閒」に賭けている客がひとりもいないので、ディーラーがオープンすることになったのだ。

ディーラーがまず「閒」の二枚を軽くあけると、二と六の八だ。「庄」に賭けている客から声にならない失望の吐息が洩れる。八のナチュラルに勝てるのは九のナチュラルしかない。

しかし、劉さんは別に表情を変えることなく、片手でさっと一枚目を開いた。四だ。次の一枚が三以下なら負けだし、六以上でも負ける。四で引き分け、勝てるのは五しかない。

劉さんは二枚目のカードを斜めにすると、いつものようにひとつの角を右手でつまんで短い辺の側をゆっくりとめくりあげた。そして、つまらなそうにつぶやいた。

「リャンピン」

第一列にマークが横に二つ並んで出ているらしい。ということは、一、二、三の可能性が消えたということになる。客たちに生気が甦《よみがえ》る。

次に、劉さんはカードの長い辺の側を少し多めにめくった。

「リャンピン」

縦にも第一列にマークが二つ出ているという。それは四か五だということを意味していた。これで「庄」の負けはなくなった。その場にいるほとんどすべてと言ってよい「庄」に賭けた客から歓声が上がる。

そして、口々に叫びはじめた。

「テンガー！」

「テンガー！」

チョイヤーがマークが消えることを願う言葉だったとすると、テンガーはマークが増えることを望む言葉だった。横に二つのマークが現れ、縦にも二つ現れた。もし縦の二列目にマークがひとつあれば、五となり勝つことができる。客たちは「出ろ！」、ないしは「付け！」と叫んでいるのだ。

劉さんは、客たちの声の高まりの中、そのままカードをめくり切ると、そっと台の中央に向かって差し出した。その数がいくつか、息を詰めるように見つめて客たちの視線が一点に集まった。一瞬の静寂のあと、歓声は大きく弾けた。

五。

マークは付いていたのだ。

庄庄庄

閒

庄

閒

庄庄庄庄庄庄

劉さんは自分が賭けた一万ドルのチップの横に五百ドルのコミッションを置き、そこに一万ドルのチップが付けられるのを待った。

ほんの数十分前まで六百ドルしか持ってなかった劉さんが、いまや二万ドル以上のチップを持っている。

劉さんは次も一万ドルを賭けて当て、次も一万ドルを賭けたがはずれた。

庄庄庄
間
庄
間
庄庄庄庄庄庄庄庄
間

　ここで「庄」のツラ目は途切れた。新たな局面が始まったのだ。

　次は、僕も劉さんも「見」をした。そこまでは僕もまったく同じ賭け方だった。違っていたのは勝って手にしたチップの額の違いだった。僕がこのツラ目で得ることができたのは、コミッションとして取られた分を考慮に入れなかったとしても二千五百ドルにすぎなかったが、劉さんは二万ドルを超えていた。

　そこからしばらくはまたモドリ目が続くことになった。「庄」と「閒」の目が落ち着きなく入れ替わる。

　劉さんは賭ける単位を千ドルに下げ、勝ったり負けたりしながら、そのモドリ目をやりすごそうとしていた。だが、しばらくして、劉さんがまた単位を上げた瞬間があった。

閒
庄庄
閒和
庄
閒閒閒
庄
閒

このような流れで来ていた次の勝負で、「閒」に二千ドルを賭けたのだ。
閒四・庄二で、「閒」の勝ち。
劉さんはさらに二千ドルを「閒」に賭けた。
閒七・庄五で、「閒」の勝ち。
次は五千ドルを「閒」に賭けた。

その瞬間、この台にいる客たちのあいだに緊張に似たものが走った。言葉を換えれば、もしかしたらまた何かが始まるのかもしれない、という期待感のようなものと言ってもいいかもしれない。その発信源になっているのはもちろん劉さんだった。

だが、閒〇・庄六で「庄」の勝ち。

閒
庄庄
閒和
庄
閒閒閒
庄
閒閒閒
庄

客たちは劉さんが賭けるのを待っている。だが、なかなか賭けようとしない。しびれを切らしたひとりが「閒」に賭けると、次々とそれに追随するかのように「閒」に賭けていった。

これが、劉さんの言っていた、中国人の好む「絵柄」だったのだ。ひとたび出目に規則的なパターンのようなものを見出《みいだ》すと、中国人は抵抗できずにそのパターンに従ってしまう。いま、出目表は、「庄」が一回、「閒」が三回というパターンで「絵柄」を描きはじめている。

庄
閒閒閒
庄
閒閒閒
庄

もし、このパターンがさらに繰り返しを重ねるとすれば、最後に出た「庄」は、たった一回だけですぐに「閒」に変わるはずだった。

だが、僕には、そんなことが何度も続くとは思えなかった。そうではなく、ここはツラ目が繰り返し起こる流れなのではないか。僕は「庄」のツラ目の始まりを期待して「庄」に賭けることにした。

結局、「庄」に賭けたのは僕ひとりだった。劉さんもまた、最後の最後に五千ドルを「閒」に賭けた。それを見て、僕は意外に感じた。劉さんがモドリ目に大きく賭けるとは思わなかったからだ。

カードをオープンすることになったのは、五千ドルの劉さんと五百ドルの僕だった。まず、劉さんが「閒」の二枚をオープンすると、二と四で六だった。「閒」が六か七のときはスタンドと言って三枚目は配られず、その数で勝負することになる。

僕が「庄」の二枚をめくると、十と絵札の〇だ。

三枚目が「庄」の僕にだけ配られる。七か、八か、九が出なくては負けてしまう。僕は負けたくなかった。カードを縦にすると、両手の親指と人差し指で数字のところをつまんで隠し、ゆっくりとめくり上げた。

一列目にマークが二つ現れた。それは四以上というしるしだ。そこで、僕はカードを横にして同じようにめくり上げた。

そこには、また一列目にマークが二つ並んでいた。

負けだった。横に二つ、縦に二つマークが並んでいるカードは、四か五しかなかったからだ。

僕はそのあとは軽くめくり上げるとカードを放り投げた。宙に舞ったカードが台の上に落ちると、それは五だった。

閒六・庄五で、「閒」の勝ち。

庄

閒閒閒

庄

閒閒閒

庄

閒

次の勝負は、その台に群がっている全員が「閒」に賭けることになった。前回、ただひとり「庄」に賭けた僕が「閒」にまわったからだ。

閒九・庄三で、「閒」の勝ち。

次も、閒四・庄三で「閒」の勝ち。

庄
閒閒閒
庄
閒閒閒
庄
閒閒閒

次は、台を取り囲んでいる客たちは、椅子《いす》に坐っている人も、その背後に立っている人も、誰もが争うように「庄」に賭けた。僕は、劉さんが一万ドルを「庄」に賭けるのを見届けると、ただひとり「閒」に五百ドルを賭けた。これは「絵柄」なんかじゃない、単なる偶然なのだ。これは、「閒」のツラ目なのだ。

僕は「閒」に配られたカードを開けた。八と四で二。劉さんが開けた「庄」の数は絵札と一で一。僕は三枚目のカードを、これまでにないほどの力を込めてめくりあげた。

六。

二と六で合計八だ。

〈見ろ！〉

僕は胸のうちで叫んだ。ナチュラルではないが、三枚のカードによってできた八もまた滅多に負けない数である。

だが、三枚目を手にした劉さんも、カードを斜めにすると、これまで見たことのないような強いめくり方をした。

「リャンピン」

まず、短い辺の側にマークが二つ出たらしい。これで、絵札でもなく、一と二と三でもないことがわかった。

次に長い辺の側をめくり上げた。

「サンピン」

マークが三つ。ということは、六か七か八だ。八なら一との合計が九になり、「閒」の八に勝つ。七なら合計が八で引き分けの「和」、六なら合計が七で「閒」の八に負けてしまう。つまり、真ん中の列にマークが一つでも二つでもあれば負けないのだ。

その台を取り囲んでいた中年の女性から劉さんを励ますような掛け声が飛んだ。

「テンガー！」

マークよ付け、と。

「テンガー！」

「テンガー！」

台のあちこちからも同じような声が掛かる。

劉さんが力強くめくり上げ、台の上に軽く放るように投げ出されたカードは、真ん中の列にマークが二つ付いている八だった。

一と八で合計が九。

閒八・庄九で、「庄」の勝ちだった。

〈負けた……〉

僕は茫然としてしまった。

庄
閒閒閒
庄
閒閒閒
庄
閒閒閒

庄

次も当然ながら全員が「閒」に賭けた。僕は最後の力を振り絞るようにして「庄」に賭けた。

だが、閒一・庄〇で「庄」は負けてしまった。

庄

閒閒閒

庄

閒閒閒

庄

閒閒閒

庄

閒

お祭り騒ぎのようになっているその台の中で、負けている僕と大勝している劉さんだけがその輪の中に入らないでいた。

　客たちは配当を受け取り、次の勝負が始まると、我先に「閒」に賭けている。中には、僕の方を向いて、どうするんだいとでも言いたげに視線を向けてくる者もいる。だが、僕は「閒」にも「庄」にも賭けなかった。まったくわからなくなってしまったからだ。「閒」が三回、「庄」が一回というパターンが永遠に続きそうな気もしてくる。しかし、だからといって、いまさら「絵柄」の存在を認めて、みんなに追随するのはいやだった。

　このお祭りに参加しようとそのフロアーのいろいろなところからやって来た人たちによって、台のまわりはまさに黒山のような人だかりになってきた。そして、その全員が「閒」に賭けている。

　ディーラーのひとりが、その巨額な賭け金を受け切れる額かどうか暗算をしながら確かめている。最後に劉さんに向かって、賭けないのかというような視線を向けたが、劉さんは下を向いたまま反応しなかった。

　そこで賭けは締め切られた。その寸前、劉さんが賭けないことに不安を感じた二、三人が自分のチップを急いで取り下げた。

　僕はぼんやりと、カードが配られ、最高額を賭けた人の手でそれがオープンされるのを見守った。

「閒」は三と一の四。ディーラーが開けた「庄」のカードは四と五の九。そうか、九か……と胸のうちでつぶやきかけて、九だって！　と叫んでしまった。いや、その前に、台を取り囲んでいる大勢の客の口から本当の悲鳴が上がっていた。

閒四・庄九で、「庄」の勝ち。

彼らはすべて負けた側の「閒」に賭けていた。

ここでパターンは崩れたのだ。まるでそれがわかっていたかのように劉さんは賭けなかった。

劉さんは依然として下を向いたままだ。

そして、ディーラーが「閒」に賭けられた大量のチップをすべて手元に引き寄せ、五千ドルは五千ドル、千ドルは千ドル、五百ドルは五百ドル、百ドルは百ドルと、金額ごとにチップボックスに入れているのを客たちは茫然と眺めている。そして、お祭り騒ぎに引き寄せられた客たちが散っていき、台に静けさが戻りはじめた。

すると、劉さんは眼の前にあるチップをひとまとめにし、ズボンのポケットに入れて立ち上がった。

ディーラーたちが驚いたように劉さんを見た。僕も驚いたひとりだった。劉さんが勝ったまま席を立つのを初めて見たからだ。

二、三歩行くと、何かにつまずいたのか、がくっと膝《ひざ》をついた。すぐに立ち上がったが、歩く姿が不安定に揺れている。

僕は席を立つと、劉さんのあとを追った。そして、思い切って肩を並べて話しかけた。

「劉さん」

訝《いぶか》しげに僕の方に顔を向けた。その息づかいが荒くなっている。

「少し休んでいきませんか」

劉さんは無言だった。

「ホテルの上の階に僕の部屋があります。しばらく休んでいった方がいいと思います」

断るかと思ったが、劉さんは苦しげに言った。

「そうさせて……」

そこで言葉を切り、大きく息を継いでから、さらに続けた。

「……もらおうかな」

エレベーターで十階まで昇り、部屋に入ると、劉さんは壁に手をやり、崩れ落ちそうになる体を支えた。僕は劉さんの片手を自分の肩にまわさせ、ベッドメイクがされたままの、もうひとつのベッドに横になってもらった。

僕がブランケットを掛けると、劉さんはひとことも喋《しゃべ》ることなく、すぐに眠りに入っていった。寝顔を見ると、浅黒い肌が青ざめているように見える。

しばらくすると、息づかいが荒くなってきた。

僕は自分が何をしたらいいのかわからなかった。レセプションにいるかもしれない村田明美に医者の相談をしてみようかとも思ったが、すぐに思い直した。下手に医者に診せると、中国人でないことがわかって、不都合なことが起きてしまうかもしれない。劉さんには知られたくない秘密がいくつもあるように思えた。

このまま眠らせておいていいものだろうかと心配になりかけたとき、軽いノックの音がした。李蘭だ。李蘭は部屋についているチャイムのボタンを押さず、ドアをノックする。

5

ドアを開けると、僕の様子がいつもと違うのがわかったらしい。

「まずいの？」

ひょっとすると、中に女でもいるのかと思ったのかもしれない。

「いや、いいんだ」

僕は体を開いて、李蘭を部屋の中に入れた。

李蘭は、ベッドで劉さんが寝ているのを見ると、その寝顔をじっと見ながら訊《たず》ねてきた。

「どうしたの？」

「具合が悪いらしい」

「誰？」

「よくは知らない」

「それなのに、どうして？」

迷ったが、李蘭ならいいだろうと思った。軽々しく喋らないだろうし、地元の人に喋る相手もいないはずだ。

「劉という名前を使っているけれど、実は日本人らしいんだ」

それだけで、李蘭は何かを了解したらしい。しばらく寝顔を見ていたが、劉さんの頬に軽く手の甲を当てた。

「すごく熱い」

そして、ミニバーのカウンターの上にのっているアイスボックスを指さすと言った。

「氷を取ってきて」

そうか、頭を冷やすということがあったのだ。僕はその階にある製氷機置場に急ぎ、氷をアイスボックスにいっぱい取ってきた。

李蘭は洗面台に栓をすると、そこに氷を入れてから水を足した。少し掻《か》きまわし、素早く冷たい氷水を作ると、ハンドタオルを浸《ひた》してきつく絞った。

そのハンドタオルを劉さんの額にのせた。

すると、劉さんがふっと眼を開けた。そして、傍《かたわら》に僕と李蘭が立っているのを見ると、体を起こそうとした。しかし、すぐにつらそうに顔を歪《ゆが》めた。

「もう少し寝ていた方がいいですよ」

僕は声を掛けたが、劉さんは何も応じない。そこに李蘭がいるので日本語を使うのを警戒しているのだとわかった。

しばらくして、僕に向かって中国語で何か言った。僕にはまったくわからなかったが、それを聞いた李蘭が驚いたように何かを訊ねた。

李蘭が話しているのも中国語でわからなかったが、その中に何度か「フォッキン」という言葉が差し挟まれていたような気がした。

「フォッキン？」

僕が言うと、李蘭が日本語で説明してくれた。

「あなたは福建の人なの、と訊いたの」

劉さんは李蘭の質問には答えなかったが、僕に向かってようやく口を開いた。

「どういう女なんだ」

日本語だった。どう答えていいかわからず僕が困惑していると、李蘭が言った。

「わたしは福建の武夷山。あんたは福建のどこ？」

劉さんはじっと李蘭を値踏みするように見つめた。

「わたしなら大丈夫。マカオの人間ではないから」

劉さんは李蘭の様子の何かから、秘密を明かしてもいいと判断したらしい。

「俺は福建生まれじゃない」

「どうして、そんなに福建の言葉、上手に話せるの」

「ずっと福建の華僑《かきょう》たちと暮らしていた」

「どこで？」

「タイだ」

「そう、タイにも福建の人は大勢いるから。きっと、そこで福建の女の人と暮らしていたのね」

劉さんが意外そうな表情を浮かべて李蘭を見た。

「あんたの福建語、少しやさしい」

「そんなことを言われたのは初めてだ」

「わたしにはわかる。わたしの日本語、少し恐《こわ》い」

「日本の男と暮らしていたのか」

劉さんがいつもの口調を取り戻して言った。

「それもあるけど……」

李蘭が言い淀《よど》んでいるのを見て、よっぽど『女囚竜子』のことを話そうかとも思ったが、李蘭が自分で話さないかぎり黙っていた方がいいと判断した。

「ヤクザか」

劉さんが言った。

「ヤクザ……じゃないけど、怖い人」

それは、酒乱だというだけではなく、別種の狂気を持っていたということを意味するのかもしれなかった。それはどんな狂気だったのだろう……。李蘭には、まだ僕に話してくれてないことが無数にあるようだった。

劉さんは、それ以上訊《き》こうとしなかった。しかし、李蘭は自分から話し出した。

「怖いけど、いい人だった。結婚してくれて、わたし日本人になった」

「そいつはどうした」

「病院に入った」

それは初めて聞く話だった。李蘭は僕にも言わなかったことを劉さんには進んで話している。なんとなく嫉妬《しっと》めいた感情が湧《わ》き起こってくる。僕はその感情をもてあました。

「どうして、マカオに来たの」

今度は、李蘭が訊ねた。

「タイにもいられなくなった」

タイにも、ということは、日本にもいられないことがあってタイに行ったことになる。

「おまえはリン・コウリュウを知っているか」

「リン・コウリュウ？　ああ、もちろん知ってるわ。香港やマカオにいる福建人で、リンさんを知らない人はいない」

「リン・コウリュウがタイからマカオに運んでくれた」

「日本人のあなたをどうして」

「リン・コウリュウは俺に借りがあると思っている」

「タイに行ったのも……」

「すべてリン・コウリュウが手配してくれた」

「マカオへは、陸路で？」

「珠海からは小さな船に乗った」

聞いていた李蘭がつぶやくように言った。

「あんた、ヤクザね」

「違う」

劉さんはいったん強く否定したが、すぐに苦笑しながら言い直した。

「だが、似たようなものだ」

僕は劉さんの顔を見た。似たようなもの、とはどういう意味なのだろう。考えていると、李蘭はまた、劉さんに向かって言った。

「同じ匂《にお》いがする……」

同じ匂い？　何の匂いだろう。誰と同じ匂いがするというのだろう。まさか『女囚竜子』が好きだったという土建屋の二代目と同じ匂いがするのだとは思えない。

劉さんは李蘭の言葉には反応せず、ベッドから体を起こすと、僕に向かって言った。

「面倒を掛けた」

「もう少し休んでいったほうが……」

「いや、もう帰る」

すると、李蘭が劉さんに訊ねた。

「家はどこなの」

劉さんは少し間を置いてから答えた。

「火船頭街《フォシュンタウガイ》の……」

「それなら近くだわ」

「………」

「わたしが泊まっているホテルに近い」

「本当か？」

「わたしが送ってもいいわ」

「仕事はいいのか」

その服装によって、李蘭が何をしているのかすぐにわかったのだろう。

「ちょっとホテルに戻る用があるの」

劉さんがどんなところに住んでいるのか知りたかったが、僕も一緒に行くなどと言い出せば、李蘭の送りまで断るだろうと思えた。

劉さんはズボンのポケットを膨らませているチップを取り出すと、部屋のテーブルに置いた。そして、そのまま出ていこうとするので、僕は慌《あわ》てて言った。

「これをどうするんです」

「休憩代だ」

「冗談じゃありませんよ」

「別に冗談じゃない」

「要りません」

「俺にも不要だ」

意味がわからなかった。そこには間違いなく四万ドル以上のチップがあった。この金があれば、当分カジノで誰かの金をかすめ取るなどということをしなくて済むはずだ。

「持って帰ってください」

しかし、劉さんは僕の言葉を無視して、そのまま出ていこうとした。劉さんの足はまだふらついている。慌てて僕が腕を取ろうとすると、振り払われてしまった。

十階から地上階の東翼大堂までエレベーターで降りた。ロビーから回転ドアをくぐって、タクシーの並んでいるところに出ようとしていると、ちょうど速足でどこかに向かおうとしている村田明美と出くわした。

村田明美は劉さんの様子を見てとると、僕に訊ねてきた。

「お手伝いしましょうか」

「ありがとう、でも大丈夫」

僕はそう言うと、劉さんと李蘭と一緒に外に出た。そして、車寄せに横づけされているタクシーの一台に二人を乗り込ませた。

そのタクシーがなだらかなスロープからゆっくり姿を消していったとき、理由のわからない胸騒ぎがした……。

（第2部　雷鳴編に続く）

新潮文庫最新刊

東直子著
薬屋のタバサ
すべてを捨てて家を出た由実は、知らない町に辿り着いた。古びた薬屋の店主・タバサに雇われるが。孤独をたおやかに包む長編小説。

蒼月海里著
夜と会う。
―放課後の僕と廃墟の死神―
悩める者だけが囚われる廃墟《夜の世界》に迷い込んだ高校生・有森澪音の運命は。優しくて、ちょっぴり切ない青春異界綺譚、開幕。

新城カズマ著
島津戦記(一)
我ら島津四兄弟が最強の武者なり！　戦国黎明期の海洋王国「島津」を中心に、史実を圧倒的想像力で更新する「戦国軍記物語」始動。

石井光太著
浮浪児1945－
―戦争が生んだ子供たち―
生き抜きたければ、ゴミを漁ってでも食べ物を見つけなければならなかった。戦後史の闇に葬られた元浮浪児たちの過酷な人生を追う。

城戸久枝著
祖国の選択
―あの戦争の果て、日本と中国の狭間で―
肉親とはぐれ、中国大陸に取り残されてしまった日本人たち。運命の分かれ道で強いられた重い決断とは。次世代に残す貴重な証言録。

佐伯泰英著
にらみ
新・古着屋総兵衛　第十四巻
大黒屋が脅迫された。大市の客を殺戮するという文言に総兵衛は奮い立つ。やがて見えてきたのが禁裏と公儀の奇っ怪な関係だった。

波《なみ》の音《おと》が消《き》えるまで

第1部　風浪編

新潮文庫　さ - 7 - 23

平成二十九年　八月　一日　発行

著者　沢《さわ》木《き》耕《こう》太《た》郎《ろう》

発行者　佐藤隆信

発行所　株式会社　新潮社

郵便番号　一六二―八七一一
東京都新宿区矢来町七一
電話　編集部(〇三)三二六六―五四四〇
　　　読者係(〇三)三二六六―五一一一
http://www.shinchosha.co.jp

価格はカバーに表示してあります。

乱丁・落丁本は、ご面倒ですが小社読者係宛ご送付ください。送料小社負担にてお取替えいたします。

印刷・錦明印刷株式会社　製本・錦明印刷株式会社

ISBN978-4-10-123523-3 C0193